W0265159

ullstein

Bestsellerautorin TANJA JANZ begeistert ihre Leserinnen und Leser mit ihren gefühlvollen Romanen vor der traumhaften Kulisse von St. Peter-Ording. Bevor sie mit Mitte dreißig begann, selbst Romane zu schreiben, hat sie mehrere Jahre als Pädagogin gearbeitet und leidenschaftlich gelesen. St. Peter-Ording ist ihr Sehnsuchtsort und seit vielen Jahren ein Fixpunkt in ihrer Urlaubsplanung.

Von der Autorin ist in unserem Hause außerdem erschienen:
Wilkommen in St. Peter-(M)Ording

Tanja Janz

Fiese Brise in St. Peter-(M)ording

Ein Küstenkrimi

Ullstein

Besuchen Sie uns im Internet:
www.ullstein.de

Wir verpflichten uns zu Nachhaltigkeit

- Klimaneutrales Produkt
- Papiere aus nachhaltiger Waldwirtschaft und anderen kontrollierten Quellen
- ullstein.de/nachhaltigkeit

MIX
Papier | Fördert gute Waldnutzung
FSC® C021394
FSC
www.fsc.org

Originalausgabe im Ullstein Taschenbuch
1. Auflage April 2023
© Ullstein Buchverlage GmbH, Berlin 2023
Umschlaggestaltung: zero-media.net, München
Titelabbildung: © FinePic®, München (Details und Hintergrund); © Westend61 GmbH/Alamy Stock Photo (Stelzenhaus); plainpicture/© Guenther Schwering (Schaf)
Karte: © Peter Palm, Berlin
Gesetzt aus der Quadraat powered by *pepyrus*
Druck und Bindearbeiten: ScandBook, Litauen
ISBN 978-3-548-06451-2

Für Helena,
die bisher zwar keine Leiche
in St. Peter-Ording gefunden hat,
dafür aber ihr großes Glück!

1. Kapitel

Ording an einem lauen Sommerabend Anfang Juli, bei Abenddämmerung und noch immer 22 Grad.

Auf dem Parkplatz an der Utholmer Straße reihten sich verschiedenste Fahrzeuge aneinander. Etliche Touristen hatten ihre fahrbaren Untersätze dort abgestellt. Der Platz in Ording war beliebt und der Weg zum Deich und Strand nur kurz. Neben Pkws aller Fahrzeugklassen hatten hier auch einige Camper einen freien Stellplatz gefunden. Zur Hochsaison waren Parkflächen in St. Peter-Ording ein knappes Gut. Kaum vorstellbar, dass dies jemals anders war und der Küstenort aufgrund seines unfruchtbaren, sandigen Bodens als Armenhaus der Landschaft gegolten hatte. Versuche, die Bodenqualität zu erhöhen, scheiterten, denn wehte der starke Westwind eine neue Schicht Sand an Land, verdarb er den Boden erneut. Doch das war schon lange her. Wer heute hier lebte, hatte daran keine Erinnerung mehr.

Ich stellte meinen Wagen neben einem SUV mit mir unbekanntem Ortskennzeichen ab. Mittlerweile kamen die Urlauber von überall her. Sogar aus dem benachbarten Dänemark oder gar den Niederlanden. Der Tourismus war es, der St. Peter-Ording schließlich zu der Perle gemacht hatte, die es heute war.

Bevor ich ausstieg, sah ich mich um, schaute seitlich aus dem Fenster und warf einen Blick in den Rückspiegel. Nichts rührte sich. Ich schien allein auf dem weitläufigen Parkplatz zu sein. Wahrscheinlich waren die Kfz-Inhaber noch unterwegs, saßen vielleicht bei einem kalten Bier irgendwo in der Außengastronomie von St. Peter-Ording oder bewunderten vom Strand aus, wie die Sonne tiefrot im Meer versank. Mir sollte es recht sein. Für das, was ich vorhatte, konnte ich keine Zeugen gebrauchen.

Langsam drückte ich die Fahrertür auf. Die Luft roch nach Sommer, nach frischen Gräsern, die den Parkplatz umgaben, und dem typischen Salzduft des Meeres. Um mich herum zirpte es im Gras, und von weiter entfernt konnte ich den Schrei einer Möwe vernehmen. Ich ging zum Heck des Wagens, blieb einen Moment davor stehen, und als sich um mich herum noch immer nichts rührte, öffnete ich den Kofferraum und nahm zwei große Taschen heraus. In eine stopfte ich eine alte Wolldecke, zwei große blaue Müllsäcke und eine Taschenlampe. Ich drehte meinen Kopf abermals Richtung Deich. Vom Meer her zogen graue Wolken auf, die sich bis zum Festland ausbreiten würden. Auf das wechselhafte Nordseewetter war Verlass. In ein paar Minuten würde es schön duster sein. Das spielte mir in die Karten. Zufrieden drückte ich die Klappe des Kofferraums leise zu. Ich zog die Kapuze meines Sweatshirts über den Kopf, nahm die Taschen und folgte der Utholmer Straße auf dem parallel verlaufenden Fuß- und Fahrradweg.

Es waren nur wenige Autos in Ording unterwegs, in den Ferienhäusern brannte bereits vereinzelt das Licht. Bloß weiter vorne am Kreisverkehr, wo sich die Auffahrt zum Strand befand, herrschte mehr Betrieb. Auf meinem Weg überquerte ich den Ordinger Sielzug, auf dessen Wasseroberfläche sich der Abendhimmel spiegelte, und bog dann, ein paar Meter weiter, links in eine Auffahrt ein, die zum Anwesen eines großen Hauses mit vorgelagerten Parkplätzen führte. Der Wind frischte weiter auf und glitt raschelnd durch die Baumkronen. Über dem Eingang des großen Hauses prangte der Name der Ferienunterkunft: Landhaus Dircks. Die silbernen Buchstaben wurden von der Außenbeleuchtung an der Fassade angestrahlt. Der Rest des Hauses lag in der Abenddämmerung. Wie bereits auf dem Parkplatz war auch hier keine Menschenseele. Die Gelegenheit für mein Vorhaben war günstig! Im Schutz der Dämmerung huschte ich über den Schotterplatz, an den Autos der Gäste vorbei, setzte über einen Zaun und schlich dann über die Wiese, zwischen den Fußballtoren, einem eingezäunten Pool und einem Holzpferd hindurch. Am Kaninchenstall machte ich halt und lauschte angestrengt. Von der Straße drang das Motorengeräusch eines näher kommenden Autos an mein Ohr.

Ich hielt den Atem an, rührte mich nicht. Mit klopfendem Herzen beobachtete ich die Zufahrt des Grundstücks. Die Lichter der Scheinwerfer durchdrangen die hereinbrechende Dunkelheit. Ich rechnete damit, dass im nächsten

Moment der Wagen auf den Parkplatz rollen und ich von der gleißenden Beleuchtung erfasst werden würde. Doch das Auto fuhr vorbei. Da die Utholmer Straße eine der Hauptverbindungen zum Strand und den Unterkünften am Deich war, wurde sie auch in den Abendstunden häufig befahren.

Erleichtert atmete ich aus und wischte mit dem Handrücken Schweiß von meiner Stirn. Ich wollte die Angelegenheit möglichst schnell hinter mich bringen, bevor ich entdeckt wurde. Mit drei großen Schritten erreichte ich schließlich den Eingang zum Schuppen. Langsam drückte ich die Klinke hinunter, und die Tür schwang knarzend nach innen auf. Ich erstarrte. Womöglich hatte ich dadurch die Aufmerksamkeit eines Feriengastes auf mich gezogen. Im Dunkeln schien jedes Geräusch mindestens doppelt so laut zu sein wie tagsüber. Als jedoch alles still blieb, betrat ich schließlich den Schuppen. Vertrauen hatte die Frau, das musste man ihr lassen. Dabei galt auch im beschaulichen St. Peter-Ording mittlerweile der Grundsatz »Vertrauen ist gut, Kontrolle ist besser«, weswegen immer mehr Einheimische ihren Besitz durch Schlösser sicherten. Einige hartgesottene St. Peteraner weigerten sich jedoch beharrlich, ihre lieb gewonnenen Angewohnheiten zu ändern.

Ich zog die Tür hinter mir zu. In dem Gerätehaus war es stockdunkel. Die Innenbeleuchtung wollte ich nicht betätigen. Das hätte unter Umständen zu viel Aufmerksamkeit erregt. Also zog ich die Taschenlampe aus meiner Tasche und knipste sie an. Der schwache Lichtschein glitt über kleine und große Fahrräder, Bollerwagen, Kettcars, Roller und allerhand weitere Outdoor-Spielzeuge. Alles stand ordentlich in Reih und Glied. Es sah gar nicht nach der besagten Rumpelkammer aus. Ich leuchtete zur Seite und zuckte unwillkürlich zusammen. Entsetzt fasste ich an mein Herz. Fast hätte ich vor Schreck die Lampe fallen lassen, als ich in die reflektierenden Augen einer Katze blickte. Das Tier hatte es sich in einem Fahrradkorb gemütlich gemacht und blinzelte mich verschlafen an. Ich stützte mich mit einer Hand an der Holzwand ab und brauchte einen Moment, bis sich mein Puls wieder beruhigt hatte.

»Musst du mich so erschrecken?«, wisperte ich der Katze zu. Statt zu antworten, gähnte sie mich unbeeindruckt an und drehte mir ihren Rücken zu. Ich schüttelte den Kopf und leuchtete in die Ecken des Schuppens und ein Regal ab.

Verdammt! Irgendwo musste doch der alte Schinken sein! Ich hatte mit eigenen Ohren gehört, dass die Kritzelei in diesem Gerätehaus vor sich hin staubte. Was für eine Verschwendung!

Ich leuchtete nach oben und stellte mich auf die Zehenspitzen, um besser erkennen zu können, was sich auf dem oberen Regalbrett befand. Außer ein paar Kartons und einer dunklen Staubschicht konnte ich jedoch nichts entdecken, das auch nur den Hauch einer Ähnlichkeit mit einem Bild hatte. Aber es musste doch hier irgendwo stecken! In einer anderen Ecke erspähte ich einen Rasenmäher und daneben eine braune Plane. Na also! Darunter würde ich das gute Stück finden. Ich hob den wasserabweisenden Stoff hoch – und enthüllte einige Gartenmöbel und ein paar Blumenkübel.

Enttäuscht und ein wenig ratlos stemmte ich die Hände

in die Hüften. Ich blickte mich unschlüssig um. Irgendwas musste ich tun, dachte ich ungeduldig. Letztendlich konnte ich nicht ewig hier herumstehen und mich womöglich erwischen lassen. Kurz entschlossen griff ich nach den Kartons auf dem Regal und schüttete deren Inhalt wahllos in eine meiner Taschen. Als ich gerade einen der leeren Kartons zurück auf das Regalbrett stellen wollte, erstarrte ich mitten in der Bewegung. Hatte ich da etwas gehört? Schnell schob ich den Karton so leise wie möglich zurück an seinen alten Platz, löschte das Licht der Lampe und lauschte. Ich hatte mich nicht getäuscht.

Wieder war es ein Motorengeräusch gewesen. Doch dieses Mal kam es eindeutig näher. Nun war Schnelligkeit gefragt. Ich lugte aus einem Fenster, um mich zu vergewissern, dass die Luft rein war. Eilig schulterte ich die Tasche und verließ den Schuppen. Der Schreck saß mir gehörig im Nacken. Ohne mich noch einmal umzusehen, flüchtete ich über den hinteren Teil des Grundstücks. Als ich die große Wiese hinter dem Landhaus erreicht hatte, die zum nördlichen Deichabschnitt führte, schaute ich mit klopfendem Herzen zurück. Hinter einem der Fenster im großen Haupthaus ging das Licht an.

2. Kapitel

Am nächsten Morgen in der Polizeistation im Deichgrafenweg in St. Peter-Ording, bei strahlendem Sonnenschein und einer angenehmen Brise.

Hauptkommissar Ernie Feddersen lockerte seine Schultern. Dann beugte er seinen Oberkörper weit vor und zog konzentriert die Brauen zusammen. Dabei verengte er seine Augen zu schmalen Schlitzen und fixierte einen Punkt, der einige Meter vor ihm lag. Mit dem rechten Arm pendelte er ein paarmal vor und zurück und lockerte schließlich in der Vorwärtsbewegung seinen Griff. Die Kugel rollte geräuschvoll über die großen, ebenen Flurfliesen. An Pannenbäcker vorbei, der sich mit einer Kaffeetasse in der Hand weit über den Tresen der Anmeldung gebeugt hatte, um alles im Blick zu haben. Kurz darauf folgte ein dumpfer Aufprall.

»Alle Achtung, Chef!« Pannenbäcker nickte anerkennend. Acht der neun Kegel, die am Ende des Ganges in Form eines Quadrats gestanden hatten, waren gefallen. »Das war ein richtiger Profiwurf.«

Ernie verzog jedoch sein Gesicht ungeachtet Pannenbäckers Lobs zu einer abschätzenden Grimasse. »Ach, Mensch! So was von knapp! Alle neune wären mir lieber gewesen. So hole ich nie den Titel. Höchstens den des Pudelkönigs.«

Pannenbäcker stellte seine Kaffeetasse auf dem Tresen ab. »Sie müssen positiv denken, Chef. Eine gute mentale Verfassung ist beim Wettbewerb die halbe Miete.«

Ernie lächelte milde. »Sie scheinen sich ja gut auszukennen.«

»Ein bisschen. Wer ist denn eigentlich der Favorit des Turniers?«, fragte Pannenbäcker interessiert.

»Offiziell sind es zwei Kegelbrüder, die jedes Jahr zum Turnier nach SPO anreisen. Aber inoffiziell würde ich sagen meine Mutter.«

»Ihre Mutter?«, fragte der junge Kollege überrascht und zog die Augenbrauen hoch.

»Na ja.« Ernie zuckte mit den Schultern. »Sie hat sich das für dieses Mal fest in den Kopf gesetzt.«

»Hatten Sie nicht mal erwähnt, dass sie sich den Oberschenkelhals gebrochen hat?«

»Ach, das ist doch längst Schnee von gestern. Seit der Geschichte mit dem Unfall ist meine Mutter zu einer richtigen Sportskanone mutiert. Andere wären danach kürzergetreten, doch bei ihr ist das Gegenteil passiert. Sogar im Fitnessstudio hat sie sich angemeldet und rennt seitdem jeden Tag hin, um an Kursen teilzunehmen, oder trifft sich mit ihren Freundinnen zum Walken. Und nebenbei trainiert sie noch für das Turnier. Gerade gestern war sie erst wieder bei einem Kegelabend des Klubs. Aber als Rentnerin hat sie ja auch genügend Zeit.«

»Das nenn ich mal Ehrgeiz«, meinte Pannenbäcker sichtlich beeindruckt und trank einen Schluck aus der Tasse.

»Mein Vater nennt das verrückt.« Ernie zog mit einer Hand seinen Hosenbund ein Stück höher. Ein paar Kilo weniger würden ihm auch gut zu Gesicht stehen. »Pannenbäcker, stellen Sie doch noch mal die Kegel auf.«

»Alles klar, Chef!« Der junge Polizist, der nun schon die zweite Saison im Rahmen des Bäderersatzdienstes von Flensburg nach St. Peter-Ording abgeordnet worden war, um seine Kollegen in den geschäftigeren Sommermonaten zu unterstützen, rollte die Kugel zurück in Ernies Büro und stellte danach die Kegel erneut auf. »Dann mal gut Holz, Chef. Sie schaffen das!«, meinte er mit erhobenen Daumen.

»Übung macht den Meister«, sagte Ernie lässig, während er wieder seine Startposition einnahm und die neun Kegel anvisierte, die Pannenbäcker vor der Wand, gleich neben dem Eingang zur Wache, aufgestellt hatte. Dieses Mal ließ er sich länger Zeit, um genau Augenmaß zu nehmen. Schwungvoll warf er die Kugel und ging dabei leicht in die Knie. Bevor das Geschoss die Kegel traf, rumste es.

»Aua!«

»Kerle Kiste!« Ernie stemmte seine Hände in die Hüften und schüttelte den Kopf.

»Alle neune!«, stellte Pannenbäcker trocken fest.

»Was geht denn hier ab?« Kommissar Fred Glabotki stand im Flur der Polizeidienststelle. Eine Hand hatte er auf den Türknauf gelegt, und in der anderen hielt er eine angebissene Brötchenhälfte mit Zwiebelmett. Ungläubig blickte er auf die Kugel, die an einem seiner Beine abgeprallt war und nun vor der Anmeldung lag. Durch das Aufdrücken der Tür hatte er alle Kegel zu Fall gebracht.

»Habt ihr während meines Urlaubs etwa auf Bundeskegelbahn umfirmiert?« Er schloss die Tür hinter sich und hob mit der freien Hand die Kugel auf. »Da ist man einmal im Urlaub ...« Kopfschüttelnd ging er damit ins Büro.

»Irgendwo muss ich ja für das Kegelturnier trainieren«, rechtfertigte Ernie sich. »Sonst zieht mich meine Mutter gnadenlos ab.«

Fred drückte seinem Kollegen die Kugel in die Hand und biss ins Brötchen. »Ich kann dir ein paar Tipps geben, wenn du willst«, nuschelte er mit vollem Mund.

»Du?«

»Ja, ich«, bestätigte er mit wichtiger Miene, legte seine Dienstjacke über einen Bürostuhl. »Früher war ich nämlich einmal in der Woche mit meinen Eltern beim Kegeln im Haus Eintracht in Schalke. Dort hat sich regelmäßig unser Verein getroffen. Und ich bin sogar zweimal Jugendmeister im Kegelklub geworden.«

»Ach, das wusste ich ja gar nicht.« Ernie war ehrlich überrascht.

»Tja, kannste mal sehen!«, sagte Fred mit triumphierendem Blick und stopfte sich den Rest des Brötchens in den Mund. Er leckte sich die Finger ab und machte dann eine Armbewegung zu dem jungen Kollegen hin. »Und Sie? Trainieren Sie auch für das Turnier?«

Pannenbäcker hob abwehrend eine Hand. »Auf gar keinen Fall, Chef! Ich stelle nur die Kegel auf und koche bei Bedarf Kaffee.«

»Dann melde ich mal akuten Bedarf an. Machen Sie doch gleich mal eine frische Kanne. Am besten schön stark, dass der Löffel drin stehen bleibt. Ich hatte noch kein Käffchen heute früh.« Fred ließ sich auf seinen Bürostuhl fallen, während Pannenbäcker in die kleine Küche der Wache verschwand. Fred seufzte und machte seinen Computer an. Mit missmutiger Miene zog er eine Akte an sich und blätterte motivationslos darin herum.

Ernie setzte sich an den Tisch ihm gegenüber. Forschend betrachtete er seinen Kollegen. Dass Fred nicht gleich mit den neuesten Geschichten aus dem Ruhrpott loslegte, war ungewöhnlich.

»Also, wie jemand, der frisch aus dem Heimaturlaub kommt, siehst du nicht gerade aus.«

»Oder erst recht! Wie soll man sich denn da auch erholen?« Fred ließ die Akte auf den Tisch fallen. »So einen Stress hält doch keiner aus!«

»Warum? War es etwa so schlimm in Gelsenkirchen? Man hört ja auch immer einiges über die Stadt in den Medien ...«

»Ach was! Mit Gelsenkirchen hat das rein gar nix zu tun. Da läuft alles rund, und die Kollegen haben ihr Revier fest im Griff«, wiegelte Fred mit einer entschiedenen Handbewegung ab. »Aber der Sohn meiner Schwester hat Elias ganz kirre gemacht, während wir da waren. Er ist seitdem völlig neben der Spur.«

»Das hört sich ja schlimm an«, sagte Ernie mitfühlend.

Sein Kollege wirkte tatsächlich gestresst. Das kam bei Fred äußerst selten vor. Er stand auf Action, und davon gab es seiner Meinung nach viel zu wenig in St. Peter-Ording. Da müsste er in einer Großstadt eigentlich voll auf seine Kosten gekommen sein.

»›Schlimm‹ ist gar kein Ausdruck.« Fred fuhr sich mit einer Hand durch sein Haar. »Elias hat sich von seinem Cousin den Floh ins Ohr setzen lassen, dass es viel cooler ist, Feuerwehrmann zu sein, als Polizist.«

Ernie hob die Augenbrauen. »Ach was!«

»Ja, stell dir das mal vor!«

»Das geht ja gar nicht!« Ernie war mindestens genauso entsetzt wie Fred, verkniff sich dabei jedoch ein Lächeln. Das eigene Kind an die Konkurrenz zu verlieren war schließlich harter Tobak, aber nun ja – er war ein Kind, und da änderten sich schließlich die Berufswünsche genauso oft wie das Wetter an der Nordseeküste.

»Hab ich meiner Frau auch gesagt – und meiner Schwester Melanie ebenfalls. Aber auf ihre Unterstützung kann ich nicht zählen. Sie meinte nur, Hauptsache, die Kinder werden glücklich.« Fred sagte den letzten Teil des Satzes mit einer höheren Stimme und machte dann eine Scheibenwischer-Handbewegung vor seinem Gesicht. Jetzt fiel es Ernie wirklich schwer, nicht doch zu lachen. Er konnte sich die Geschwister genau vorstellen, wie sie gemeinsam am Frühstückstisch über das Schicksal ihrer Söhne stritten. »So was muss ich mir von meiner eigenen Polizisten-Schwester anhören, die schon in der Grundschule auf dem Schulhof für

Recht und Ordnung gesorgt hat. Was ist das denn für eine Einstellung?«

»Und was sagt dein Vater dazu? Er hat doch da bestimmt auch ein Wörtchen mitzureden«, versuchte Ernie, die Ernsthaftigkeit der Situation zu wahren. Er wusste, dass Fred aus einer alteingesessenen Gelsenkirchener Polizei-Familie stammte. Sein Vater war bis zur Rente erster Hauptkommissar in Gelsenkirchen gewesen, und Freds Opa hatte damals ebenfalls im Dienst der Polizei gestanden. Da war die Berufswahl mit der Geburt schon traditionell festgelegt – genauso wie die Fanliebe zum heimischen Fußballverein. Unter diesen Umständen grenzte ein Wechsel zur Feuerwehr schon an Verrat.

»Bis jetzt hat sich die Sache noch nicht bis zu ihm herumgesprochen. Meine Schwester wird auch garantiert dafür sorgen, dass Hannes nichts von seinen aktuellen beruflichen Plänen kundtut. Mein Vater findet es nämlich toll, dass sein ältester Enkel so viel Spaß bei der Jugendfeuerwehr hat, aber das ist in seinen Augen ja nur ein Hobby.«

Ernie nickte. »Was willst du denn jetzt wegen deinem Sohnemann machen?«

Fred zuckte mit den Schultern. »Darauf hoffen, dass Elias in den nächsten zehn Jahren wieder auf den rechten Weg zurückfindet – so lange dauert es ja noch bis zu seinem Abitur.«

»Na siehst du, bis dahin fließt noch viel Wasser die Eider entlang.« Ernie warf seinem Kollegen einen aufmunternden Blick zu. »Man kennt ja diese Phasen! Mit sechs wollen sie

Pilot werden, und später landen sie dann irgendwo in der Verwaltung.«

»Zweimal schön stark.« Pannenbäcker kam mit dampfenden Kaffeetassen ins Büro und stellte sie auf einem Schreibtisch ab. Fred griff nach dem Pott mit dem Vereinslogo des FC Schalke 04. Genau in diesem Moment klingelte das Telefon. Bevor Ernie oder Fred reagieren konnten, hatte der junge Kollege schon den Hörer in der Hand.

»Polizeidienststelle St. Peter-Ording, Pannenbäcker am Apparat«, meldete er sich in wichtigem Tonfall. Ernie und Fred ließen ihn nicht aus den Augen. »Machen Sie sich keine Sorgen. Es kommt gleich jemand bei Ihnen vorbei«, sagte Pannenbäcker kurz darauf und beendete das Gespräch.

»Was ist denn los?«, wollte Fred wissen.

»Im Landhaus Dircks wurde eingebrochen.«

»Kerle Kiste! Das ist ja bei Helena.« Hastig trank Ernie einen Schluck von seinem Kaffee und verzog schmerzerfüllt den Mund. »Mensch! Ist das heiß!«

»Ist doch frisch gekocht«, erinnerte Pannenbäcker ihn.

»Ach nee!« Ernie verdrehte die Augen und leckte sich über die verbrühten Lippen. Er stellte die Tasse zurück auf den Schreibtisch. Mit der rechten Hand zog er seine Dienstjacke vom Bügel, und mit der linken griff er nach seiner Polizeimütze. »Los, Fred! Wir müssen sofort zu Helena nach Ording.«

»Und was ist mit mir?«, fragte Pannenbäcker, der sich vermutlich insgeheim schon in der Ermittlerrolle am Landhaus gesehen hatte.

Fred zog seine Jacke ebenfalls über. »Sie halten natürlich

hier die Stellung und machen Telefondienst.« Im Vorbeigehen klopfte er dem jungen Polizeimeister auf die Schulter. »Jetzt bin ich ja wieder da.«

»Fährst du?«, wollte Ernie wissen.

»Wie immer.« Fred griff nach dem Schlüssel des Dienstwagens, und schon wenig später bretterten sie über die B202 Richtung Ording.

Fred hatte es sich nicht nehmen lassen, das Blaulicht einzuschalten. Nach drei Wochen Urlaub war es ihm ein Bedürfnis, sich wieder voll und ganz in seinem Beruf zu entfalten. Ernie saß angespannt auf dem Beifahrersitz und hielt sich mit der rechten Hand am Haltegriff fest. Obwohl Fred und er nun schon seit einigen Jahren ein eingespieltes Team waren, trieb der Fahrstil seines Partners ihm noch immer die eine oder andere Schweißperle auf die Stirn.

Inzwischen hatte Freds Miene einen zufriedeneren Ausdruck angenommen. »Wenn ich eins im Urlaub vermisst habe, dann waren es unsere gemütlichen Dienstfahrten.«

Ernie strich mit einem Schutzhandschuh über den Türrahmen des Schuppens und richtete sich dann auf. Er kratzte sich mit einer Hand am Hinterkopf. »Es sind keine Einbruchsspuren erkennbar, Helena.«

»Wie auch?« Die Gastgeberin vom Landhaus Dircks zuckte mit den Schultern. »Es war ja nicht abgeschlossen. Ist es nie.«

Fred pfiff durch die Zähne. »Ziemlich vertrauensvoll, um nicht zu sagen leichtsinnig. Das geht meistens irgendwann schief.«

»In dem Schuppen sind hauptsächlich Fahrräder, Kettcars und Spielzeuge für die Gäste untergebracht. Außerdem können hier auch mitgebrachte Räder, Bollerwagen oder andere Dinge abgestellt werden. Der Ort ist deshalb natürlich frei zugänglich«, erklärte sie.

Ernie signalisierte seinem Kollegen mit einem Blick, nicht weiter nachzubohren, und wandte sich dann wieder Helena zu.

»Was ist denn eigentlich gestohlen worden? Ein Fahrrad?« Er zog den Handschuh aus und stopfte ihn in eine Hosentasche.

»Nein, nichts so Großes!« Sie schüttelte den Kopf. »Aber eben etwas Persönliches, worüber ich mich sehr ärgere. Jeskos Geschenke sind weg. Ich wollte ihn damit überraschen, weil er dieses Mal so ein gutes Zeugnis hat.« Helena ging in den Schuppen. Ernie und Fred folgten ihr. Sie deutete zu einem Regalbrett. »Letztendlich geht es mir nicht um den Wert der gestohlenen Gegenstände, sondern um die Tatsache, dass jemand sich hier bedient hat. Da oben hatte ich die Päckchen für meinen Sohn in einem Karton versteckt. Ich wollte die Sachen nicht in einem Schrank in der Wohnung haben, weil die Kinder in einem Alter sind, wo sie mittlerweile alles finden, selbst wenn sie nicht danach suchen. Der Schuppen schien mir das ideale Versteck zu sein. Er gehört sozusagen den Gästen. Jesko wäre nie auf die Idee gekommen, in einen Karton auf dem oberen Regalbrett zu schauen. Er geht hier nur rein, um sein eigenes Fahrrad rauszuholen.« Sie nahm eine Pappbox in die Hand, die auf dem Boden gestanden hatte. »Heute Abend sollte er eigentlich seine Überraschung bekommen, und als ich sie vorhin holen wollte, war der Karton leer.« Sie drehte die Schachtel mit der offenen Seite zum Boden.

»War außer den Geschenken noch etwas in der Kiste?«, wollte Fred wissen.

»Ja, ich weiß allerdings gar nicht so genau, was.« Helena überlegte einen Augenblick. »Irgendwelcher Plunder wahrscheinlich. Altes Sandspielzeug, Zeltheringe, Taschenlampen für Nachtwanderungen – Zeug, das schon ewig keiner benutzt hat. Hier steht einfach zu viel rum. Ich hätte längst mal wieder ausmisten müssen. Aber wie das so ist, während der Saison ist ständig was anderes.«

»Theoretisch könnte es jemand von deinen Gästen gewesen sein, oder?«, sprach Ernie das Naheliegendste an.

»Grundsätzlich ist das natürlich möglich, aber durch das Kegelturnier haben wir momentan gar keine Familien mit Kindern hier. Welcher Erwachsene fängt denn etwas mit Kindergeschenken an?« Helena schüttelte den Kopf. »Außerdem passt es zu keinem von denen. Es sind alles Stammgäste, die schon seit Jahren kommen. Keiner von ihnen klaut.«

»Genauso, wie es nicht zu der einen Familie im vorletzten Jahr gepasst hat, deine Katze als Mitbringsel mitgehen zu lassen, weil die Kinder sie so süß fanden?«, erinnerte Fred sie.

»Das war eine absolute Ausnahme, und ohnehin ist bis heute nichts bewiesen. Vielleicht ist sie damals auch einfach ausgebüxt und war auf Wanderschaft. Schließlich ist die kleine Maus ja nach einer Weile wieder aufgetaucht.«

»Wenn wir deinen Gästen keine langen Finger unterstellen, kann dennoch jemand die Sachen gefunden und vermutet haben, sie seien ebenfalls aussortierter Plunder, der zur freien Benutzung zur Verfügung steht. Kannst du den Tatzeitraum ungefähr eingrenzen?«, lenkte Ernie von dem Katzenthema ab.

»Schwierig zu sagen. Gestern Abend war ich beim Kegeln, gemeinsam mit einigen Gästen – ein paar letzte Probewürfe, bevor das Turnier morgen startet. Wo die anderen waren oder was sie getan haben, weiß ich nicht. Möchte ich auch ehrlich gesagt nicht fragen.«

»Also, könnte gestern Abend theoretisch als Tatzeitraum infrage kommen?«

»Theoretisch schon. Aber ich liege natürlich auch sonst nicht den ganzen Tag auf der Lauer und bewache den Schuppen. Wie gesagt, hier stehen die Dinge für und von den Feriengästen herum.«

»Wir sollten mal mit deinen Gästen sprechen und uns vielleicht unauffällig in ihren Zimmern umsehen«, schlug Fred vor, der sich freute, direkt nach seinem Urlaub wieder voll einzusteigen. »Vielleicht hat jemand etwas gesehen, oder wir finden die Geschenke dort sogar.«

Helena und die Polizisten verließen den Schuppen wieder.

»Bloß keine Durchsuchung, und ich würde auch gerne auf eine Befragung verzichten! Die Leute freuen sich alle auf das Kegelturnier, und die Nachricht von einem Einbruch schafft nicht gerade Vertrauen. Ich kann jetzt keine schlechte Stimmung gebrauchen.«

Sie blieben vor dem Eingang zum Landhaus Dircks stehen.

»Dann können wir natürlich leider nicht viel unternehmen. Du müsstest eine Anzeige erstatten, das bedeutet aber, dass wir alle nötigen Maßnahmen ergreifen müssen, um den Fall zu klären. Falls du es dir aber noch anders überlegst, dann sind wir natürlich da«, bot Ernie diplomatisch an.

»Danke. Auf eine Anzeige möchte ich verzichten. Alles Weitere regle ich lieber ohne Hilfe der Polizei. Ich wollte einfach, dass ihr davon gehört habt, und war im ersten Moment, als ich bemerkt habe, dass die Geschenke weg sind, einfach zu schockiert und bin meinem Impuls gefolgt. Es sind ja nicht die Kronjuwelen gestohlen worden. Bloß die neue Ausgabe des Guinnessbuchs der Rekorde, ein Bayern-Trikot und vermutlich eine Menge alter Plunder.«

»Bayern …« Fred rümpfte die Nase. Für ihn als eingefleischten Schalke-Fan klang das fast so schlimm wie das Wort »Feuerwehr« aus dem Mund seines Sohnes, dessen aktueller Berufswunsch Freds Polizistenseele quälte. »Immerhin nicht Lüdenscheid«, spielte er auf die Revier-Rivalität zwischen dem FC Schalke und Borussia Dortmund an.

»Du willst also keine Anzeige erstatten?«, sprach Ernie erneut das eigentliche Thema an.

»Nein, ich denke nicht. Wäre das Bild aus meinem Arbeitszimmer gestohlen worden, dann läge der Fall anders. Das ist nämlich wirklich wertvoll.« Sie deutete durch ein Fenster ins Büro.

Ernie und Fred blickten in den Raum.

»Wie gesagt, vielleicht war meine Reaktion etwas übertrieben. Womöglich tauchen die Geschenke wieder auf... wie die kleine Maus.« Helena beugte sich mit dem Oberkörper nach vorne, um die Katze zu streicheln, die sich an ihren Beinen rieb. »Und sollte es wirklich um das Bild gegangen sein, es hängt ja weiterhin sicher in meinem Arbeitszimmer, und es ist nichts passiert«, fügte sie hinzu.

In diesem Moment rollte ein grüner Kombi auf den Parkplatz, aus dem wenig später ein älteres Ehepaar stieg. »Moin!« Helena hob eine Hand und winkte der Frau und dem Mann freudig zu. »Ich muss mich mal um meine neuen Gäste kümmern«, sagte sie zu Ernie und Fred.

Ernie nickte. »Falls noch etwas verschwinden sollte, sag einfach Bescheid.«

»Oder falls ich doch die Zimmer unter die Lupe nehmen soll«, ergänzte Fred.

Helena nickte und lächelte. »Danke, dass ihr hier wart.« Sie gingen gemeinsam zum Parkplatz, wo Fred den Peterwagen abgestellt hatte. »Ihr macht doch auch beim Turnier mit?«, fragte Helena nach.

»Na, und ob! Schließlich muss ja einer meine Mutter besiegen.«

»Sie ist wirklich richtig gut«, sagte Helena. »Gestern Abend war sie sogar die Beste aus unserer Runde. Was ist denn mit dir, Fred?«

»Genau, was ist denn mit dir? Du bist doch Profi«, spielte Ernie auf Freds Offenbarung von vorhin an.

Doch der winkte bloß ab. »Das ist mir zu kurzfristig. Meine aktive Zeit liegt lange zurück. Ich hätte viel eher mit dem Training anfangen müssen.«

»Ist doch bloß zum Spaß«, meinte Ernie lässig.

»Nach bloß Spaß hört es sich bei dir aber gar nicht an, wenn du erzählst, dass du unbedingt deine Mutter besiegen musst«, warf Fred ein.

»Na ja …« Ernie schaute auf seine Armbanduhr. »Wir müssen dann auch mal wieder.«

»Ist gut. Ich melde mich, wenn es etwas Neues gibt«, versprach Helena.

Ernie schnallte sich auf dem Beifahrersitz an. »Ein merkwürdiger Fall«, murmelte er.

Fred startete den Motor. »Überaus merkwürdig sogar«, stimmte er seinem Kollegen zu. »Wer klaut denn freiwillig ein Bayern-Trikot?«

Helena blickte dem Polizeiauto nach, als es aus der Einfahrt fuhr, und ging dann zu ihren Gästen, die bereits drei Gepäckstücke aus dem Kofferraum gehievt hatten. Der Diebstahl wurmte sie, aber das sollten ihre Gäste nicht merken. Sie schluckte den Ärger hinunter und lächelte stattdessen den Neuankömmlingen entgegen.

»Helena! Wie schön, dich zu sehen.« Die Frau umarmte sie.

»Ich freue mich auch, Erika. Gut, dass ihr endlich da seid. Hattet ihr eine gute Fahrt?«

»Bis Hamburg ja, und dann ziemlichen Stau kurz vor dem Elbtunnel. Aber das kennen wir ja.« Der Mann schüttelte ihr die Hand. »Und du? Hast du etwa Ärger?«

»Du meinst, weil die Polizei da war?«

»Ja.«

»Eigentlich nicht wirklich. Es ist nur was aus dem Schuppen verschwunden. Keine große Sache. Zwei Geschenke für Jesko. Als Belohnung für sein gutes Zeugnis.«

Erika fasste sich mit einer Hand an die Wange. »Dass solche Dinge nun auch in St. Peter-Ording passieren ... bis vor ein paar Jahren brauchte man hier gar nichts abzuschließen. Nie ist was passiert.«

»Ist Hotte etwa schon da?«, frotzelte Rudi mit vor Sarkasmus triefender Stimme.

Erika gab ihrem Mann einen Klaps auf den Unterarm. »Mensch, Rudi! Jetzt hör mal auf mit dem Quatsch!«

Helena musste lachen. »Die Rivalen der Kegelbahn sind zurück.«

Rudi zog eine Augenbraue hoch. »Hotte kann von Glück sagen, dass ich mir vor drei Monaten den Arm gebrochen habe und dieses Jahr bloß den Schiri mache.«

Erika hatte schon eine Reisetasche in der Hand. »Jetzt halte keine Volksreden, sondern beeil dich mal etwas. Ich möchte noch einen Tisch bei *Gosch* kriegen und nicht im Stehen essen.«

»Zu Befehl!« Rudi schulterte eine nicht allzu schwer wirkende Tasche und griff nach dem erstbesten Koffer. Er folgte seiner Frau und Helena zum Haus. »Endlich Urlaub und keinen Stress«, murmelte er.

3. Kapitel

Zur gleichen Zeit im Garten der Familie Feddersen, in einer ruhigen Seitenstraße in St. Peter-Ording Dorf.

Ilva drückte die Tür auf und betrat die Terrasse. Für einen Moment schloss sie die Augen und genoss die friedliche Stimmung. Sie atmete tief ein und spürte, wie sich ihre Lungen mit frischer Luft füllten. Süßer Blütenduft stieg ihr in die Nase, und warme Sommerluft strich über ihre nackten Unterarme. Es war ein herrlicher Sommertag, wie er nicht schöner hätte sein können. Ein merkwürdiges Geräusch von draußen hatte sie in den Garten gelockt. Sie wollte nachsehen, woher es kam. Langsam öffnete sie die Augen wieder und ging ein paar Schritte. Neben dem Strandkorb mit der blau-weißen Markise blieb sie stehen. Eine Weile lauschte sie und schaute dabei suchend durch den Garten. Hatte sie sich das Geräusch etwa bloß eingebildet? Nein! Da war es wieder! Dieses Mal war das Schnarren lauter. Ihr Blick schweifte über den in den letzten Wochen reichlich hoch gewachsenen Rasen, um den Ursprung des Geräusches aufzuspüren. Als sie jedoch nichts Verdächtiges ausmachen konnte, ging sie ein paar Schritte über die Wiese.

Schließlich entdeckte sie den Verursacher des Schnarrens: Kater Kuschel hockte am Fuße des alten Kirschbaums und gab zeternde Laute von sich. Etwa zwei Meter über ihm hockte ein rostbraunes Eichhörnchen auf dem Brettchen des Futterhauses, das Ilva im letzten Jahr gebaut hatte. Das Baumhörnchen öffnete geschickt die Klappe des Häuschens und entnahm ihm seelenruhig eine Eichel. Von Kater Kuschel schien es nicht im Geringsten beeindruckt.

Ilva erkannte sofort, dass es sich bei dem Tier um einen Wiederholungstäter handeln musste. Ein blutiger Anfänger hätte vermutlich eine Weile gebraucht, um herauszufinden, wie die Klappe sich öffnen ließ. Kuschels schnarrendes Zähneklappern schwoll an. Der Kater schien vor Aufregung kurz vor einem Herzinfarkt zu stehen. Er stellte sich auf die Hinterbeine und versuchte, an der glatten Rinde des Stamms hochzuklettern, rutschte jedoch ab. Währenddessen machte sich das Eichhörnchen mit seiner Beute im Maul aus dem Staub. Ilva ging zu dem roten Kater und nahm ihn auf den Arm.

»Prima hast du aufgepasst. Das Eichhörnchen hast du ganz toll verscheucht«, lobte sie und kraulte ihn ausgiebig hinter einem Öhrchen. »Aber ein oder zwei Kilo weniger würden dir gut bekommen. Bist ganz schön mopsig geworden, mein Dickerchen.«

»Lass das nicht deinen Vater hören.« Sybille Feddersen war in einem schicken Sportdress auf der Terrasse erschienen. Ihre Wangen glühten rosig. In der rechten Hand hielt sie zwei Walking-Stöcke, in der linken eine Trinkflasche. Ein pinkes Stirnband verhinderte, dass ihr Haare ins Gesicht fielen.

Ilva ging auf ihre Mutter zu. »Papa geht mit den Leckerchen doch ziemlich inflationär um.«

Sybille Feddersen zuckte mit den Schultern. »Er sagt, Kuschel soll nicht leben wie ein Hund.«

Ilva zog die Augenbrauen hoch. »Wäre Kuschel ein Hund, wäre es wohl kaum anders.«

Ihre Mutter schaute amüsiert. »Wahrscheinlich kaum! Du kennst ja deinen Vater ... auf seinen Kuschel lässt er nichts kommen.«

»Umgekehrt ist es nicht anders.« Ilva setzte den Kater auf einer Polsterauflage des Strandkorbs ab, wo er sich sogleich genüsslich niederließ und seine Lider auf Halbmast setzte. »Warst du wieder sportlich unterwegs?«, fragte sie ihre Mutter und deutete auf die Stöcke.

»Das kann man wohl sagen. Eine Dreiviertelstunde Strandwalken. Mit Hella und Birke. Wir starten immer am Böhler Leuchtturm. Ich merke von Woche zu Woche, dass wir flotter werden.«

»Ah! Passendes Wetter ist ja dafür. Gut, dass du es ausgenutzt hast.«

»Ich bin so froh, dass wir uns angefreundet haben. Wir haben immer so viel zu bereden, wenn wir uns sehen, da verfliegt die Zeit wie nix. Zusammen sporteln macht ohnehin doppelt so viel Spaß. Hätte ich doch früher damit angefangen, wäre mir der Oberschenkelhalsbruch vielleicht erspart geblieben. Aber deinen Vater kann man zu regelmäßiger Bewegung einfach nicht motivieren. Für ihn ist Sport Mord.« Sybille Feddersen verdrehte die Augen und ließ sich auf einen freien Rattanstuhl nieder. »Dabei würde es ihm bestimmt guttun. Er klagt doch oft über Rückenschmerzen.« Sie trank einen Schluck aus ihrer Wasserflasche.

»Dafür guckt er jeden Samstag die Sportschau«, sagte Ilva. »Und er kümmert sich um den Garten und macht alle Reparaturen und Renovierungen im Haus. Das ist doch irgendwie auch eine Art von Sport.«

»Wie dem auch sei, beim Walken werden wir ihn wohl nie erwischen.«

»Wahrscheinlich nicht. Aber eventuell kegelt er ja dieses Jahr mit. Er meinte vorhin zu mir, sein ehemaliger Arbeitskollege Ingfried will antreten und hat ihn gestern gefragt, ob er auch dabei ist. Er hat allerdings noch nicht verraten, ob er zugesagt hat.«

»So? Ingfried will doch unter Garantie nur mitmachen, weil er Angst hat, dass Rita mit einem der Kegler fremd flirtet«, klärte Sybille Feddersen ihre Tochter mit erhobenem Zeigefinger auf.

»Ist doch immerhin ein gutes Argument, um sich zu bewegen. Außerdem stärken gemeinsame Aktivitäten das Zusammengehörigkeitsgefühl.«

»Was du nicht alles weißt ... wo ist dein Vater eigentlich? Wollte er nicht den Rasen mähen?« Sybille Feddersen guckte ins Haus und dann auf die Wiese.

»Gerade ist er in der Garage. Er unterzieht mein Fahrrad einer gründlichen Generalinspektion. Nach einem Schuljahr Einsatz muss es ordentlich durchgecheckt werden, meint er.« Sie lachte. »Eventuell zieht er sogar neue Reifen auf. Mehr als Luft aufpumpen traut er mir ja nicht zu. Dabei habe ich mich in Hamburg allein um mein Rad gekümmert. Aber das scheint in St. Peter-Ording nicht zu zählen – hier werde ich wohl für immer seine Kleine bleiben.«

»Ja, ich fürchte, das wirst du ihm nicht ausreden können. Dass das Schuljahr schon wieder vorbei ist ... früher hat das alles irgendwie viel länger gedauert«, sinnierte Sybille Feddersen. »Und du wohnst auch wieder über ein Jahr in St. Peter-Ording.«

»Ich bin wirklich froh, dass das erste Schuljahr als Lehrerin an der Nordseeschule so gut für mich gelaufen ist. Fast ohne Komplikationen. Obwohl es schon ziemlich anstrengend war mit den ganzen Korrekturen in zwei Hauptfächern, nachdem Frau Krull sich hat versetzen lassen und ich für sie eingesprungen bin. Ich kann nur hoffen, dass zum nächsten Schuljahr Verstärkung kommt. Aber bei dem aktuellen Lehrermangel steht das noch in den Sternen.«

»Sieh das mal nicht so schwarz. Es wird sich alles finden.« Ihre Mutter griff nach ihrer Hand. »Jetzt hast du ja erst mal sechs Wochen Ferien und kannst dich ausruhen und von dem Stress erholen.«

Ilva lachte auf. »Von wegen ausruhen – Pustekuchen! Ich habe wahrscheinlich sogar mehr zu tun als während des Schuljahrs. Verrückt!«

»Die Organisation des Kegelturniers, meinst du.« Sybille Feddersen nickte wissend. »Das ist bestimmt nicht ohne. Da darf man nichts vergessen. Wie Lilo das sonst immer allein gemeistert hat, ist mir ein Rätsel. Aber du hast dich dafür ja freiwillig gemeldet.«

Ilva winkte ab. »Die Organisation des Turniers macht mir wirklich Spaß und ist halb so wild. Helena und Ute sind ja auch tatkräftig dabei. Aber dann gibt es noch die Sommerkurse an der Schule.«

»Was denn für Sommerkurse in der Schule? Seit wann hast du die denn?«

»Seit vorhin. Herr Korte hat mich angerufen. Es sind kurzfristig zwei Lehrkräfte für den Unterricht in den Ferien ausgefallen.«

»Und was hast du damit zu tun?«

»Na ja ...«

»Hast du dich etwa belatschern lassen?«

Ilva setzte sich in den Strandkorb neben Kuschel. »Herr Korte war äußerst zerknirscht am Telefon und hat mich quasi angefleht, ihn nicht hängen zu lassen. Da konnte ich unmöglich Nein sagen.«

»Gekonnt hättest du schon ... aber du bist eben wie dein Vater. Er kann auch niemandem etwas ausschlagen. Dein Direktor kann froh sein, dass du keine exklusive Urlaubsreise gebucht hast.«

»Ach, Muddi! In St. Peter ist es doch am schönsten, da muss ich nicht erst in die große weite Welt verreisen, um das festzustellen.« Sie gab ihrer Mutter einen Kuss auf die Wange. »Wir haben doch den schönsten Strand der Welt vor der Haustür.«

»Eben drum! Wenigstens ein bisschen freie Zeit hätte dir gutgetan.«

»Weißt du, Eike arbeitet auch den ganzen Sommer für die Schutzstation, sogar noch mehr als sonst, und Ute kann sich ebenso wenig vom Schulgarten trennen. Da kommt bei mir wenigstens keine Langeweile auf, wenn ich ein paar Stunden am Tag in der Schule verbringe. Ich versuche, es positiv zu sehen. Wer weiß, wofür es gut ist?«

»Und das Kegelturnier hält dich zusätzlich auf Trab. Wie weit seid ihr denn mit der Organisation?«, erkundigte sich Sybille Feddersen. »Es geht ja bald los.«

»Ute und ich wollen nachher zum Landhaus Dircks fahren. Das große Zelt soll heute geliefert werden und vielleicht auch die mobile Kegelbahn. Helena hat uns ziemlich viel von der Organisation abgenommen.«

»Ich habe mich schon gewundert, warum Fridolin vor unserer Haustür steht.« Fridolin war Ilvas alter VW Käfer, den sie zur Feier der bestandenen Fahrprüfung von ihren Eltern geschenkt bekommen hatte. Damals war sie 18 gewesen, und das knallorangefarbene Gefährt hatte schon 28 Jahre auf dem Buckel gehabt. In Hamburg kurvten die Besitzer solcher Autos ausschließlich im Sommer mit Sonderkennzeichen durch die Stadt. In St. Peter Ording sparte man sich solchen Firlefanz jedoch und fuhr jeden Pkw durch alle vier Jahreszeiten. Während Ilvas beruflicher Zeit in Hamburg hatte ihr Vater den Käfer gehegt und gepflegt und wurde nicht müde zu betonen, dass »der Wagen fast wie neu« sei. Hinweise auf das wahre Alter des Autos sparte sich Ilva. Diese tat er ohnehin jedes Mal mit einer wegwerfenden Handbewegung ab, frei nach dem Motto »Man ist so alt, wie man sich fühlt«. Stattdessen freute sie sich, dass der Wagen dank ihres Vaters top in Schuss war und sie immer noch zuverlässig von A nach B brachte.

»Bevor ich nach Ording fahre, werfe ich aber noch einen Blick ins Lehrerzimmer. Herr Korte wollte mir die Teilnehmerliste ins Fach legen. Besser, ich weiß einen Tag vorher, wer sich zu den Kursen angemeldet hat.«

»Mach das mal. Ich gehe nun unter die Dusche. Mal sehen, wann und ob dein Vater mir von seinen Kegelplänen erzählt.« Sybille Feddersen zwinkerte ihrer Tochter zu, erhob sich vom Stuhl und marschierte mit ihren Walking-Stöcken zurück ins Haus.

Staubpartikel tanzten im Licht des einfallenden Sonnenstrahls. In dem Raum hatte sich abgestandene Luft angesammelt. Es roch ein bisschen nach altem Kaffee, einem Hauch Kreide, aber allem voran dem Allzweckreiniger, mit dem scheinbar alle Schulen in der Bundesrepublik Deutschland geputzt wurden. Einen Hauch von Zitrone versuchte man vergeblich zu erschnuppern. Obwohl Zitrusduft bekanntermaßen für Sauberkeit stand und sogar bei Versuchen festgestellt worden war, dass Leute automatisch reinlicher mit ihrem Umfeld umgingen, wenn sie dieses Aroma in der Nase hatten. Für den Schulbetrieb wäre dies eine sinnvolle Maßnahme gewesen.

Ilva riss ein Fenster weit auf und ließ frische Luft ins Lehrerzimmer. Dann ging sie zu ihrem Fach und entnahm ihm zwei bedruckte Seiten Papier. Sie überflog die Namen der Teilnehmer. Die üblichen Verdächtigen, keine großen Überraschungen, war ihr erster Eindruck. Eine gute Mischung aus Internen und Externen, ehrgeizige Schüler, die ihre Noten weiter verbessern wollten, und solche, die es bitter nötig hatten, sich auf eine Nachprüfung vorbereiten mussten oder haarscharf an einer Nichtversetzung vorbeigeschlittert waren.

Sie stutzte, als sie den vorletzten Namen auf der handschriftlich erfassten Liste las: Lasse Brodersen. Der Sohn des Bürgermeisters von St. Peter-Ording und bestimmt einer der Schüler, von denen sie nicht erwartet hätte, ihn in den Sommerferien zu unterrichten. Vielmehr war sie davon ausgegangen, dass er seine Ferien mit Strandsegeln verbringen und keinen einzigen Gedanken an die Schule verschwenden würde.

Lasse gehörte zu den speziellen Kandidaten, bei denen es in diesem Schuljahr mehr als knapp gewesen war und die ihre Versetzung nur geschafft hatten, weil ein Lehrer beide Augen und zusätzlich ein Hühnerauge zugedrückt hatte. In seinem Fall war es in Französisch gewesen. Ilvas Kollegin Ingrid Fromme hatte es nicht übers Herz gebracht, ihm die Versetzung zu verderben, und aus der Fünf plus eine Vier minus gemacht. Bei Ilva hatte sich Lasse allerdings die Zähne ausgebissen, denn seine schlechten Leistungen in Englisch beruhten keineswegs auf Dummheit, sondern waren auf pure Faulheit zurückzuführen. Jedenfalls war Ilva davon überzeugt. Dafür war sie nicht bereit, ihre Prinzipien über Bord zu werfen und Gnadennoten zu verteilen.

Umso löblicher fand Ilva Lasses unerwartete Teilnahme an den Sommerkursen, zweifelte aber daran, dass dies aus freien Stücken geschah. Sicher hatten seine Eltern entsprechend durchgegriffen, nachdem sie das Zeugnis gesehen hatten.

Das konnten spannende Sommerkurse werden. Sie steckte die Teilnehmerliste in ihre Umhängetasche, schloss das Fenster wieder und verließ das Schulgebäude.

Sie ging über den Campus der Nordseeschule, am Sportplatz und am Hockeyfeld vorbei. Es war ungewohnt still auf dem Areal. In den Ferien herrschte hier gähnende Leere, wo normalerweise tagsüber Schülergruppen aktiv waren und laute Rufe sowie das Schrillen von Trillerpfeifen in der Luft lagen. Nun machte das Schulgelände einen nahezu verwaisten Eindruck. Bloß ein paar Internatsschüler waren zu Beginn der Ferien nicht abgereist. Manche Eltern konnten sich keine sechs Wochen am Stück von ihrer Arbeit freinehmen. Deshalb blieben einige Jugendliche etwas länger in St. Peter-Ording, bevor auch sie nach Hause zu ihren Familien fuhren. Dank des Ferienbetriebs des Internats war dies problemlos möglich und wurde dankend angenommen.

Mitleid musste man mit ihnen jedoch nicht haben. Es gab Schlimmeres, als einen Teil der schulfreien Zeit an einem der schönsten Strände Deutschlands zu verbringen. Die Schulgärten waren von einem Fußball-, einem Volleyballfeld und einer kleinen Minigolf-Anlage umgeben. Hier kam keine Langeweile auf, und die meisten Schüler genossen die freie Zeit am Meer, bevor sie auf Heimatbesuch fuhren.

In einem der Beete entdeckte Ilva ihre gute Freundin Ute, mit der sie selbst als Jugendliche schon gemeinsam die Schulbank an der Nordseeschule gedrückt hatte.

Nach dem Abitur waren Ilva und Ute zusammen nach Hamburg gegangen, um auf Lehramt zu studieren. Während Ilva sich der englischen und deutschen Sprache gewidmet hatte, war Utes Wahl auf die Fächer Biologie und Kunst gefallen. Nach dem Studium war Ilva in Hamburg geblieben und hatte ein Referendariat an einem Gymnasium angetreten. Ute hingegen war nicht nur nach St. Peter-Ording zurückgekehrt, sondern auch als Lehrerin an ihre alte Schule. Einige Jahre hatten sie sich bloß sporadisch gesehen, wenn Ilva mal zu Besuch bei ihrer Familie war. Doch seit sie wieder zurück in der Heimat war, war es zwischen ihnen eigentlich so, wie es immer gewesen war. Sie waren beste Freundinnen, trafen sich jeden Morgen auf dem Weg zur Schule und besprachen währenddessen schon die wichtigsten Neuigkeiten des Tages. Der einzige Unterschied zu früher war, dass sie nun in unterschiedliche Klassenräume gingen und dort als Lehrerinnen vor den Schülern standen. Ja, und ein paar Jährchen älter waren sie auch geworden.

»Ute!«, rief Ilva.

»Ich bin hier!« Sie richtete sich auf. In einer Hand hielt sie ein paar Möhren mit Grün und in der anderen eine kleine Schaufel. Ute trug eine überdimensional große Sonnenbrille auf ihrer Nase, auf ihrem Kopf saß ein Strohhut, und darunter schaute leuchtend rotes kinnlanges Haar hervor, das im Sonnenschein noch mehr strahlte als sonst. Dazu hatte sie eine Jeanslatzhose über ein Shirt angezogen, aus deren Brusttasche der Griff einer Schaufel lugte. Ilvas Freundin war schon immer praktisch veranlagt gewesen, und das spiegelte sich auch in ihrer Kleidung wider, die meist funktionell und strapazierfähig war.

Ilva blieb vor dem Beet stehen. »Na! Bist du startklar, oder musst du noch ernten.« Sie deutete auf zwei Körbe, die bereits gut mit Gemüse gefüllt waren. »Das reicht ja für mehrere Haushalte.«

»Ich bin fast fertig. Nur noch zwei Zucchini, die habe ich Helena versprochen. Willst du auch was haben? Gerade ist so viel reif, meine Mutter und ich können das allein gar nicht alles essen.«

»Klar. Ich nehme gerne was mit.« Ilva machte einen Schritt ins Beet und begutachtete das Gemüse. »Muddi freut sich über alles, was frisch ist, und meine Schwägerin auch. An mir ist das Koch-Gen ja leider völlig spurlos vorübergegangen. Dafür esse ich frisch Gekochtes gerne.«

»Immerhin. Du kannst so viel ernten, wie du magst. Bei den Zwiebeln knickt schon das Grün, und an manchen Stellen ist es gelb. Die müssen bald gegessen werden.« Ute hielt ihr eine Grabegabel entgegen. In der Zwischenzeit hatte sie zwei Zucchini von der Pflanze abgeschnitten. »Viel reifer sollten sie nicht werden. Du kannst mir helfen, sie aus der Erde zu holen. Leider habe ich für dich kein zweites Paar Handschuhe.«

»Das macht mir nichts, so empfindlich bin ich nicht.« Ilva schaute zu ihrer Freundin. »Und wie geht das?«

»Einfach die Zwiebeln mit der Grabegabel aus der Erde heben und dann auf dem Beet ablegen.« Sie machte es Ilva einmal vor. »Siehst du? Ganz einfach! Schon erblickt Allium cepa das Tageslicht.« Ute hielt strahlend eine frisch geerntete Zwiebel in der Hand.

»Das sieht gar nicht so schwer aus.«

»Es ist sogar kinderleicht. Selbst meine Fünftklässler können das.«

»Wenn du das sagst, wird es stimmen.« Ilva lachte Ute an. »Du solltest einen Sommerkurs im Obst- und Gemüseanbau geben. Dafür würden sich bestimmt auch einige Touristen interessieren.«

»Gut möglich. Das wäre vielleicht eine Idee für nächsten Sommer.« Währenddessen beförderte Ute die zweite Zwiebel aus der Erde. »Und wie ist es bei dir? Hast du schon die Liste der Teilnehmer?«

»Die habe ich gerade aus dem Lehrerzimmer geholt.« Ilva deutete auf ihre Umhängetasche. »Ich wollte morgen früh nicht die große Überraschung erleben.«

Ute hob die Augenbrauen. »Das war ja mal wieder eine Hauruck-Aktion von Direx Korte. Er kann wirklich froh sein, dass du einspringst.«

Ilva hatte es nun auch geschafft und legte ihre Zwiebel neben Utes. »Das hat meine Mutter auch gesagt.«

»Vor allem, dass du so spontan in die Kurse einsteigst, ohne dich darauf groß vorzubereiten«, fügte Ute hinzu.

»Alles Routine. Dreimal darfst du raten, wen ich unterrichten werde.«

»So wie du es sagst, klingt es nicht nach jemandem von den üblichen fleißigen Verdächtigen.«

»Du bist auf der richtigen Spur.«

»Fast hätte ich auf Lasse Brodersen getippt, aber den

werden wir in den Ferien wohl eher bei den Strandseglern finden als in einem Klassenraum.«

»Genau der ist in meinem Kurs.«

Ute hielt beim Graben inne und zog die Augenbrauen unter der Sonnenbrille hoch. »Nicht dein Ernst, oder?«

Ilva legte das Gartenwerkzeug zur Seite und wischte sich eine Hand an ihren Jeans ab, bevor sie die Teilnehmerliste aus ihrer Tasche zog und Ute unter die Nase hielt. »Hier! Da steht es, schwarz auf weiß.«

Ute nahm ihre Sonnenbrille ab. »Das ist ja ein Ding. Es geschehen noch Zeichen und Wunder!«

»Nach einem Wunder sieht mir das Ganze nicht aus. Eher nach Nötigung«, meinte Ilva und grinste.

»Ah, du meinst also, dass unser Bürgermeister hinter Lasses Kursteilnahme steckt?«

»Na, die Möglichkeit, dass sich Lasse freiwillig zum Lernen meldet und noch dazu in den großen Ferien … dafür fehlt mir die Fantasie.«

»Ich bin mir sicher, unser Bürgermeister meint es nur gut mit seinem Sohn. Lasse ist wirklich ein Faulpelz, wie er im Buche steht. Mir ist es ein Rätsel, wie er es überhaupt bis in die Oberstufe geschafft hat.«

»Er ist eben ein guter Durchmogler und natürlich nicht dumm. Nur faul.« Ilva legte eine weitere Zwiebel auf das Beet. »Obendrein kann er die Leute gut belatschern. Im Unterricht quatscht er so lange um das Thema herum, bis man ganz benebelt ist und glaubt, er hätte was Wichtiges zum Unterricht beigetragen.«

»Eines seiner größten Talente«, stimmte Ute zu und

schaute auf das geerntete Gemüse. »Für heute reicht es. Von mir aus können wir zu Helena fahren.«

4. Kapitel

Kurz darauf in Ilvas Auto mit Fahrtrichtung Ording, auf dem Weg zum Landhaus Dircks, immer noch sonnig und angenehme 24 Grad. Ein lauer Fahrtwind weht, und im Radio läuft California Dreamin'.

»Ich bin froh, dass Helena so tatkräftig bei der Sache ist«, meinte Ilva. »Als Lilo zu Berte gesagt hat, dass ihr die Organisation des Kegelturniers inzwischen zu viel wird, hat meine Mutter schon das Ende des Wettbewerbs befürchtet.«

»Zum Glück hat Helena, ohne mit der Wimper zu zucken, gesagt, dass sie einspringt. Und was wären wir für Freundinnen, ihr da nicht zur Seite zu stehen. Solange Berte das finanzielle Sponsoring übernimmt, ist es ja auch irgendwie machbar. Es wäre sehr schade gewesen, wenn das traditionelle Kegelturnier mit Lilos Absage gestorben wäre. Ich glaube, da wären einige Tränen gerollt«, bestätigte Ute.

Während der nächsten fünf Tage würden zahlreiche Gäste und Einheimische auf dem Gelände des Landhauses Dircks zusammenfinden, um gemeinsam zu kegeln. In den ersten Tagen fand ein sogenanntes »Offenes Kegeln« statt, bei dem wild durcheinandergeworfen wurde. Jeder, der Lust hatte, durfte so oft werfen, wie er wollte, und musste nicht zwangsläufig am eigentlichen Wettbewerb teilnehmen. Natürlich gab es trotzdem Regeln, damit jeder mal drankam. Außerdem hatten Helena, Ute und Ilva entschieden, dass sich dieses Jahr nach Möglichkeit jeder, der teilnehmen wollte, anmeldete, damit sie besser einschätzen konnten, wie die Tage verlaufen würden. Geplant war, dass der Wettbewerb auf zwei Wochen begrenzt sein sollte. So lange blieben die meisten Feriengäste und verbanden das Turnier mit einem Urlaub an der Nordseeküste.

Alle Punkte, die in dieser Zeit pro Person erzielt wurden, wurden gesammelt. Nur wer eine bestimmte Punktzahl erreichte, konnte an den letzten beiden Tagen am Endspurt und damit an den K.-o.-Runden teilnehmen. Sie wurden in Duellen gespielt und so schließlich die Besetzung des Siegertreppchens ermittelt.

Wer also nur kam, um die Gesellschaft und gute Stimmung zu genießen, hatte an den ersten Tagen genügend Zeit, sich selbst zu beweisen, ohne sich dem Druck des Wettbewerbs aussetzen zu müssen, da eine zu geringe Punktzahl ohnehin zum Ausschluss führte und nicht die Gefahr drohte, sich mit den alten Hasen und erfahrenen Hobbykeglern verglichen zu sehen.

Besonders schön zu sehen war, wenn auch so mancher, der mit wenig Ambitionen an die Sache heranging, während der ersten Würfe einen solchen Ehrgeiz entwickelte, dass er es am Ende doch aufs Siegertreppchen schaffte.

Es waren ein paar spannende Tage in St. Peter-Ording und eine große Bereicherung für den Ort, deswegen hatte mit Helena, Ute und Ilva nun eine neue Generation der Organisatorinnen von ihren Vorgängerinnen übernommen, und die Frauen waren fest entschlossen, das Beste aus dem Kegelturnier herauszuholen.

»Meine Mutter wäre auf jeden Fall sehr enttäuscht gewesen! Sie ist doch seit vielen Jahren aktiv dabei, und früher war sogar mein Vater mit von der Partie. Doch das ist bei ihm irgendwann eingeschlafen. Vielleicht gibt er dieses Mal sein Comeback. Er hat so was angedeutet«, erzählte Ilva.

»Das klingt interessant!«, fand Ute.

»Ich bin auch schon ziemlich gespannt.« Sie waren am Landhaus angekommen. Ilva fuhr auf den Parkplatz. »Immerhin haben wir den Tod des Turniers abwenden und stattdessen einen Generationswechsel schaffen können.«

»Was auch an der Zeit war ... Lilo Ampütte ist doch mindestens 70 Jahre alt.«

»Sogar noch ein paar Jährchen älter, soweit ich weiß. Aber sie wirkt einfach viel jünger, durch ihre positive Ausstrahlung und ihren unkonventionellen Kleidungsstil.« Ilva parkte und schaltete den Motor aus.

Sie entdeckten Helena auf der großen Wiese, die rechts vom Haus lag. Dort spielten vier Jungs Fußball, einige Kinder planschten im Pool, und ein paar Erwachsene hielten einen Plausch unter dem Vordach des Gartenhauses. Helena war beschäftigt, sie telefonierte mit dem Handy und schien von Ilvas und Utes Ankunft nichts mitbekommen zu haben. In ihrer Nähe stand ein Junge, der die Hände tief in seinen Hosentaschen vergraben hatte und auf etwas zu warten schien. Ilva kam er gleich bekannt vor. »Da schau her. Wenn man vom Teufel spricht!«

»Lasse, was machst du denn hier? Hast du dich verlaufen?«, fragte Ute erstaunt. »Bei dem schönen Wetter hätte ich dich eher am Strand vermutet.«

»Ich mich auch.« Er zuckte mit den Achseln. »Ich helfe bei der Organisation des Turniers.«

»Erst entdecke ich deinen Namen auf meiner Teilnehmerliste für die Sommerkurse, und jetzt hilfst du auch noch freiwillig beim Kegelwettbewerb? Ich bin wirklich begeistert!«, sagte Ilva anerkennend.

»Freiwillig ...« Lasse zog einen Mundwinkel hoch und grinste schief. »Mein Vater hat mich dazu verdonnert. Ich muss lernen, Verantwortung zu übernehmen und nicht immer nur in den Tag hineinzuleben – sagt er. Er wird überaus erfreut sein, wenn ich ihm von Ihrer Begeisterung erzähle, Frau Feddersen.«

Ilva musste lachen. »Aha, daher weht der Wind. Richte ihm aus, dass ich schwer beeindruckt bin.«

Helena hatte ihr Gespräch beendet und entdeckte sie. »Ach, ihr seid schon da. Bei dem ganzen Trubel habe ich gar nicht mitbekommen, dass ihr gekommen seid. Manchmal weiß ich nicht, wo mir der Kopf steht.«

»Moin, Helena«, sagte Ute. »Hier, dein bestelltes Gemüse aus dem Schulgarten.«

»Du scheinst ja schon richtig in Action zu sein«, fügte Ilva hinzu.

»Oh, danke!« Helena nahm den Korb an. »Ich nenne das

Multitasking. Stand glaub ich auch in der Stellenbeschreibung als dreifache Mutter.«

»Was soll ich denn jetzt machen?«, fragte Lasse.

»Geh doch bitte schon mal zur Einfahrt. Die Speditionsfirma mit den mobilen Kegelbahnen müsste gleich mit einem Fahrzeug kommen. Du kannst sie dann auf dem Parkplatz einweisen, wenn du dir das zutraust.«

»Ist gut, das bekomme ich hin.« Der Junge dackelte Richtung Einfahrt ab.

Ilva schaute ihrem Schüler hinterher. »Wir haben fast schon an eine wundersame Wandlung bei Lasse geglaubt, als wir ihn gerade gesehen haben. Er nimmt sogar an den Sommerkursen der Nordseeschule teil. Aber so richtig begeistert sieht er nicht aus.«

Helena steckte das Handy in eine Hosentasche. »Nein, Begeisterung sieht anders aus, aber er gibt sich Mühe, einen guten Eindruck zu machen. Unser Bürgermeister scheint erzieherisch durchgegriffen zu haben – wegen akut schlechter schulischer Leistungen. Lasse tut mir schon ein bisschen leid. Seine Kumpels sind alle am Strand und genießen die schulfreie Zeit, während er hier mithelfen muss. Ist er denn wirklich ein so schlechter Schüler?«

»Ja«, sagten Ilva und Ute gleichzeitig.

»Okay.« Helena hob beide Hände. »Ich hätte ihm trotzdem die Sommerferien nicht mit Pflichten verdorben. Damit hätte man auch am Anfang des nächsten Schuljahres beginnen können. Nur meine Meinung … Ferien sind doch zum Spaßhaben und Erholen da. Oder etwa nicht?«

»Lasse leidet unter chronischer Fauleritis, und dadurch

ist ein Großteil des Stoffes des letzten Schuljahres an ihm vorbeigegangen«, klärte Ilva Helena auf. »Ich finde es gar nicht so schlecht, dass er in den Ferien an seinen Lücken arbeitet, sonst schleppt er sie doch nur mit in die nächste Stufe und schafft spätestens die kommende Versetzung nicht mehr mit Ach und Krach. Und ein bisschen unfreiwillige Struktur auch außerhalb der Schulzeit wird ihm sicherlich nicht schaden.«

»Klingt irgendwie logisch«, stimmte Helena zu. »Dann kann ich ja richtig froh sein, dass meine Kinder so gute Zeugnisse nach Hause gebracht haben. Stellt euch vor, Jesko hat sogar den besten Schnitt der gesamten Klasse. Das hat er noch nie geschafft.«

»Glückwunsch! Da kann er sehr stolz sein!«, fand Ute.

»Was meinst du, wie stolz *ich* erst bin! Und ich habe mir extra eine schöne Überraschung für ihn ausgedacht. Alles war geplant, und heute Abend sollte er sie bekommen, doch daraus wird ja jetzt nichts.« Helena schüttelte den Kopf und guckte betrübt.

»Warum denn nicht? Ist was passiert?«, fragte Ilva ahnungslos.

»Hat Ernie dir nichts erzählt?«

Ilva überlegte kurz. »Nö. Was sollte er mir denn erzählt haben?«

Helena winkte Ilva und Ute weg von der Wiese und den Menschen. Sie gingen um eine Ecke und blieben vor einem Tisch stehen. Helena stellte den Korb auf dem Boden ab. »Also, er war vorhin mit Fred da, weil ich ihn angerufen habe«, erzählte sie mit leiserer Stimme. »Stellt euch vor, jemand hat Jeskos Geschenke aus dem Schuppen gestohlen. Ich konnte es gar nicht fassen.«

»Wer macht denn so was?«, fragte Ute verständnislos.

»Wenn ich das wüsste …«

Ilva schaute um die Ecke zu dem Holzhaus. »Wieso waren die Geschenke denn im Schuppen? Ist das nicht ein ungewöhnlicher Ort?«

»Ich dachte, es wäre ein sicheres Versteck dafür. Die Kinder gucken doch in alle Schränke in der Wohnung. Deswegen habe ich die Sachen auch extra in einen Karton auf das oberste Brett des Regals gepackt. Nicht im Traum habe ich daran geglaubt, dass jemand auf die Idee kommen könnte, dort etwas wegzunehmen«, sie verdrehte die Augen.

»Das klingt in der Tat sehr merkwürdig … was hat denn mein Bruder dazu gesagt?«

»Nicht viel. Es gibt natürlich keine Einbruchspuren, weil die Tür nicht verschlossen war. Immerhin stehen dort die Fahrräder und Spielzeuge für die Gäste und auch einige mitgebrachte Sachen der Gäste drin. Der Schuppen muss zu jeder Tageszeit frei zugänglich sein.«

Ute verschränkte die Arme vor der Brust. »Dann könnte es theoretisch jeder gewesen sein.«

»Ich habe bisher bloß ein paar Gästen davon erzählt, und sie haben nichts Außergewöhnliches bemerkt. Aber wer konnte auch damit rechnen, dass so etwas passiert? Es waren ja nicht die Kronjuwelen – wer außer einem Zehnjährigen ist scharf auf ein Guinnessbuch und ein Fußballtrikot in Kindergröße M? Sehr ärgerlich, aber Jesko soll nicht darunter leiden, er hat sich eine Belohnung verdient. Ich werde beides noch einmal kaufen, dann bekommt er die Sachen eben ein paar Tage später.«

»Warum willst du nicht Anzeige erstatten?«, fragte Ilva. Sie hoffte, dass Helena sich doch noch zu diesem Schritt entscheiden würde.

»Ich habe schon genug Rummel durch das Turnier und die Gäste. Die Sache mit den Geschenken an die große Glocke zu hängen würde doch nur schlechte Stimmung unter allen Anwesenden erzeugen. Außerdem, wenn meine Kinder davon Wind bekommen, dass hier ein Dieb sein Unwesen treibt, bekommen sie nur unnötige Angst.«

Ilva nickte. »Das verstehe ich.«

»Da Jesko ja vermutlich nichts davon wusste, dass er etwas geschenkt bekommen sollte, musst du ihm auch keine Erklärung auftischen, und auf die paar Tage mehr kommt es ja nicht an. Bei Geburtstagsgeschenken wäre es schlimmer gewesen. Oh, schaut, ich glaube die Kegelbahnen kommen«, sagte Ute plötzlich mit Blick auf die Einfahrt, an der immer noch Lasse wartete. Ein silberner VW fuhr auf das Grundstück und blieb vor dem Parkplatz stehen.

»Nicht ganz. Das sind Berte und ihr Neffe. Sie wusste nicht, ob Torben es rechtzeitig schafft, mit ihr herzukommen. Natürlich möchte sie beim Aufbau dabei sein«, erklärte Helena.

»Als Hauptsponsorin ist das nur verständlich«, fand Ute.

»Und dann hat sie noch das großzügige Preisgeld bereitgestellt«, fügte Ilva hinzu.

Sie beobachteten, wie Torben den Rollstuhl aus dem Kofferraum holte und startklar machte. Erst als Berte in ihrem Rolli auf dem gepflasterten Weg saß, parkte er den Wagen auf dem Schotterplatz ein.

Berte kam auf sie zugerollt. »Moin, Moin! Ich scheine ja noch nicht allzu viel verpasst zu haben.«

»Moin, Berte! Du bist sogar pünktlich wie die Maurer.« Helena deutete auf einen Punkt hinter der Frau. Lasse winkte das Fahrzeug der Spedition auf das Grundstück. »Die Kegelbahnen kommen gerade an. Nun müssen wir nur noch auf das Zelt warten. Das sollte auch bald da sein.«

»Es scheint alles wie am Schnürchen zu laufen. Bald kann es losgehen«, verkündete Berte voller Vorfreude. Die Dame war Anfang 70 und saß seit einer verpfuschten Rückenoperation im Rollstuhl. Kurz darauf war ihr Mann gestorben. Früher war er Chefarzt in der Rehaklinik Goldene Schlüssel in St. Peter-Ording gewesen und hatte ihr neben einer Immobilie eine hohe Witwenrente und weitere Vermögenswerte hinterlassen. Kinder hatten sie keine gehabt, deswegen trat Berte gerne als großzügige Spenderin bei verschiedenen Gelegenheiten auf. »Mir kribbelt es schon richtig in den Fingerspitzen vor Vorfreude.«

»Guten Tag, die Damen.« Torben war zu ihnen gekommen und hatte seiner Tante eine Hand auf die Schulter gelegt. »Ich packe natürlich auch gerne mit an. Schließlich soll das Turnier pünktlich starten. Was gibt es zu tun?«, fragte er voller Tatendrang.

Berte tätschelte lächelnd Torbens Hand. Seit sie im Rollstuhl saß, war sie häufig auf die Hilfe ihres Neffen angewiesen. Deshalb sah man sie letzter Zeit oft in seiner Begleitung. Meist hielt er sich jedoch im Hintergrund und schien auch nicht viele Freunde im Ort zu haben. Er war ein ruhiger Typ, der sich jedoch liebevoll um seine Tante kümmerte.

»Was würden wir nur ohne dich machen? Immer bist du zur Stelle, wenn Not am Mann ist«, lobte sie ihn dankbar.

»Die Leute von der Spedition können bestimmt Hilfe gebrauchen«, sagte Helena.

»Alles klar, dann werde ich mal meine Muskelkraft einbringen.« Torben ging gut gelaunt zurück zum Parkplatz und sprach die Männer an. Die Spediteure luden bereits die ersten Teile aus, und Lasse und Torben nahmen direkt das nächste.

»Torben ist meine wichtigste Stütze«, sagte Berte. »Er hatte heute Nachtdienst im Hotel und ist erst vor zwei Stunden zu Hause gewesen. Trotzdem ist er jetzt mit mir hier. Eigentlich müsste er im Bett liegen.«

»Dann werde ich uns mal einen leckeren Kaffee machen und für Torben einen extra starken«, sagte Helena und griff nach dem Korb mit dem Gemüse.

Ilva schob Berte an den großen Tisch vor dem Eingang, sodass sie das Geschehen auf dem Parkplatz gut im Blick hatte. »Das ist eine sehr gute Idee. Für mich bitte mit Milch und Zucker – auch gerne stark.«

»Für mich bitte auch, aber ruhig milder. Sonst bekomme ich Herzklopfen und kann nachts nicht schlafen«, bat Berte.

»Warte, ich helfe dir mit dem Geschirr.« Ute folgte Helena ins Haus.

Ilva schaute zum Parkplatz, wo bereits etliche Bauteile ausgeladen und eines nach dem anderen auf die Wiese gebracht worden waren. Sie wandte sich dann an Berte. »Entschuldigung, ich muss einmal kurz telefonieren. Bin aber gleich wieder bei dir, ja?«

»Aber sicher! Lass dir ruhig Zeit. Ich habe ja Unterhaltung.«

Ilva ging zum hinteren Teil des Grundstücks und setzte sich in einen der Strandkörbe, die um die hauseigene Düne herum aufgestellt worden waren. Daneben befanden sich ein Spielplatz und eine Grillecke. Es wurmte sie, dass Ernie ihr nichts von den Vorgängen bei Helena erzählt hatte. Natürlich konnte sie nicht erwarten, dass ihr Bruder sie in alle laufenden Ermittlungen einweihte. Aber wenn es um einen Diebstahl bei guten Freunden ging, war das was anderes. Schließlich blieb diese Information doch in der Familie. Ilva nahm ihr Handy zur Hand und wählte die Nummer ihres Bruders.

Ernie schlenderte am Zaun entlang, hinter dem das Reetdachhaus seiner Eltern lag. Es war herrlich ruhig im Gartenweg. In der Luft lagen der Duft von schwarzem Holunder und das Summen von Bienen. Irgendwo hörte jemand die neuesten Nachrichten im Radio, und im benachbarten Garten wurde der Rasen gesprengt. Wieder dachte Ernie an Fred und seinen Sohn Elias. Dessen neue große Liebe für die Feuerwehr musste den Kollegen hart treffen. Ernie wollte ihm helfen. Vielleicht ließ sich Elias doch schneller wieder umstimmen als gedacht. Eine Verfolgungsjagd im Peterwagen mit Blaulicht und Sirene hatte schon unzählige Kinder vor Elias beeindruckt. Ernie wollte gerade die Pforte zum Garten aufdrücken, als sein Handy klingelte. »Schwester!«

»Warum hast du mir nichts gesagt?«, kam Ilva gleich zur Sache.

Ernie zog die Augenbrauen zusammen und öffnete die Tür. »Was nicht gesagt?«

»Dass bei Helena eingebrochen wurde. Sie ist doch unsere Freundin.«

Ernie schloss die Gartentür hinter sich. »Ich kann dir von keinem Einbruch erzählen, der nicht stattgefunden hat. Der Schuppen war frei zugänglich für alle. Eine Einladung für jeden Selbstbediener.«

»Hm.«

Ernie konnte förmlich fühlen, wie seine Schwester einen Flunsch zog. »Es ist nicht wirklich viel gestohlen worden. Und wer weiß, vielleicht finden sich die Dinge ja wieder. Denk an mal an ihre Katze, die war ja irgendwann auch wieder da.«

»Was willst du denn jetzt machen?«, fragte Ilva.

»Solange Helena nicht Anzeige gegen Unbekannt erstattet, kann ich gar nichts tun.« Ernie machte eine hektische Handbewegung, um einen Schwarm Mücken zu vertreiben, der über seinem Kopf tanzte.

Ilva seufzte laut. »Hör mal. Mich stört es, dass in St. Peter geklaut wird.«

»Wer seine Sachen nicht ausreichend absichert, darf sich nicht beschweren, wenn sie weg sind«, antwortete Ernie sachlich. »Unabgeschlossene Türen können eben leicht geöffnet werden.«

»Ernie, du weißt, was ich meine. Wir sind hier doch

nicht in Hamburg. Früher musste hier nie was gesichert oder abgeschlossen werden.«

»Ja, früher. Die Zeiten ändern sich, und St. Peter ist eben keine Insel. Hier herrscht inzwischen so viel Publikumsverkehr, dass dieser Grundsatz nicht mehr gilt. Wir sind nicht exklusiv unter uns St. Peteranern, das hätte jeder sein können.« Er versuchte erneut, die Mücken abzuwehren. »Und vielleicht erledigt sich die Sache ja ohnehin von allein.«

»Das glaube ich nicht. Dem Langfinger muss man auf die Schliche kommen. Wer weiß, was sonst noch alles verschwindet.«

Ernie kannte seine Schwester zu gut und wusste genau, was in ihrem Kopf herumspukte. »Egal, wie sehr es dir in den Fingern juckt, lass es bleiben. Wir brauchen in diesem Fall keine Unterstützung von Miss Marple. Das schafft die Polizei von St. Peter-Ording auch allein.«

Ilva schnappte hörbar nach Luft. »Im letzten Jahr konnte ich aber zur Aufklärung beitragen.«

»Dieses Mal schaffen wir es ganz sicher auch ohne dich. Du bist Lehrerin und keine Ermittlerin und hast doch mit dem Kegelturnier ohnehin genug zu tun. Überlass die Verbrecherjagd mal Fred und mir. Wir haben die Sache gut im Griff.«

»Danke für die Erinnerung. Trotzdem werde ich meine Augen und Ohren offen halten.«

»Kerle Kiste!« Ernie schlug hektisch nach ein paar Mücken, von denen ihn mindestens eine mitten auf der Nase gestochen hatte.

»Was denn? Ich erfülle bloß meine Bürgerpflicht«, sagte

Ilva, die Ernies Fluch offenbar auf sich bezogen hatte. »Wo bist du eigentlich?«

»Im Garten unserer Eltern, und wenn ich hier noch länger stehe, bin ich bald völlig zerstochen.« Ernie schlug kräftig mit der flachen Hand auf seinen Arm, auf dem eine Mücke gelandet war.

»Na denn. Ich sag dir Bescheid, wenn ich was herausgefunden habe.«

»Ilva …«, setzte Ernie zum Protest an, doch seine Schwester hatte das Gespräch bereits beendet. Womit hatte er das verdient? Ernie stöhnte genervt auf und steckte das Handy zurück in seine Hosentasche. Was heute wieder los war! Er ging zur Garage, aus der er leise Musik gehört hatte. Sein Vater kniete im Blaumann vor einem Fahrrad, dessen Räder zur Decke zeigten. Neben ihm lag Werkzeug auf dem Boden. Ernie klopfte gegen die Garagentür. »Moin, Papa!«

»Moin, mein Junge.« Werner Feddersen erhob sich umständlich und drehte die Lautstärke des Radios leiser. In einer Hand hielt er einen Schraubenzieher. Dann griff er sich ans Kreuz und verzog dabei schmerzvoll sein Gesicht. »Heute ist wieder Knochenwetter.«

Ernie sah seinen Vater verwundert an. »Wieso? Ist doch warm und trocken draußen.«

»Eben.«

»Ich dachte immer, Knochenwetter ist kalt und nass.«

»Bei mir nicht.«

»Dann mach doch mal Sport – so wie Muddi«, sagte Ernie leichthin, ohne zu ahnen, dass er mit seiner Bemerkung direkt in ein Wespennest stechen würde.

»Tz! Deine Mutter und ihr Sport. Das ist auch nicht mehr normal. Sie ist ja nur noch mit Hinz und Kunz unterwegs. Ich weiß schon gar nicht mehr, wie meine eigene Frau überhaupt aussieht, so selten lässt sie sich mittlerweile blicken. Wir unterhalten uns fast nur noch über handgeschriebene Zettel auf dem Küchentisch.«

»So schlimm ist es doch bestimmt nicht«, versuchte Ernie abzuwiegeln.

»Es ist sogar noch viel schlimmer!«, entgegnete sein Vater vehement und setzte sich auf einen Hocker. »Wie ein Strohwitwer fühle ich mich.«

»Dann mach doch beim Kegelturnier mit. Das wäre eine gute Gelegenheit, mehr Zeit gemeinsam zu verbringen. Ilva und ich sind auch dabei.« Erst Fred, jetzt sein Vater! Ernie fragte sich, ob heute der Tag der zwischenmenschlichen Probleme war und er dazu auserkoren worden war, diese zu lösen.

Werner Feddersen schlug mit einer Hand auf seinen Oberschenkel. »Jeder fragt mich, ob ich nicht an diesem Turnier teilnehmen möchte. Erst Ingfried, jetzt du. Bloß deine Mutter kommt nicht auf die Idee.«

»Wo ist Muddi denn?«

Werner Feddersen zuckte bloß resigniert mit den Schultern. »Beim Sport. Wo sonst?«

So hatte Ernie seinen Vater noch nie erlebt. Seine Mutter und er waren sonst ein Herz und eine Seele. Nun hatte er aber den Eindruck, dass beide in einer mittelschweren Ehekrise steckten. »Du solltest dich uns anschließen. Familie

Feddersen wäre dann komplett. Heike möchte dieses Jahr vielleicht auch zum ersten Mal teilnehmen.«

Werner Feddersen schaute seinen Sohn eine Weile nachdenklich an. Ernie spürte, wie er mit sich haderte. Die Bemerkung seines Vaters eben hatte ihm gezeigt, dass es diesen wurmte, dass seine eigene Frau nicht auf die Idee kam, dafür zu sorgen, dass sie als Paar auf dem Turnier erschienen. Er konnte verstehen, dass sein Vater frustriert war. Doch den Kopf in den Sand zu stecken machte die Situation nicht besser. Dann beobachtete Ernie jedoch, wie eine gewisse Portion Trotz im Blick seines alten Herrn aufflammte.

»Hast ja recht, mein Junge! Meine Frau muss mich nicht extra fragen, ich entscheide das ganz allein. Gut, ich bin mit von der Partie«, entschied Werner Feddersen schließlich und blickte seinen Sohn entschlossen an.

»Das ist prima, Papa!«

Werner Feddersen hob einen Zeigefinger. »Allerdings muss ich vorher noch ein bisschen trainieren, damit ich mithalten kann. Ich bin seit meinem letzten Besuch auf der Kegelbahn ein wenig eingerostet.«

»Das ist gar kein Problem. Heike und ich haben ein Kegelset zu Hause. Lass uns doch nachher ein paar Bahnen werfen.«

»Einverstanden.« Auf Werner Feddersens Gesicht erschien ein leichtes Lächeln. »Aber vorher mähe ich noch den Rasen.«

5. Kapitel

Am späten Nachmittag in Ording, eine angenehme Brise weht, und ein paar lockere Wolken ziehen über den Himmel.

Ilva schob Berte in ihrem Rollstuhl über die Wiese am Landhaus Dircks. Das Festzelt war auf der dem Haus vorgelagerten Rasenfläche aufgebaut worden.

»Toll sieht es aus! Viel besser als erwartet«, sagte die alte Dame, als sie das weiße Zelt erreicht hatten. Sie begutachtete eingehend die drei Kegelbahnen, die nebeneinander platziert worden waren. Dann ließ sie ihren Blick schweifen. »Sogar ein paar Bänke und Tische gibt es. Das kann ja gemütlich werden.«

»Sieht richtig professionell aus«, fand Ilva ebenfalls. »Hier passen einige Kegler rein, und ein kleiner Regenschauer kann uns hier nichts mehr anhaben.«

»Und den Extraplatz für den Schiedsrichter nicht zu vergessen«, merkte Torben an und zeigte auf einen Barhocker und einen Bistrotisch, die neben einer Bahn standen. Auf dem Tisch war das Schaltpult installiert worden, mit dem die einzelnen Kegelbahnen bedient und die Spielweise programmiert werden konnten.

»Weiß man schon, wer sich dieses Jahr freiwillig für den wichtigen Schiedsrichterposten gemeldet hat?«, wollte Berte wissen.

»Den Schiri mache ich, und meine Frau ist die Assistentin.« Rudi und Erika waren ins Zelt gekommen.

»Mensch! Ihr seid ja schon da! Lasst euch umarmen!« Berte herzte ihre alten Kegelfreunde. »Aber du als Schiedsrichter, Rudi? Das kann ich mir gar nicht vorstellen. Du bist doch sonst immer ganz vorne mit dabei, wenn es um einen Platz auf dem Siegertreppchen geht.«

»Normalerweise schon, aber ich habe mir vor Kurzem den rechten Arm gebrochen. Im Moment ist noch Schonung angesagt, und ich musste meinem Arzt versprechen, mich daran zu halten. Mit links kann ich nur treffsicher einen Pudel werfen und diesen Titel holen.« Rudi verzog sein Gesicht und rieb mit einer Hand über den lädierten Arm. »Hauptsache, ich bin trotzdem dabei.«

Berte schaute Rudi mitfühlend an. »Wie schade! Ausgerechnet der rechte Arm. Aber deine Gesundheit geht selbstverständlich vor.«

»Nächstes Jahr bin ich dafür doppelt fit und hole den Titel«, fügte er optimistisch hinzu.

»Dann hat Hotte aber dieses Mal keinen ebenbürtigen Herausforderer, oder?«, überlegte Berte. »Dabei habe ich mich besonders auf euren Zweikampf am Ende des Turniers gefreut. Der ist immer so spannend!«

»Wieso hat er denn keinen ebenbürtigen Herausforderer? Kommt der Schorsch Huber dieses Jahr etwa nicht?«, fragte Erika. »Eigentlich steigt doch das große Duell immer zwischen den beiden.«

»Ach ja, stimmt! Den Schorsch hätte ich fast vergessen. Wie konnte mir das nur passieren? Mein Gedächtnis scheint mit dem Alter nachzulassen«, sagte Berte entschuldigend. Sie entdeckte die Gastgeberin vom Landhaus Dircks vor Kopf einer Kegelbahn. Helena unterzeichnete gerade ein Dokument, das auf einem Klemmbrett befestigt worden war, und gab es dann einem Mitarbeiter der Spedition zurück. »Helena!« Berte winkte ihr zu. »Komm doch mal bitte zu uns. Wir hätten eine Frage an dich.«

»Sofort.« Helena verabschiedete sich von den Männern der Spedition und kam dann zu Ilva, Berte, Rudi und Erika. »Bist du zufrieden mit den Kegelbahnen, Berte?«

»Oh ja! Es ist alles wunderbar. Besser könnte es gar nicht sein.« Sie drückte dankbar Helenas Hand. »Das habt ihr gut organisiert.«

»Na, da bin ich ja froh!«

»Wir haben gerade überlegt, ob der Schorsch dieses Jahr am Turnier teilnimmt.«

»Natürlich nimmt Schorsch teil – wie immer! Er und seine Frau haben ein Apartment bei mir gebucht, damit Schorsch genügend Abstand zum Campingplatz und zu Hotte hat«, sagte Helena grinsend. »Gegen Abend wollten die zwei da sein, könnten also jeden Moment eintrudeln.«

»Dann kann das Derby ja steigen«, meinte Ilva. »Ich dachte, die beiden wären nur verbitterte Kegelkonkurrenten, aber die Rivalität zwischen Schorsch und Hotte muss ja auch privat riesig sein, wenn der Platz auf der Strandperle nicht ausreicht, um sich aus dem Weg zu gehen.«

»Sie können sich auf mindestens zwei Meilen gegen den Wind nicht riechen«, bestätigte Erika lachend. »Warum das so ist, weiß man nicht. Es wird aber gemunkelt, dass es wohl etwas mit einer Frau zu tun haben könnte, warum sie sich nicht grün sind.«

»Das halte ich für ein Gerücht«, schaltete sich Berte ein. »Immerhin ist der Schorsch doch seit über fünfundzwanzig Jahren mit der Bine verheiratet – und das muss man erst mal in der heutigen Zeit schaffen. Solange ich die beiden kenne, und das sind immerhin einige Jahre, scheinen sie sehr glücklich zusammen zu sein. Und ein Schürzenjäger ist der Schorsch noch nie gewesen.«

»Von Schorsch ist auch keine Rede. Aber Hotte wäre es zuzutrauen. Vor seinen Annäherungsversuchen ist doch keine Frau sicher.«

»Immer diese Klatsch- und Tratschgeschichten.« Rudi machte eine wegwischende Handbewegung. »Lasst uns lieber mal die wichtigen Dinge in Angriff nehmen und die Kegelbahnen einweihen.« Er rieb sich eifrig die Hände.

»Eine sehr gute Idee«, freute sich Berte. »Da bin ich sofort dabei.«

»Dann walte ich mal meines Amtes.« Rudi ging zu Torben, der sich mit dem Schaltpult vertraut machte.

»Wer von euch möchte noch mitmachen?«, fragte Helena in die Runde.

Lasse, der ein wenig abseitsgestanden hatte, hob seine Hand. »Darf ich?«

»Na klar!« Helena zeigte auf die Bahn in der Mitte. »Die kannst du nehmen.«

»Wenn niemand mehr will, gehe ich zur letzten«, sagte Ilva. Sie trat an die Kegelbahn, die gleich neben dem Tisch mit dem Schaltpult aufgebaut worden war.

Helena stellte sich neben sie. »Kommt Ute eigentlich noch mal zurück?«

Ilva nickte. »Sie ist mit meinem Auto unterwegs. Einen Korb mit Gemüse zu ihrer Mutter fahren, und bei meinen Eltern wollte sie auch was vorbeibringen. Eigentlich müsste sie bald wieder da sein. Aber so wie ich meine Mutter kenne, hat sie Ute zu einem Kaffee und einem Stück Kuchen genötigt. Das kann dauern.«

»Apropos Getränke, da fällt mir ein, dass ich noch einen kleinen Kühlschrank organisieren muss. Eine neue Kaffeemaschine steht in meinem Büro, die kann während des Turniers im Zelt laufen.«

Inzwischen waren Rudi und Torben hinter die technischen Zusammenhänge der Schaltanlage gekommen und hatten die Kegel automatisch aufgestellt. Die Kugeln rollten über den Rücklauf zu den Keglern. Ilva nahm eine der Kugeln in die Hand und wechselte sie hin und her, um ein Gefühl für die Größe und das Gewicht zu bekommen. Berte gebührte als Sponsorin der erste Wurf. Obwohl sie im Rollstuhl saß, machte sie dabei eine höchst professionelle Figur. Die Kugel rollte in einer gerade Linie auf die Kegelformation zu und brachte sieben von ihnen zu Fall.

»Bravo!« Erika applaudierte spontan.

»Guter Start«, rief Rudi.

»Noch zwei mehr, und ich bin perfekt«, sagte Berte motiviert.

Ilva warf als Nächste, aber ihre Kugel verabschiedete sich schon nach weniger als der Hälfte der Strecke in die Fehlwurfrinne. Sie hob ihre Arme. »Wie hätte es anders sein können!«

Erika stöhnte auf und kam zu ihr. »Das passiert sogar den Besten. Bei mir ist das mal bei drei Würfen hintereinander vorgekommen.«

»Jetzt kann nur noch Lasse unsere Ehre retten«, meinte Ilva und nickte ihrem Schüler aufmunternd zu. »Zeig mal, was du draufhast.«

Lasse grinste schief. »Ich gebe mein Bestes.« Der Junge konzentrierte sich und nahm dann Anlauf. Bevor er die Kugel mit Schwung nach vorne warf, ging er leicht in die Knie, und seine Hand folgte der Wurfrichtung. Die Kugel rollte mit hoher Geschwindigkeit mittig der Bahn auf die Kegel zu. Beim Aufprall fielen die Kegel geräuschvoll um.

»Alle neune beim ersten Wurf!« Helena klatschte vor Begeisterung in die Hände.

»Na, so was! Ich wusste gar nicht, dass du so ein hervorragender Kegler bist.« Ute war gerade rechtzeitig ins Zelt gekommen, um Lasses Wurf mitzubekommen. Sie hielt Ilva den Autoschlüssel vor die Nase.

»Das wusste ich bis jetzt auch nicht«, sagte Lasse nicht weniger überrascht.

»Du musst unbedingt am Turnier teilnehmen«, meldete sich Berte zu Wort. »Gute Nachwuchsspieler sind bei uns immer herzlich willkommen.«

»Genau!«, pflichtete Ute ihr bei.

»Ich weiß nicht …« Lasse schaute ein wenig verlegen ob der unerwarteten Anerkennung. »War bestimmt bloß ein Zufallstreffer.«

Helena ging zu ihm. »Deine Eltern haben ihre Teilnahme auch angemeldet. Jetzt fehlst nur noch du, dann wäre die Familie Brodersen komplett. Und es besteht ja auch gar kein Druck, wenn du während der ersten drei Turniertage den Elan verlierst, dann hast du wenigstens ein wenig Spaß gehabt und für nächstes Jahr trainiert.«

Lasse zog die Augenbrauen hoch. »Nicht, dass ich am Ende gegen meinen Vater antreten muss.«

»Das kann durchaus passieren. Am Ende gewinnt doch der oder die Beste des Turniers, und da wird auch auf Familienhierarchien keine Rücksicht genommen. Los, trau dich! Zeig deinen Eltern, was in dir steckt!«, forderte Helena ihn auf und zwinkerte ihm zu.

Lasse kratzte sich am Hinterkopf. »Kann ich mir das bis morgen überlegen?«

»Sicher! Und für heute sind wir so weit fertig, du hast Feierabend und kannst noch ein wenig den Ferientag genießen. Danke, dass du geholfen hast.«

»Okay, dann schwirre ich mal ab. Vielleicht ist noch einer von meinen Jungs am Strand.« Lasse nahm eine leichte Jacke von einer Bank und verabschiedete sich.

»Bis morgen früh zum Englischunterricht«, erinnerte Ilva ihn.

Lasse lächelte gequält. »Ich kann es kaum erwarten, Frau Feddersen.«

Helena begleitete den Jungen aus dem Zelt, während Erika Berte zu ihrem Mann Rudi und Torben schob.

Ilva schaute Lasse nach. »Wenn sein Englisch nach den Ferien nur halb so gut ist wie seine Kegelfähigkeiten, dann mache ich mir überhaupt keine Sorgen wegen seiner nächsten Zeugnisnote.«

»Lasse scheint jedenfalls ungeahnte Talente zu haben. Vielleicht ist er auch in Englisch für eine Überraschung gut.«

»Zu wünschen wäre es ihm. Auf sportlichem Terrain ist er ein kleiner Überflieger.«

»Wie deine Mutter«, bemerkte Ute scherzhaft.

»Hast du meine Eltern angetroffen? Warst ja ziemlich lange unterwegs.«

»Deine Mutter war da.«

»Lass mich raten, sie hat dich mit Kaffee und Apfelkuchen in der Küche festgesetzt?«

Ute nickte. »Der Kuchen war sogar noch warm. Da konnte ich einfach nicht Nein sagen. Sie wollte wissen, wie weit wir mit der Vorbereitung sind und ob alles wie geplant läuft. Natürlich hat sie mir bei der Gelegenheit gleich gesteckt, dass sie auch am Turnier teilnimmt.«

»In Wirklichkeit scharrt meine Mutter schon mit den Hufen. Ihr sportlicher Ehrgeiz hat was von Hyperaktivität. War mein Vater auch da?«

»Der hat den Rasen gemäht.«

Von draußen drangen Stimmen an Ilvas Ohr. Eine davon kannte sie besonders gut. »Oh! Ich gehe mal raus«, sagte sie zu ihrer Freundin.

»Alles klar! Ich komme später nach.« Ute ging zur Kegelbahn und griff nach einer Kugel. »Kann ich auch mal mein Kegelglück probieren?«, rief sie in Rudis und Torbens Richtung, und Ilva sah noch, wie Rudi ihr mit einem erhobenen Daumen antwortete. Dann trat sie aus dem Zelt.

Sie musste nicht lange suchen, woher die Stimmen kamen. Helena und Eike standen vor dem großen Tisch und unterhielten sich. Eike stand mit dem Rücken zu ihr.

»Ich war wirklich schockiert, aber spätestens übermorgen bekomme ich Ersatz«, hörte Ilva Helena sagen.

Sie schlang Eike von hinten ihre Arme um den Oberkörper. »Na, Feierabend?«

Eike griff nach Ilvas Armen, drehte sich zu ihr und gab ihr einen Kuss auf die Lippen. »Endlich Feierabend, und dann erzählt mir Helena Geschichten über Diebe. Ich habe gerade überlegt, ob ich auch wirklich alles an der Schutzstation abgeschlossen habe.«

»Lass dir nicht deinen Feierabend von meinen Schauergeschichten verderben«, sagte Helena leichthin. »Ich habe die Hoffnung noch nicht aufgegeben, dass sich die Dinge wiederfinden und es für alles eine harmlose Erklärung gibt.«

»Es ist wirklich unfassbar. Wie kann man nur Geschenke für Kinder stehlen? Ich meine …« Ilva suchte nach Worten. »Es kann doch nur ein sehr schlechter Mensch sein, der so etwas tut, oder?«

»Oder jemand, der sich darüber überhaupt keine Gedanken macht«, meinte Eike. »Solche Leute gibt's zuhauf. Das sehe ich jeden Tag bei meiner Arbeit. Da werden einfach leere Trinkflaschen in den Salzwiesen entsorgt, oder Eisverpackungen landen auf dem Strand, obwohl es bis zum nächsten Müllkorb nicht weit ist. Mich wundert langsam nichts mehr. Gutes Benehmen ist eine Zierde.«

Helena reckte den Hals. »Entschuldigt mich, ich sehe gerade, dass Schorsch und Bine angekommen sind.« Ein dunkler Mercedes parkte auf dem Schotterplatz. »Die beiden muss ich unbedingt begrüßen.« Helena ging zum Parkplatz.

Ein weiteres Fahrzeug kam ebenfalls auf das Grundstück gefahren. »Das ist ja das Auto meines Bruders«, sagte Ilva verwundert. »Was er wohl hier will?« Sie beobachtete, wie nicht nur Ernie in Zivil aus dem Wagen stieg, sondern auf der Beifahrerseite auch ihr Vater erschien.

»Vielleicht hat er inzwischen den Dieb geschnappt und hinter schwedische Gardinen gebracht.«

»Bestimmt.« Ilva zeigte Eike einen Vogel. »Und das womöglich zusammen mit Papa.«

»Die Vorstellung hat was von *Der Alte*. Würde mir nicht schlecht gefallen.«

»Quatschkopf!« Ilva knuffte ihren Freund in die Seite. »Hallo! Was macht ihr denn hier?«, grüßte sie ihre Familie.

»Papa will sich für das Turnier anmelden«, verkündete Ernie.

»Das ist ja toll, Papa!«

»Hier ist aber schon einiges los.« Er blickte neugierig zum Zelteingang.

»Das Turnier fängt ja schließlich bald an. Ein paar Dinge müssen bis dahin noch organisiert werden. Uns fehlt ein kleiner Kühlschrank für die Getränke«, erklärte Ilva.

»Echt? Wir haben noch einen ausgemusterten in der Schutzstation, den wir erst kürzlich durch einen mit weniger

Energieverbrauch ersetzt haben«, fiel Eike ein. »Das Gerät ist voll funktionsfähig. Wenn Helena möchte, könnten wir es morgen vorbeibringen.«

»Am besten fragen wir sie gleich«, sagte Ilva.

»Wo kann ich mich denn für das Turnier anmelden?«, erkundigte sich Werner Feddersen.

»Du hast es aber eilig.«

»Papa hat Blut geleckt«, bemerkte Ernie mit einem gewissen Stolz in der Stimme.

»Ein wenig schon. Ich habe vorhin ein paar Probewürfe bei Ernie und Heike gemacht«, erklärte der. »So ungeschickt, wie ich dachte, bin ich gar nicht. Ich dachte, ich wäre stärker eingerostet. Zumindest werde ich mich nicht bis auf die Knochen blamieren. Sind die Kegelbahnen etwa schon aufgebaut?«

»Die Bahnen sind startklar. Du kannst sie dir im Zelt angucken und dich bei Helena für den Wettbewerb anmelden«, antwortete Ilva.

»Dann nichts wie los.« Werner Feddersen schritt voran. Ilva, Ernie und Eike folgten ihm.

Bevor Ernie das Zelt betreten konnte, hielt Ilva ihn am Oberarm fest. »Gibt es etwas Neues im Falle von Helenas Diebstahl?«

Ernie schüttelte den Kopf. »Nein, natürlich nicht.«

»Was soll denn ›natürlich nicht‹ heißen? Ich meine, hier schleicht jemand herum und stiehlt fremdes Eigentum, und für dich ist das okay?«

»Was soll ich denn machen? Ich kann Helena schließlich nicht zu einer Anzeige zwingen. Zumal es auch keine wirklichen Hinweise auf den Täter gibt. Der könnte längst über alle Berge sein, und der Schuppen war womöglich nur ein Zufallsobjekt im Vorbeifahren.«

»Hm.« Ilva nagte an ihrer Unterlippe und schaute eine Weile ins Leere.

»Oha, den Blick kenne ich.«

»Welchen Blick?«

»Den Ermittlerblick. So guckst du immer, wenn du mir meine Arbeit abnehmen willst.«

»Ach, was du dir wieder einbildest!«

»Ich werde dich beizeiten daran erinnern.«

»Mach das. Jetzt musst du dir aber unbedingt die Kegelbahn ansehen!« Ilva zog ihren Bruder ins Zelt. Sie wurden Zeugen, wie ihr Vater seinen ersten Wurf machte und gleich einen Kranz erzielte, bei dem nur der Kegel in der Mitte stehen blieb, während alle restlichen acht Kegel fielen.

»Willst du nicht für Helmut ein Stück mitnehmen?«, fragte Sybille Feddersen ihre Freundin. Sie saßen zusammen in der gemütlichen Küche, vor ihnen standen zwei leere Kaffeetassen und ein frisch gebackener Apfelkuchen oder eher das, was von ihm noch übrig war.

Hella winkte ab. »Nicht für Helmut, aber für mich! Du musst mir unbedingt das Rezept aufschreiben. Der Kuchen ist äußerst lecker.«

»Eigentlich ist das Rezept nichts Besonderes, aber ich achte immer darauf, nur gute Äpfel zu nehmen«, erklärte Sybille Feddersen.

»Ich backe so selten. Helmut ist nicht so ein Süßzahn

wie ich. Er mag es lieber deftig. Werner liebt doch sicherlich deinen Kuchen, oder nicht?«

»Normalerweise schon. Allerdings hat er sich heute noch nicht bei mir blicken lassen.«

»Wo ist er denn?«

»Vorhin hat er den Rasen gemäht, und dann ist er wieder verschwunden. Bestimmt werkelt er in der Garage. Das Fahrrad unserer Tochter muss auf Vordermann gebracht werden. Das nimmt er ziemlich genau.«

»Werner ist schön fleißig. Erst Rasen mähen und dann Ilvas Fahrrad in Ordnung bringen. Man merkt, dass er früher Hausmeister war. Helmut schiebt die Dinge ja gerne auf die lange Bank … Er könnte sich ruhig eine Scheibe von Werner abschneiden.« Hella verdrehte die Augen. »Willst du deinem Mann nicht ein Stück Kuchen zur Stärkung bringen? Das hat er sich doch wirklich verdient.«

»Das hat er«, stimmte Sybille Feddersen zu. Durch Hellas Worte war ihr mit einem Mal bewusst geworden, wie viel Werner eigentlich leistete und dass dies keineswegs normal war. Sie schnitt ein extragroßes Stück Kuchen für ihn ab, legte es auf einen Teller und steckte eine Kuchengabel hinein. »Dann statten wir dem fleißigen Heinzelmann mal einen spontanen Besuch in der Garage ab. Bei der Gelegenheit kann ich ihn gleich fragen, ob er am Kegelturnier teilnehmen möchte. Ingfried hat auch schon angefragt. Er begleitet lieber seine Frau, bevor sie mit einem anderen Kegler anbändelt.«

Hella lachte. »Bei Rita sicherlich keine schlechte Idee. Sie ist ja sehr … nennen wir es mal kontaktfreudig.«

»Das hast du nett umschrieben«, fand Sybille Feddersen.

»Der Wettbewerb ist ja gerade das einzig wichtige Thema im Ort. Sogar Helmut ist ganz wild aufs Kegeln. Er meinte, dass er in diesem Jahr ein gutes Gefühl hätte, nicht nur Pudelkönig zu werden.« Hella lachte wieder.

Sie gingen über die Terrasse in den Garten und dann zur Garage. Vor der seitlichen Tür blieben sie stehen. »Werner mag es nicht, wenn man einfach so hereinplatzt.« Sybille Feddersen klopfte an die Tür, um ihr Kommen anzukündigen. Dann drückte sie sie auf. »Werner, ich habe dir Ku…« Sie brach mitten im Satz ab. In der Garage war es stockdunkel. »Nanu?« Sybille Feddersen tastete seitlich nach dem Schalter. Als das Licht anging, lag die Garage verlassen vor ihnen.

»Was soll man sagen? Dein Mann scheint ausgeflogen zu sein«, stellte Hella fest.

Sybille Feddersen runzelte die Stirn. »Komisch. Er hat nichts davon gesagt, dass er heute weggehen wollte. Normalerweise macht er das immer«, sagte sie leicht frustriert.

»Vielleicht musste er spontan weg. Jemand hat direkt seine Hilfe gebraucht, und er hatte keine Zeit, um sich bei dir abzumelden.«

»Das wird es vermutlich sein.« Sybille Feddersen schaltete das Licht aus und schloss die Tür. »Mein Mann kann einfach nicht Nein sagen, wenn ihn jemand um etwas bittet. Schlimm ist das!«

»Helmut kann das sehr gut. Deswegen fragt ihn auch keiner nach irgendwas.«

Sybille Feddersen blickte unschlüssig auf das Stück Apfelkuchen. »Was mache ich denn jetzt?«

Hella hob die Schultern. »Auch ausfliegen.«

»Wohin denn?«

»Wir machen einen kleinen Abstecher zum Landhaus Dircks und peilen dort schon mal vorab die Lage. Es kann nicht schaden, wenn man sich frühzeitig mit dem Austragungsort vertraut macht. Das tun Reiter auch. Die laufen mehrmals allein den Parcours ab, bevor sie gemeinsam mit ihrem Pferd an den Start gehen.«

»Dann kommt Werner in der Zwischenzeit zurück und wundert sich, wo ich bin.«

»Ach, du schreibst einfach eine liebe Notiz für ihn, dass er sich den Kuchen schmecken lassen soll und du nach Ording gefahren bist.«

»Das ist eine gute Idee. So mache ich es sonst auch immer. Dann kann er sich hinterher nicht bei mir beschweren.« Sybille Feddersen und ihre Freundin gingen zurück ins Haus.

Im Zelt lief das Warm-up vor dem Turnier auf vollen Touren. Torben und Rudi hatten eine Anlage mit Mikrofon und Musik aufgebaut und einen Mix aus Best of Discofox aufgelegt. Die Stimmung unter den Leuten war gelöst und die drei Kegelbahnen im Dauerbetrieb. Werner Feddersen lieferte sich mit seinen Kindern ein Kopf-an-Kopf-Rennen. Sie waren beim Kegeln ungefähr gleich stark, sodass mal der eine und mal der andere von ihnen die Nase vorne hatte. Keiner hatte darauf geachtet, was um sie herum passierte. Ihre gesamte

Aufmerksamkeit war auf die Kegelbahnen gerichtet. Deswegen hatte auch niemand Notiz von den beiden Frauen genommen, die das Zelt betreten hatten.

»Werner!«

Ilvas Vater hielt in der Bewegung inne und schwang herum. Seine Augen weiteten sich. »Bille!«

»Muddi«, rief Ilva erstaunt, als sie ihre Mutter und Hella erblickte.

»Was für eine Überraschung«, sagte Ernie und ging freudestrahlend auf die Frauen zu und hakte sie galant unter.

»Allerdings«, sagte Sybille Feddersen. Sie konnte kaum glauben, was sie sah.

»Dann sind die Feddersens jetzt vollzählig.« Ernie freute sich sichtlich über die spontane Familienzusammenführung.

»Ich habe ja mit jedem gerechnet, aber nicht mit dir«, sagte sie zu ihrem Mann.

»Wir dachten, du hilfst in der Nachbarschaft aus«, schaltete sich Hella ein.

»Ich habe mich für das Kegelturnier angemeldet«, erklärte Werner Feddersen und lächelte versöhnlich. »Ernie hat mich gefragt, ob ich nicht auch mitmachen möchte.«

»Ingfried angeblich auch«, sagte Sybille und konnte nicht verhindern, dass in ihrer Stimme ein vorwurfsvoller Ton mitschwang.

»Ingfried war der Erste. Nur du hast nicht gefragt«, konterte Werner Feddersen.

Sybille Feddersen schaute ihn herausfordernd an. »Dich

einfach so aus der Garage zu schleichen ... Du hättest wenigstens Bescheid sagen können, dass du weggehst.«

»Ich bin gar nicht geschlichen. Du hattest doch Besuch in der Küche, und da wollte ich nicht stören.« Er gab ihr einen versöhnlichen Kuss auf die Wange. »Außerdem, so ist es doch eine unverhoffte Überraschung geworden, mit der keiner gerechnet hat.«

»Ja schon ... aber ...«, setzte Sybille Feddersen an.

»Nix aber! Jetzt wird gekegelt«, sagte Werner Feddersen beschwingt und schob seine Frau sanft zur Bahn.

6. Kapitel

In der Nähe des Landhauses Dircks, am Ordinger Strand. Bei einsetzender Dämmerung und frischeren Temperaturen.

Menschen kamen mir entgegen, die es nach einem Strandtag nun in ihre Unterkünfte oder zum Abendessen in ein Restaurant zog. Manche hatten sich einen tüchtigen Sonnenbrand auf der Nase oder an den Armen eingefangen, einige schleppten zusammengefaltete Strandmuscheln oder zogen Kinder in Bollerwagen über den Bohlenweg, und wieder andere fuhren auf Fahrrädern an mir vorbei. Eins hatten sie jedoch alle gemeinsam: Ihre Gesichter strahlten eine fast schon selige Zufriedenheit aus, wie sie nur ein Tag am Meer auf das Antlitz der Menschen zaubern konnte.

Ich senkte meinen Blick und zog am Ende des Holzwegs meine Schuhe aus. Dann stapfte ich durch den Sand. In mir hatte sich Frust angestaut, der sich nun in Form von wütenden Gedanken entlud.

Das Leben war ungerecht! Oder wie war es sonst zu erklären, dass manchen Leuten – oftmals den größten Arschgeigen des Universums – alles in den Schoß fiel? Ein Haufen

Geld, tolle Beziehungen, eine herausragende Karriere, dazu ein perfektes Aussehen und eine außergewöhnlich gute gesundheitliche Verfassung.

Ich hatte schon oft darüber nachgedacht, was diese besondere Spezies richtig und ich womöglich falsch machte. Bis jetzt hatte ich darauf keine Antwort gefunden. Ich vermutete, dass dies für immer und ewig ihr Geheimnis bleiben würde.

Als ich die Wasserkante erreicht hatte, blieb ich stehen. Ich spürte, wie die kühle Gischt über meine Zehen und dann weiter über meine nackten Füße perlte. Sogleich ging mein Puls spürbar runter, und meine Frustration ebbte ab. Das Meer beruhigte mich und lenkte meine Konzentration auf das, was vor mir lag. Mein Blick tastete die See ab, ich fühlte jede Welle, als wäre sie ein Teil meines Körpers. Der Horizont schien zum Greifen nah und doch so fern zu sein. Ich streckte eine Hand aus und hielt sie vor die warme Sonne, die wie ein glühender Feuerball tief über dem glitzernden Meer stand und deren Strahlen meine Haut wärmten. Das Wogen der Wellen zog an meinen Beinen und erdete mich gleichzeitig. Meine Füße sackten immer tiefer in den nassen Sand ein und waren bald komplett von ihm bedeckt.

Ich entdeckte eine helle Muschel im Wasser und hob sie auf. Es war eine Herzmuschel. Sie war noch geschlossen. Mit einem Finger fuhr ich über ihre gewellte Schale, und mit einem Mal fühlte ich mich klein und unbedeutend.

Im Angesicht der Schönheit der Natur erschienen mir meine Probleme regelrecht sonderbar, im Grunde schon unwirklich. Fast kam es mir so vor, als existierten mein Ärger und meine zahlreiche Komplexe nur in meinem Erbsenhirn. War ich es am Ende selbst, der sich mit immer neuen Konflikten belud und diese nährte, bis innerlich der Druck so stark wurde, dass ich kurz vor dem Platzen stand? Wer waren denn die anderen Leute wirklich, dass ich mich ihretwegen minderwertig fühlte? Wie ein Mensch zweiter Klasse, der sein Leben nie so führen konnte, wie er es sich wünschte. Und waren diese Wünsche wirklich meine, oder hatte ich sie dem Leben der anderen angepasst?

Wieso ging ich eigentlich wie selbstverständlich davon aus, dass es den anderen besser ging als mir? Vielleicht waren sie nur ziemlich gute Blender, und ihre dicken Autos waren bloß geleast, die vermeintlich tolle Beziehung in Wirklichkeit toxisch, und die hohe Position im Job bereitete ihnen in Wirklichkeit schlaflose Nächte, weil die Anforderungen sie innerlich auffraßen. Was wusste ich denn schon?

Mit etwas Abstand betrachtet, wusste ich gar nichts, sondern nahm nur an und interpretierte alles Mögliche in alles und nichts hinein. Was sich hinter den Fassaden verbarg, stand auf einem anderen Blatt.

Die Erkenntnis, dass ich mich von den äußeren Gegebenheiten beeindrucken und womöglich hatte täuschen lassen, traf mich unvorbereitet.

Ich atmete tief durch und spürte, wie die salzige Luft meine Lunge durchströmte. Ein ruhiges Gefühl breitete sich in mir aus, und ich konnte nicht anders als lächeln. Der Augenblick war viel zu kostbar, um ihn mit schlechten Gedanken zu verderben. Schließlich war ich hier! Jetzt, in diesem

Moment! An einem der schönsten Strände der Welt, umgeben vom Meer, leuchtenden Dünen und urigen Pfahlbauten, die überall auf der Sandbank in die Höhe ragten.

Was wollte ich mehr? Es hatte keinen Sinn, sich mit der Vergangenheit rumzuschlagen oder angstvoll in die Zukunft zu blicken. Das Einzige, was ich wirklich hatte, war das Jetzt. Und das war perfekt. Es gab nichts zu bedauern.

Mir standen die gleichen Möglichkeiten zur Verfügung wie jedem anderen, nur hatte ich sie nicht immer optimal genutzt. Das konnte ich niemand anderem in die Schuhe schieben, sondern musste mir an die eigene Nase fassen. Ab jetzt wollte ich die Chancen besser nutzen und mich durch keine trüben Gedanken mehr von meinem Erfolg abhalten lassen.

Neben mir landete eine Möwe. Sie stocherte mit ihrem Schnabel im nassen Sand. Unvermittelt stieß der Vogel einen gellenden Schrei aus, der mir durch Mark und Bein ging und meine letzten Zweifel vertrieb. Ich krempelte meine Hosenbeine bis zu den Knien hoch und watete durch das klare Wasser. Wieder blickte ich auf die Muschel in meiner Hand. Ich holte aus und warf sie in einem weiten Bogen zurück ins Meer. Der Weg war mein Ziel. Entschlossen setzte ich einen Fuß vor den anderen.

Ab jetzt würde alles anders werden!

7. Kapitel

Am nächsten Morgen in der Nordseeschule an der Pestalozzistraße, der Tau glänzt auf den Wiesen im Sonnenlicht bei 15 Grad.

Ilva war zeitig aufgestanden, um den Unterricht vorzubereiten. Nun ordnete sie bedruckte Blätter und schaltete den Kopierer aus. Mit einem Heftgerät tackerte sie mehrere Arbeitsblätter zusammen, die sie in einer bestimmten Reihenfolge auf den Tischen des Lehrerzimmers ausgebreitet hatte, und legte sie dann auf einen Stapel mit bereits geklammerten Papieren. Durch die Überrumpelungsaktion des Direktors hatte ihr ein angemessener zeitlicher Vorlauf gefehlt, um Einstufungstests auszuarbeiten. Deswegen war ihr nichts anderes übrig geblieben, als aus verschiedenen Lehrmaterialien einen Test zusammenzuschustern, um so das Wissen der Schüler in den Bereichen Grammatik, Wortschatz und Textarbeit überprüfen zu können. Als Lehrer musste man nicht nur gut den Stoff seiner Fächer vermitteln können, sondern auch ein Improvisationstalent sein. Ilva war fast fertig, als sie hörte, wie jemand von außen einen Schlüssel ins Türschloss steckte.

»Ist offen!«, rief sie. Konnte schließlich keiner wissen, dass in den Sommerferien um diese Uhrzeit schon jemand im Lehrerzimmer herumgeisterte. Gespannt blickte sie zur Tür und erwartete, gleich das Gesicht einer Reinigungsfachkraft zu sehen.

Die Tür öffnete sich, und ihr Kollege Bernd lugte herein. Ein sportlicher Typ, der an der Nordseeschule Erdkunde, Chemie und Sport unterrichtete. Meist trug er lässige Sportklamotten und war braun gebrannt, weil er den größten Teil seiner Freizeit bei Sportaktivitäten an der frischen Luft verbrachte. Die meisten Schüler mochten ihn und seinen lockeren Stil. »Moin!«

Ilva hielt beim Sortieren inne. »Selbst Moin!«

Bernd stellte seine Lehrertasche geräuschvoll auf einem der Tische ab. »Du scheinst dich ja nicht von der Schule trennen zu können.«

»Das Gleiche könnte ich auch von dir sagen«, bemerkte sie mit einem Grinsen.

Bernd warf einen Blick auf die Arbeitsblätter. »Jetzt sag nicht, du bereitest in der ersten Ferienwoche schon wieder das nächste Schuljahr vor, weil der Kopierer gerade frei ist.«

Ilva lachte auf. »Nee. So verrückt bin ich noch nicht. Aber immerhin verrückt genug, um spontan die Sommerkurse in Englisch zu übernehmen, weil die eingeplante Lehrkraft ausgefallen ist.«

Bernd verzog das Gesicht, als hätte er in eine Zitrone gebissen. »Autsch!«

»Halb so wild.« Ilva machte eine wegwerfende Handbewegung. »Klaus Korte klang am Telefon extrem verzweifelt. Da konnte ich ihn nicht hängen lassen.«

»Wer kann unserem Direx schon eine Bitte abschlagen.« Bernd verdrehte die Augen.

»Aber was machst du eigentlich hier? Hast du nicht auch Sommerferien?«

»Ich bin auf den freien Kopierer scharf.« Bernd holte ein paar Fachbücher aus seiner Ledertasche. »Feriensportprogramm für die Internen, die noch da sind, oder die, die früher wiederkommen. Mit der ersten Truppe möchte ich mal professionell ans Fußballspielen rangehen und wollte deswegen ein paar Regeln kopieren.«

»Wieso machst denn ausgerechnet du das Feriensportprogramm?«, fragte Ilva erstaunt. »Sollte das nicht von zwei Sportstudenten durchgeführt werden? Ich meine, ich hätte das mal am Rande mitbekommen ...«

Bernd zog eine Augenbraue hoch. »Stimmt«, antwortete er vielsagend. »Bis mich gestern Nachmittag ein gewisser Klaus Korte angerufen hat und ziemlich verzweifelt klang.«

»Und du dann auch nicht Nein sagen konntest.« Ilva grinste ihn an. »Das ist gut! Dann bin ich wenigstens nicht die einzige Verrückte.«

»Bist du nicht. Wir sind eher Geschwister im Geiste«, stellte Bernd fest.

»Und Ute kümmert sich in den Ferien mit Vorliebe um den Schulgarten, weil es nämlich auch kein anderer macht.« Ilva legte die Arbeitsblätter in eine Mappe. »Na ja, und weil sie es liebt, in der Erde zu wühlen.«

»Dann ist der harte Kern ja die nächsten Wochen zusammen. Fehlt nur noch eine Leiche.«

»Was nicht ist, kann ja noch werden.«

Bernd kniff beide Augen zusammen und schüttelte den Kopf. »Bitte nicht schon wieder. Mein Bedarf an Mord und Totschlag ist für dieses Leben gedeckt«, spielte er auf die Ereignisse des letzten Sommers an. Gemeinsam hatten sie zur Aufklärung eines Mordes beigetragen.

Ilva nickte. »Das sagt Ernie auch immer.«

»Da hat dein Bruder wohl den falschen Beruf gewählt.« Bernd schlug ein Buch auf. »Falls mich jemand sucht, ich bin mal am Kopierer.«

»Und ich im Unterricht. Bis später!«

»Viel Spaß.« Bernd hob die Hand, bevor Ilva das Lehrerzimmer verließ.

Die Begeisterung ihrer Schüler hatte sich in Grenzen gehalten, als Ilva ihnen die Tests vorgesetzt hatte. Den meisten von ihnen sah man an, dass sie noch eine Mütze Schlaf vertragen hätten und mit ihren Gedanken ganz woanders waren. Trotzdem waren sie alle pünktlich zur ersten Unterrichtsstunde erschienen. Sogar Lasse. Wenngleich ihm die Unlust beim Lösen der Aufgaben ins Gesicht geschrieben stand. Umso überraschter war Ilva, als sie sich die Tests am Nachmittag zur Korrektur vornahm. Ute und sie saßen im Garten ihrer Eltern. Kater Kuschel strich um ihre Beine und holte sich abwechselnd Streicheleinheiten ab. Ute hockte auf einem Stuhl und malte mit einem Pinsel auf einer Leinwand den großen Kirschbaum. »Euer Baum ist wirklich wunderhübsch. Er sieht fast aus wie gemalt.«

»Das glaub ich jetzt nicht.« Ilva blätterte zurück auf die erste Seite des Tests und suchte darauf nach dem Namen des Schülers.

»Doch, schau selbst. Diese herrlich grünen Blätter und die dicken Äste ...« Ute malte mit dem Pinsel die Zweige in der Luft nach.

Ilva blickte noch immer ungläubig auf den Test. »Wie kann das nur sein?«

Ute drehte sich zu ihr und runzelte die Stirn. »Sag mal, hörst du mir überhaupt zu?«

»Entschuldige bitte, Ute. Ich bin gerade total von den Socken und kann mir das hier absolut nicht erklären.« Sie hielt Ute die Testunterlagen hin.

Ute klemmte ihren Pinsel an die Staffelei und kam zu Ilva. Sie blätterte ebenfalls durch die Testunterlagen und pfiff dann durch die Zähne. »Das ist wirklich ziemlich erstaunlich. Um nicht zu sagen ... merkwürdig.«

»Er hat nur vier Fehler gemacht.« Ilva fasste sich grüblerisch ans Kinn.

»Ist das wirklich Lasses Test?«

»Ja. Verwechslung ausgeschlossen.«

»Die Handschrift stimmt auch?«, hakte Ute skeptisch nach.

»Es ist seine Sauklaue, und ich habe auch mit eigenen Augen gesehen, wie er den Test bearbeitet hat. Pfuschen scheidet definitiv aus.«

»Hat Lasse einen geheimen Zwillingsbruder, von dem wir nichts wissen?«

»Wohl kaum. Trotzdem bin ich von seiner guten Leistung mehr als verblüfft und stehe vor einem Rätsel. Wieso schafft er plötzlich das, worauf wir im letzten Schuljahr vergeblich gehofft haben? Bis vorhin dachte ich, er könnte keinen vernünftigen englischen Satz schreiben. Und jetzt das. Das ist LK-Niveau.«

»Vielleicht hat er sich letzte Nacht das Oxford Dictionary unter sein Kopfkissen gelegt.« Ute wirkte genauso erstaunt. Sie gab Ilva den Test zurück.

Ilva blätterte wieder durch die Aufgabenblätter. »So etwas habe ich bis jetzt in meiner Laufbahn als Lehrerin nicht erlebt. Als hätte jemand die Festplatte in Lasses Kopf ausgetauscht.«

»Wirst du ihn darauf ansprechen?«

»Mal sehen. Er scheint durch seinen Vater ziemlich unter Druck zu stehen. Misstrauen wäre vermutlich eher kontraproduktiv.«

»Bestimmt sogar«, stimmte Ute ihr zu. »Das ist ganz dünnes Eis und kann einen Erfolg schnell kaputt machen.«

»Da hast du recht. Ich werde ihn lieber für seine Leistung loben und ihm sagen, dass er so weitermachen soll.« Ilva legte den Test zu den anderen in die Mappe. »Ich hatte gestern am Landhaus den Eindruck, dass Lasse positive Bestärkung brauchen kann. Er hat sich zwar große Mühe gegeben, nicht zu begeistert bei der Arbeit zu sein, aber nach seinem ersten grandiosen Wurf auf der Kegelbahn konnte er seinen Stolz doch nicht mehr verbergen. Vielleicht braucht er einfach viel mehr Zuspruch, als er zugeben will – oder einfach ein paar Erfolge, die ihm zeigen, was in ihm steckt.«

Die Terrassentür wurde geöffnet, und Sybille Feddersen erschien. »Seid ihr startklar?«

»Schon? Wie spät ist es denn?«, fragte Ilva.

»Gleich fünf. Dein Vater und ich möchten nicht auf den letzten Drücker ankommen. Oder wollt ihr später mit Ernie fahren?«

Ilva schaute zu Ute. »Warten wir noch auf meinen Bruder und Heike?«

Ute nickte. »Ich muss noch die Pinsel ausspülen und die Staffelei mit dem Bild abbauen. Das dauert eine Weile. Wir kommen mit Ernie nach.«

Sybille Feddersen begutachtete Utes Werk. »Wunderschön! Unser Kirschbaum?«

Ute stellte sich neben sie. »Soll es mal werden, wenn es fertig ist.«

»Ich kann den Baum schon gut erkennen. Du bist mit einem außergewöhnlichen Talent gesegnet. Du hättest hauptberuflich Malerin werden können.«

»Danke, Frau Feddersen. Es gibt viele gute Maler. Das macht es auch so schwer, in dem Feld erfolgreich zu sein. Aber eine meiner Landschaftsmalereien wurde vor zwei Jahren immerhin bei einer Vernissage ausgestellt und sogar verkauft. Das war für mich ein großer Erfolg.«

»Ich sage es ja, du hast Talent. Wer bekommt denn das Bild, wenn es fertig ist?«

»Bislang niemand.«

»Na, so was.« Sybille Feddersen drehte sich zum Haus. »Werner? Komm doch mal raus!«

Ilvas Vater erschien frisch rasiert und gekämmt auf der Terrasse. Er trug eine helle Hose und dazu ein blau-weiß gestreiftes Sommerhemd mit kurzen Ärmeln und einer aufgesetzten Brusttasche, aus der eine Brille herausschaute. In einer Hand hielt er den Autoschlüssel. »Können wir aufbrechen, Bille?«

»Gleich. Guck doch mal das Bild.« Sybille zeigte auf die Staffelei.

Werner Feddersen setzte seine Brille auf und begutachtete die Malerei. »Ja, das ist unser Kirschbaum. Wirklich sehr gut getroffen.«

»Was meinst du, Werner? Das wäre doch was für unser Wohnzimmer!«

»Auf alle Fälle! Über dem Sofa müsste es genau hinpassen«, stimmte Ilvas Vater sofort zu. »Wir würden es dir gerne abkaufen.«

»Ja gerne!«, sagte Ute erfreut.

»Dann ist es abgemacht.« Werner Feddersen schaute auf seine Armbanduhr. »Über den Preis können wir doch bestimmt ein anderes Mal reden. Es ist höchste Zeit, nach Ording aufzubrechen.«

»Wir kommen ein bisschen später mit Ernie und Heike nach«, erklärte Ilva.

»Dann bis nachher.« Ihre Eltern verabschiedeten sich und gingen zurück ins Haus.

»So schnell verkaufst du deine Bilder.«

Ute wischte die benutzten Pinsel an einem Stück Küchenrolle ab. »Ich sollte öfters bei Leuten im Garten malen.«

Auf der Fensterbank meldete sich Ilvas Handy. »Ernie und Heike sind in einer Viertelstunde da«, sagte sie mit dem Blick auf den Monitor. »Gib mir mal die Pinsel. Ich wasche sie aus. Dann sind wir schneller fertig.«

8. Kapitel

Eine Viertelstunde später am Strandweg, auf der Höhe des Parkplatzes, bei einer angenehmen Brise und 23 Grad.

Ich liebte es, zum Strand zu gehen. Andere Leute fuhren mit ihren Autos bis auf die Sandbank, ich zog es vor, den Weg bewusst zu Fuß zurückzulegen. Dabei spürte ich einen tiefen Frieden in mir. Ich beobachtete gern die Leute, die ebenfalls zum Meer unterwegs waren, und genoss den Wind, der mir entgegenwehte. Manchmal kam ich mit Urlaubern ins Gespräch. Die meisten von ihnen waren sehr aufgeschlossen und plauderten drauflos. Nicht selten erzählten sie mir dann, dass sie schon seit vielen Jahren immer wieder nach St. Peter-Ording kamen. Dabei stand ihnen meistens pures Glück ins Gesicht geschrieben. Glück darüber, dass sie ihren Urlaub in St. Peter-Ording verbringen konnten, zusammen mit ihren Familien oder Freunden. Was konnte es Schöneres auf der Welt geben?

Ich blieb stehen. Das Handy vibrierte in meiner Hosentasche. Ich hatte eine Nachricht von jemandem bekommen, dessen Nummer ich nicht abgespeichert hatte. Ich kannte die Nummer trotzdem. So gut, dass ich sie sogar auswendig wusste. Insgeheim hatte ich gehofft, nie wieder von dieser Nummer kontaktiert zu werden. Doch meine Hoffnung erwies sich als naiver Wunschtraum – wie nicht anders zu erwarten war. Einen Augenblick zögerte ich, wollte mein Mobiltelefon am liebsten wieder in meiner Hosentasche verschwinden lassen und so tun, als hätte ich die Nachricht nicht gesehen, doch dann klickte ich auf die Messenger-App.

Hast du es?

Mein Magen krampfte sich sogleich zusammen. Ich schnappte nach Luft und spürte, wie mein Körper von einer warmen Welle erfasst wurde. Ich wischte mir mit einem zerknüllten Papiertaschentuch ein paar Schweißperlen von der Stirn. Obwohl ich mit dieser Frage gerechnet hatte, traf sie mich mit voller Wucht. Wie hatte ich nur so leichtsinnig sein können? Ich fühlte mich ausgeliefert, gefangen wie ein Tier in einer Falle. Dabei war mir bewusst, dass ich mich selbst in diese Situation gebracht hatte. Meine Hand zitterte leicht, als ich antwortete. Er war online, er sah, dass ich tippte.

Hör zu, du bekommst es. Ich brauche nur noch etwas mehr Zeit.

In mir sträubte sich alles, als ich auf Senden drückte. Die Rolle des Bittstellers lag mir nicht. Doch ich saß in der Falle.

Innerhalb weniger Sekunden erhielt ich eine Antwort in Form eines Clown-Emojis.

Willst du mich verkackeiern?

Das Zittern meiner Hand verstärkte sich.

Nein, natürlich nicht. Es ist nur nicht so gelaufen, wie ich es geplant habe.

Ich hoffte auf sein Verständnis, auf einen Aufschub. Dafür musste er doch Verständnis haben. Mein Puls raste.

Bei dir läuft ja nie etwas wie geplant. Scheint dein persönliches Karma oder so etwas zu sein. Kannst einem fast schon leidtun. Ich will es haben, und zwar bald, sonst ist unser Deal geplatzt. Verstanden?!

Bald. Ja. Ich atmete tief durch. Was auch immer »bald« zu bedeuten hatte. Bald war nicht heute. Und wahrscheinlich nicht morgen. Bald war ein dehnbarer Begriff, der an keinen Stichtag gebunden war. Er hatte mir einen Aufschub gewährt. Vor Erleichterung stiegen mir Tränen in die Augen.

Natürlich! Ich halte mein Versprechen.

Er ging offline. Ich war erleichtert und brauchte eine Weile, um mich wieder zu fangen. Meine Knie fühlten sich wie

Gummi an. Mir war schwindelig, deswegen setzte ich mich in den Sand. Es hatte keine andere Möglichkeit gegeben, trotzdem war es der größte Fehler meines Lebens gewesen, diesem Halsabschneider ein solches Angebot zu machen. Ich musste mir eingestehen, dass ich keine Ahnung hatte, wo dieser dämliche Schinken war und wie ich ihn beschaffen sollte. Eigentlich konnte mir nur ein riesiger Glücksfall helfen oder eine schicksalshafte Fügung.

Ich steckte das Handy zurück in meine Hosentasche. Es musste sich etwas Unvorhergesehenes ereignen, damit die Nummer nie wieder auf meinem Handy erschien.

Ein Unglück vielleicht, womit niemand rechnete. So was passierte ja hin und wieder. Ich setzte meinen Weg zum Strand fort, das Meer fest im Blick.

9. Kapitel

Eine Stunde später auf dem Campingplatz Strandperle in Ording, nach wie vor Sonnenschein und angenehme Temperaturen.

Auf der Utholmer Straße herrschte Stau. Noch immer trudelten Kegler mit ihren Wohnwagen auf dem Campingplatz ein. Einige von ihnen hatten komfortablere Unterkünfte bei Helena bezogen oder waren in umliegenden Ferienwohnungen untergebracht. Neben dem Camping-Restaurant *Miesmuschel* hatte Lilo Ampütte, die Inhaberin des Platzes, einen Getränkewagen aufstellen lassen. Frisch gezapftes Bier, kalte Limonaden, einige Sorten Wein und Wasser fanden reißenden Absatz. Trotz ihres Ausscheidens als Organisatorin des Wettbewerbs hatte sie es sich nicht nehmen lassen, die Eröffnungsfeier wie immer auf ihrem Campingplatz stattfinden zu lassen, der fußläufig zum Landhaus Dircks lag.

Außer den Teilnehmern des Turniers hatten sich auch etliche Schaulustige auf dem Campingplatz eingefunden, die mitfeierten und den lauen Abend genossen.

Berte ließ sich von ihrem Neffen über eine Rampe auf

ein Podest schieben, wo Rudi bereits mit einem Mikrofon auf sie wartete. Er beugte sich zu ihr und gab kurze Instruktionen zur Benutzung des Gerätes, bevor er die Plattform zusammen mit Torben verließ.

Die Sponsorin des Events räusperte sich.

»Guten Abend und herzlich willkommen in St. Peter-Ording zu unserem diesjährigen Kegelturnier.« Applaus brandete auf. Torben kam erneut aufs Podest. Er hielt einen Pokal in seinen Händen und präsentierte ihn dem Publikum, während seine Tante weitersprach. »Ich freue mich, dass ihr alle gekommen seid. Einige von euch sind seit vielen Jahren dabei und nicht mehr vom Wettbewerb um den Titel des Kegel-Champions von St. Peter-Ording wegzudenken. Auch in diesem Jahr winkt dem Gewinner natürlich wieder, neben Ehre und Ruhm, ein stolzer Pokal.« Sie zeigte auf Torben und den Kelch. »Außerdem auch ein Preisgeld von zweitausend Euro.« Ein Raunen ging durch die Menge. Berte lächelte und genoss sichtlich ihre Rolle als edle Spenderin. »Ich wünsche allen Teilnehmern gut Holz! und natürlich viel Freude bei unserem Turnier«, beendete sie ihre Rede.

Nun betrat Rudi wieder das Podest und nahm ihr das Mikrofon und Torben den Pokal ab. Danach wurde Berte von ihrem Neffen über die Rampe zurückgeschoben.

»Mögen die Spiele beginnen!«, rief Hotte mit erhobenem Bierglas und stieß danach ein Wolfsgeheul aus. Er war nicht überall beliebt. Mit seiner poltrigen und bisweilen aufdringlichen Art eckte er schnell an und machte sich nicht nur Freunde. Ernie wusste nicht, womit er sein Geld verdiente, doch dass er nicht zu wenig hatte, das war für jedermann sichtbar, und Hotte hielt damit nicht hinterm Berg. Er zeigte gern, was er hatte, und prahlte mit neuen Errungenschaften – zu denen er auch seine amourösen Eroberungen zählte. Trotzdem gehörte er irgendwie dazu, und man war in dieser Zeit am Meer eine Gemeinschaft.

Die Umstehenden stimmten lachend ein, nur sein schärfster Konkurrent strafte ihn mit abfälligen Blicken.

Schorsch und seine Frau standen Hotte in gebührendem Sicherheitsabstand gegenüber. Sie machten keinen Hehl daraus, was sie von ihm hielten. »Damischer Saupreiß!«, fluchte Schorsch und wandte sich von Hotte ab.

Ernie, der mit Ilva, Ute und seiner Frau in Hottes Nähe stand, blieb der Schlagabtausch nicht verborgen.

»Das wird wieder einen heißen Kampf zwischen Hotte und Schorsch geben«, prognostizierte er. »Letzten Sommer mussten Fred und ich die Zankhähne sogar auseinanderhalten, damit es nicht zu einem echten Kampf kam. Die zwei haben ein ganz schön hitziges Temperament.«

»Oje! Das klingt ja gefährlich, das habe ich gar nicht mitbekommen«, meinte Ute. »Hoffentlich wiederholt es sich nicht noch mal.«

»Wer hat denn letztes Jahr noch mal gewonnen?«, erkundigte sich Ilva.

»Hotte«, schaltete sich Ralle ein, der neben Ernie stand. Ralle gehörte zu den Keglern, die genau wie Rudi, Hotte und Schorsch zum Inventar der Veranstaltung gehörten und jedes Jahr extra dafür aus ganz Deutschland nach St. Peter-Ording reisten. Vor vielen Jahren war er eher zufällig an den Posten des Schiedsrichters geraten, da er als Sparkassenberater eine gewisse Vertrauenswürdigkeit ausstrahlte und der alteingesessene Schiedsmann nicht verfügbar gewesen war. Dieses Jahr hatte er Rudi zuliebe darauf verzichtet, weil der durch seine Armverletzung angeschlagen war, aber dennoch gern eine Aufgabe haben wollte. Deshalb nahm Ralle nun erstmals selbst aktiv am Turnier teil. »Und das Jahr davor Schorsch. Aber nur ganz knapp und mit viel Glück vor Hotte und Rudi«, erinnerte er sich.

»Wir dürfen wohl sehr gespannt darauf sein, wer dieses Jahr den Titel holen wird«, meinte Ute und nippte an einem Glas mit Apfelschorle. »Vielleicht ja du, Ralle. Wäre mal eine Abwechslung.«

Ralle lächelte geschmeichelt. »Den nötigen Ehrgeiz hätte ich schon, aber an meiner Technik muss ich noch arbeiten. Zu lange stand ich nur am Schiedsrichterpult. Und ein bisschen Glück gehört eben auch dazu. Ich sage immer, dabei sein ist alles.«

»Vielleicht schafft es aber auch unsere Mutter. Eine Frau auf dem Siegertreppchen wäre doch mal eine Abwechslung«, fand Ilva.

»Wäre auch gut für die Frauenquote«, ergänzte Heike. »Ich würde es Sybille gönnen.«

»Darauf würde ich lieber nicht wetten. Hotte wird alles daransetzen, seinen Titel zu verteidigen«, war sich Ralle sicher. »So leicht lässt der sich nicht die Butter von seinem Brötchen klauen. Da müsste Sybille ihm schon ordentlich ihre Zähne zeigen.«

»Hotte wird sich noch wundern. Unsere Mutter wird sich

nämlich nicht kampflos geschlagen geben«, war sich Ernie sicher.

»Du doch auch nicht«, ergänzte Heike und gab Ernie einen Schmatzer auf die Wange.

Ilva warf einen Blick auf den vermeintlichen Favoriten. Er war kein überragend großer Mann, doch schien er dieses Defizit durch sein loses Mundwerk und übermäßigen Goldschmuck ausgleichen zu wollen. Offensichtlich gehörte Hotte zum Typ Macho, der von sich selbst der größte Fan war.

»Hotte scheint ziemlich ambitioniert zu sein. Er möchte wohl nicht nur auf der Kegelbahn punkten.« Ilva beobachtete, wie der Titelverteidiger unverhohlen eine äußerst attraktive, blond gelockte Frau anbaggerte.

Ralle reckte seinen Hals. »Bei der Susi aus Lemgo hat der doch keine Chance. Da beißt er sich nur die Zähne aus. Das haben schon ganz andere probiert«, kommentierte er die Szene in einem leicht abfälligen Ton und trank den Rest seines Bierglases leer. »Ich hole mal Nachschub.«

Ute nickte. »Mach das.«

»Vielleicht erleben wir ja auch eine Überraschung, und jemand holt den Titel, den keiner auf dem Schirm hatte«, meinte Ilva.

»An wen denkst du?«, wollte Ute wissen.

»An Lasse Brodersen eventuell.« Ihr Schüler stand zusammen mit seinen Eltern bei Berte. »Würde mich nicht wundern, wenn ein unerkanntes Talent in ihm schlummern würde!«

»Ausgeschlossen ist es nicht. Dass er für Überraschungen gut ist, wissen wir spätestens seit seinem letzten Test«, fand Ute.

Ernie schaute in die Richtung des Getränkewagens. Plötzlich grinste er. »Kerle Kiste! Wen sehen denn da meine entzündeten Hühneraugen?«

Die Frauen folgten Ernies Blick. Ilva war die Erste von ihnen, die den Grund für Ernies Belustigung entdeckte. Fred und seine Frau Marina kamen auf sie zu. Zwischen ihnen lief ihr Sohn Elias, der stolz wie Bolle zu sein schien. Dafür zog Fred ein Gesicht, als hätte er eine Dauerkarte für Borussia Dortmund geschenkt bekommen. »Was hat Freds Sohn denn für einen lustigen Helm auf?«

»Das ist ein Feuerwehrhelm.« Ernie hatte Mühe, ernst zu bleiben. Sosehr er seinen Kollegen Fred auch mochte und mit ihm litt, das Bild, das sich ihnen bot, hatte eine gewisse Komik. »Sprich ihn da bloß nicht drauf an. Dass sein eigener Sohn Feuerwehrmann werden will, ist für ihn ein extrem wunder Punkt.«

»Ach, wenn's weiter nichts ist. Kinder in dem Alter wollen doch alles und nichts werden«, sagte Ilva leichthin. »Ich glaube, ich habe in der Grundschule davon geträumt, eines Tages mit einem eigenen Eiswagen durch Nordfriesland zu fahren, weil ich die silbernen Portionierer so spektakulär fand.«

»Sag bitte trotzdem nichts«, zischte Ernie ihr mit flehendem Blick zu.

»Keine Sorge, meine Lippen sind versiegelt«, beruhigte Ilva ihren Bruder.

Heike und Marina begrüßten sich fröhlich. Seit Fred vor

einigen Jahren seine Polizistenstelle in St. Peter-Ording angetreten hatte, hatten sich die Frauen angefreundet. Fred nickte in die Runde. »Mahlzeit!«

»Moin!« Ernie prostete ihm zu. »Du kommst gerade pünktlich für ein kühles Blondes.«

»Gern auch zwei davon.« Auf Freds Gesicht zeichnete sich ein leichtes Lächeln ab. Er und Ernie teilten ihre gemeinsame Vorliebe für ein gepflegtes Feierabendbier. Dies war einer der vielen Gründe, warum sie sich so gut verstanden.

»Heike und ich gehen mal Getränke besorgen«, sagte Marina.

»Ist gut. Wir halten hier die Stellung.« Fred griff nach der Hand seines Sohns. Während sich die Frauen durch die Menschen schoben, tauchten Ilvas und Ernies Eltern bei ihnen auf. Sie hielten halb leere Weingläser in den Händen.

»Hallöchen, ihr zwei.« Sybille Feddersen wirkte beschwingt. Ihre Wangen waren rosig, und ihre Augen leuchteten. »Was für ein toller Abend!«

»Hat die Polizei von St. Peter-Ording Feierabend?« Werner Feddersen klopfte seinem Sohn auf die Schulter und gab Fred die Hand.

»Muss auch mal sein«, erwiderte der.

»Dann haben die Spitzbuben freie Bahn.« Sybille Feddersen trank einen Schluck Wein.

Heike und Marina kamen mit den Getränken wieder. Fred nahm seiner Frau ein frisch gezapftes Pils ab. »Keine Sorge, Frau Feddersen. Unser Kollege Pannenbäcker vom Bäderersatzdienst hält die Stellung in der Wache. Sollte Not am Mann sein, ruft er uns an, und wir sind gleich zur Stelle.« Er trank das Glas zur Hälfte leer.

»Und für dich habe ich eine Limo mitgebracht, Elias.« Marina drückte ihrem Sohn ein Glas mit einem gelben Getränk in die Hand.

»Ach, Elias, du bist ja auch da«, sagte Sybille Feddersen überrascht. »Fast hätte ich dich in dem Getümmel übersehen. Dabei hast du doch so einen tollen Helm auf. Ist das ein Sturzhelm?«

»Nee, das ist doch ein Feuerwehrhelm, Frau Feddersen«, klärte der Junge sie auf. »Wenn ich mal groß bin, dann werde ich Feuerwehrmann.«

»Das kann ich mir richtig gut vorstellen«, meinte Sybille Feddersen leichthin.

Ilva warf Ernie einen alarmierenden Blick zu. Ohne es zu wollen, hatte ihre Mutter genau ihren Finger in die Wunde gelegt.

Mit starrem Blick stierte Fred in sein Bierglas. Bloß seine Kieferknochen bewegten sich. Er sah aus, als würde er gleich in Ohnmacht fallen.

Ernie war die Reaktion seines Kollegen nicht verborgen geblieben. »Wie wäre es mit einem Fischbrötchen?«, fragte er ihn und zog Fred gleich mit sich. Bloß aus Hörweite von seiner Mutter, bevor sie eine weitere Bemerkung über die Feuerwehr machen konnte.

»Fischbrötchen ...« Fred verzog angeekelt das Gesicht und leerte sein Bierglas beim Gehen. »Ein Mettbrötchen mit extra Zwiebeln und schön Pfeffer, das brauche ich. Und eine zweite Runde Bier.«

»Autsch!« Ernie hielt sich den Arm. Hotte hatte ihn beim Vorbeigehen mit seinem Ellenbogen gerammt. »Beim nächsten Mal ein bisschen besser aufpassen!«, rief er ihm hinterher, doch der Kegler reagierte nicht.

Hotte hatte es eilig. Zwei Gläser Rotwein hatte er besorgt. Trotz des Remplers war nichts von den Getränken übergeschwappt. Eigentlich war er kein Weintrinker, sondern bevorzugte Kölsch. Aber um sein Ziel bei der umschwärmten Susi zu erreichen, schien ein Gläschen Wein nicht das Schlechteste zu sein. Als er den Tisch erreichte, an dem Susi vor ein paar Minuten noch gestanden hatte, war von ihr jedoch nichts mehr zu sehen. Unschlüssig blickte er sich um und entdeckte sie ein paar Meter weiter. Während seiner Abwesenheit hatte Ralle sie in ein Gespräch verwickelt.

Das durfte doch nicht wahr sein! Ausgerechnet der! Hotte gab einen wütenden Grunzlaut von sich. Was bildete sich dieser unterbelichtete Tronedier eigentlich ein?

»Na, warte!«, dachte Hotte und ging entschlossenen Schrittes auf die beiden zu.

Als Ralle in seine Richtung schaute, warf Hotte ihm einen vernichtenden Blick zu und machte eine scheuchende Handbewegung. Ralle sagte hastig noch etwas zu Susi und entfernte sich kurz darauf mit schnellen Schritten. Das wollte Hotte ihm auch geraten haben, jetzt war er an der Reihe.

Hotte setzte sein Strahlemann-und-Söhne-Lächeln auf, als er Susi das Glas überreichte. »Einmal Rotwein für die Lady.«

»Danke schön.« Sie roch an dem Getränk und probierte einen kleinen Schluck. »Schmeckt sehr lecker! Ist das ein italienischer?«

»Nein, kalifornisch. Was wollte denn der Ralle von dir?«, erkundigte er sich.

»Bloß ein bisschen quatschen, was alles so in letzter Zeit passiert ist, wir haben uns lange nicht gesehen. Er hat mir von seinem schicken Hotelzimmer erzählt. Wusstest du, dass er dieses Jahr gar nicht mit seinem Wagen auf dem Campingplatz steht?«

Hotte zuckte bloß desinteressiert mit den Achseln. »Von mir aus.«

»Er hat ein Zimmer im Frühstückshotel. Es gefällt ihm sehr gut dort. Ralle meinte, ich könnte es mir ja mal angucken. Die Zimmer sollen sehr schön sein. Vielleicht mache ich das mal. Falls mir mein Wohnwagen zu unbequem wird ... man weiß ja nie.«

»Gemütlicher als in meinem Camper kann es gar nicht sein. Vor vier Monaten hab ich ihn gekauft. Zwar gebraucht, aber im Grunde wie neu. Und es ist alles drin, was das Herz begehrt. Das Bett ist eine richtige Liegewiese, gegenüber hängt ein Flachbild-TV. Das Bad ist ein Traum mit Dusche und allem Drum und Dran. Ich muss noch nicht mal die sanitären Anlagen auf dem Campingplatz benutzen. Das Wohnmobil hat sogar eine Klimaanlage und eine Gasheizung. Damit kann ich im Sommer und im Winter überall unterwegs sein. Es ist so komfortabel wie eine zweite Wohnung. Ralles popeliges Hotelzimmer kommt da doch nicht mit«, meinte er großspurig. »Wenn du wirklich mal Komfort sehen willst, dann biete ich dir eine Besichtigung meines Campers an.«

Susi lächelte und trank einen weiteren Schluck. »Ich muss zugeben, du hast mich richtig neugierig gemacht. Scheint ein tolles Ding zu sein.«

»Da kannst du draufwetten.« Hotte zog aus der Hosentasche seiner Jeans einen Schlüssel hervor und zeigte ihn ihr. »Hast du Lust auf eine private Besichtigung?«

»Darf ich in deinem Wohnmobil denn rauchen?«, wollte sie wissen.

Hotte hob einen Finger und lächelte sie an. »Du darfst bei mir alles.«

Susi kicherte albern. »Vorsicht! Ich nehme dich beim Wort, Hotte.«

»Unbedingt.« Hotte bot Susi ganz gentlemanlike seinen Arm zum Unterhaken an.

»Also gut.« Sie kam der Aufforderung nach und ließ sich von ihm auf den Campingplatz führen.

Helena kam mit Fischbrötchen für sich und die Kinder aus der *Miesmuschel*, als Hotte und Susi einträchtig untergehakt an ihr vorbei zum Campingplatz gingen und sich angeregt unterhielten. Sie schaute ihnen erstaunt hinterher. Mit dieser Kombination hatte sie überhaupt nicht gerechnet. Doch was wunderte sie sich eigentlich? Im Urlaub schienen sich die exotischsten Pärchen zu finden. Hotte und Susi waren so eins – definitiv!

10. Kapitel

Wenige Augenblicke später vor einem Reisemobil, der Campingplatz wirkt verlassen.

Hotte drehte den Schlüssel im Schloss und zog die Tür auf. »Hereinspaziert in die gute Stube!« Er bot Susi seine Hand an.

»Wow!« Sie ging durch den Camper. Auf dem Tisch stellte sie ihr Weinglas ab. Dann nickte sie anerkennend. »Du hast nicht zu viel versprochen. Das Wohnmobil muss ja ein Vermögen gekostet haben.« Mit ihren Fingerspitzen fuhr sie sanft über die Polster der Sitzgelegenheiten, die mit echtem Leder bezogen waren.

»Umsonst ist nichts.« Hotte stellte sein Glas neben ihres. »Komfort hat eben seinen Preis.«

»Hier würde ich es auch aushalten.« Susi nahm eine Packung Slim-Zigaretten aus ihrer Handtasche. Sie steckte sich eine in den Mund. Hotte bot ihr Feuer an und stellte einen Aschenbecher auf den Tisch. »Darf ich mal einen Blick in die Schränke werfen?« Sie zeigte auf die integrierte Küchenzeile.

»Fühl dich wie zu Hause. Eine bessere Minibar als bei mir findest du in keinem Hotel.« Hotte öffnete derweil den Kühlschrank neben der Spüle und zeigte ihr den Inhalt. Aus einem seitlichen Fach holte er eine Flasche Moët & Chandon heraus. »Champagner gefällig?«

»Grundsätzlich gerne, aber auf Wein? Ich weiß nicht, ob sich das verträgt.«

»Ach was … wird schon!« Hotte ließ sich von ihrem Einwand nicht beirren und stellte zwei Sektgläser neben die Flasche. »Außerdem bist du mein erster Gast in dem Camper. Darauf müssen wir doch anstoßen«, schmeichelte er ihr.

»Na gut. Aber nur einen kleinen Schluck«, gab sie sich geschlagen.

»›Ein Gläschen in Ehren kann niemand verwehren‹, hat meine Oma immer gesagt.« Hotte ließ den Korken knallen und schenkte randvoll ein. Er reichte Susi ein Glas.

»Das ist aber ein ziemlich großer kleiner Schluck«, bemerkte sie. »Worauf wollen wir trinken?«

»Auf den Gewinner des letzten Jahres und auf den des diesjährigen«, sagte er selbstbewusst. »Und natürlich auf dich und unsere langjährige Bekanntschaft.« Er lächelte sie breit an.

»Na gut. Dann auf den Gewinner«, sagte Susi zögerlich und prostete Hotte zu. Ein wenig unangenehm war ihr die Situation in dem engen Wohnmobil, deshalb trank sie gleich das halbe Glas aus und rückte etwas von Hotte ab. Als er ihr folgte, nahm sie einen kräftigen Zug aus ihrer Zigarette und trat an den Tisch mit dem Aschenbecher, um sie dort auszudrücken.

»Ich werde dann mal wieder gehen. Danke, dass du mir den Camper gezeigt hast, er ist wirklich sehr schön.« Sie wollte sich an Hotte vorbeidrücken, doch er stellte sich vor die Tür und versperrte Susi so die einzige Möglichkeit, das Wohnmobil zu verlassen. Offenbar hatte er andere Pläne.

»Wieso willst du denn schon gehen, unser gemeinsamer Abend hat doch gerade erst angefangen«, sagte er in noch immer schmeichelndem Ton. Er machte einen Schritt auf sie zu und keinen Hehl daraus, dass er gerne auf Tuchfühlung mit ihr gehen wollte.

»Du scheinst da was falsch zu verstehen. Ich wollte mir lediglich dein Wohnmobil ansehen. Mehr nicht«, stellte Susi klar.

Hotte machte einen weiteren Schritt auf sie zu und drängte sie mit seinem Körper an die Tischkante. »Jetzt stell dich nicht so an. Wir kennen uns doch schon länger, da können wir es uns auch mal nett zusammen machen. Du wirst es nicht bereuen.« Er legte eine Hand auf ihren Po und versuchte sie, mit der anderen an sich zu ziehen.

»Hotte, lass das bitte sein. Ich möchte das nicht!«, sagte Susi bestimmt. Sie wollte keinen Zweifel daran lassen, dass für sie der Spaß vorüber war. Sie drückte beide Hände gegen seine Brust, um ihn wieder auf Abstand zu halten. Von seinen Annäherungsversuchen fühlte sie sich zunehmend in die Enge getrieben. »Wir sind Freunde und nicht mehr. Bitte akzeptiere das.«

Doch Hotte ließ nicht locker, sondern nutzte seine überlegene Stärke aus.

»Jetzt zier dich doch nicht so! Du willst es doch auch!« Er

rückte noch näher an sie heran, bis er seine Lippen auf ihre pressen konnte.

Susi wollte um Hilfe schreien, doch Hotte ließ ihr keine Chance. Angstvoll fuhren ihre Hände über die Tischplatte, die sich hinter ihr befand. Sie tastete nach dem massiven Klappdeckelaschenbecher aus Stein. Ohne weiter über mögliche Folgen nachzudenken, griff sie nach dem Behältnis und schlug es Hotte, so fest sie konnte, auf den Kopf. Der Schlag klang dumpf und verfehlte nicht die erhoffte Wirkung. Hotte ließ sofort von ihr ab, taumelte rückwärts, verlor das Gleichgewicht und knallte mit der Schläfe gegen die scharfe Kante eines Schranks. Er gab noch ein überraschtes Stöhnen von sich, bevor er auf dem Boden zusammenbrach und sich nicht mehr rührte.

Susi keuchte, ihr Herz klopfte bis zum Hals, und der Schweiß rann ihr den Rücken hinab. Sie hielt den Aschenbecher noch immer in ihrer Hand, bereit, sich ein weiteres Mal zu verteidigen. Ein Teil der Asche ihrer Zigarette hatte sich über den Fußboden verteilt.

»Hotte?«, fragte sie zaghaft. »Du kannst jetzt mit dem Spiel aufhören und die Augen wieder aufmachen. Ich bin dir nicht böse.« Als er regungslos liegen blieb, stellte sie den Aschenbecher auf dem Tisch ab und kniete sie neben ihn. »Hotte! Hallo? Aufwachen!« Sie klopfte ihm mit der flachen Hand gegen die Wangen. Doch Hotte reagierte auch darauf nicht. Deswegen versuchte sie es erneut, dieses Mal schlug sie etwas kräftiger zu und zuckte bei dem Geräusch leicht zusammen.

Plötzlich spürte sie an einer Hand etwas Warmes. An

ihren Fingern klebte Blut. Panik stieg in ihr auf. Hatte sie zu fest zugeschlagen und ihn umgebracht? Aber was hätte sie in der Situation sonst tun sollen? Sie hatte keine andere Wahl gehabt! Fast hätte sie hysterisch geschrien, doch jetzt musste sie einen kühlen Kopf bewahren. Niemand durfte erfahren, was passiert war.

Als Erstes musste sie unbedingt das Blut von den Fingern kriegen. An der Spüle drehte sie das Wasser voll auf und seifte ihre Hand großzügig ein. Dabei ließ sie Hotte nicht aus den Augen. Sie trocknete ihre Hände mit Papiertüchern ab, die sie danach in ihrer Tasche verstaute.

Was sollte sie nun tun? Sie konnte ihn unmöglich einfach liegen lassen. Verzweifelt kramte Susi ihr noch vorhandenes Wissen aus dem letzten Erste-Hilfe-Kurs hervor, überprüfte seine Atmung – nichts. Dann suchte sie nach seinem Puls – ebenfalls Fehlanzeige. Andererseits war sie nicht mal sicher, ob sie an der richtigen Stelle suchte.

Trotzdem entschied sic, dass sie ihr Bestes versuchen musste. Vorsichtig drehte sie ihn ganz auf den Rücken und versuchte, ihn wiederzubeleben. Im Rhythmus von *Stayin' alive* von den Bee Gees führte sie eine Herzdruckmassage durch. Zu einer Beatmung konnte sie sich allerdings nicht überwinden. Nach ein paar Minuten gab sie schweißgebadet auf. Hotte rührte sich noch immer nicht.

Ich bin eine Mörderin, dachte sie verzweifelt. Ein weiterer Schreck fuhr ihr durch die Glieder, und plötzlich konnte sie keinen klaren Gedanken mehr fassen. Sie wollte nicht ins Gefängnis! Nein! Doch es gab eine Tatwaffe, die sie verraten würde. Die musste sie dringend beseitigen. Auf der Spüle entdeckte sie ein Trockentuch, in das sie den Aschenbecher notdürftig einwickelte, bevor sie kopflos aus dem Wohnwagen stürmte.

Vor einem der Abfallcontainer des Campingplatzes machte sie halt und warf den eingewickelten Aschenbecher schwungvoll hinein. Dann zog sie mit zittrigen Händen einen kleinen Spiegel aus ihrer Handtasche hervor und beseitigte die Tränenspuren auf ihren Wangen mit einem Taschentuch. Niemand durfte erfahren, was sie getan hatte.

Mit einem apricotfarbenen Lippenstift zeichnete sie ihre Lippen nach und richtete mit einem Kamm ihr lockiges Haar. Sie zählte bis fünfzig und atmete dabei bewusst langsam ein und aus, bis sich ihr Herzschlag einigermaßen beruhigt hatte. Niemand konnte ihre Gedanken lesen oder wissen, was sich in Hottes Camper ereignet hatte. Falls sie jemand fragen sollte, von woher sie käme, dann würde sie sagen, dass sie in ihrem Wohnwagen war, um ihr Handy zu holen. Niemand könnte ihr das Gegenteil beweisen. Es war Zeit, dass sie sich wieder unter die Feiernden mischte. Keiner würde einen Verdacht schöpfen. Sie durfte sich nur nichts anmerken lassen …

11. Kapitel

Zur selben Zeit, wenige Meter entfernt hinter einem Waschhäuschen.

Fast wäre sie mir in die Arme gelaufen. Doch ich konnte gerade noch rechtzeitig hinter einem Wohnwagen in Deckung gehen. Sie wirkte aufgelöst. Irgendetwas musste vorgefallen sein. Und was hatte sie in den Container geworfen? Ich beobachtete, wie sie den Campingplatz verließ und sich wieder unter das feiernde Volk mischte. Dann atmete ich noch einmal tief durch, prüfte, ob die Luft rein war, und schlich zu Hottes Wohnwagen.

Ich blieb vor der Tür stehen, durch die Susi gerade herausgekommen war, und horchte. Doch nichts rührte sich. Vorsichtig lugte ich durch ein Fenster in den Camper, konnte aber nichts Außergewöhnliches feststellen. Ich klopfte und ging schließlich hinein, als niemand antwortete. Sie waren zu zweit hineingegangen, da war ich mir sicher, ich hatte es selbst beobachtet.

Vorsichtig machte ich einen ersten Schritt und wäre fast über Hottes Beine gestolpert. Er lag mitten im Flur auf dem Rücken. Seine Augen waren geschlossen, und beinahe sah es so aus, als würde er friedlich schlafen. Doch eine Blutlache hatte sich an einer Seite seines Kopfes gebildet und verriet, dass zuvor etwas geschehen sein musste.

Bei dem Anblick des reglosen Keglers fühlte ich kein Mitleid. Jeder bekam irgendwann, was er verdiente – und Hotte war lange genug ungeschoren davongekommen.

Was auch immer passiert war, es geschah diesem Großkotz recht. Jetzt war er keine Gefahr mehr für mich. Ich hatte keine Schuld zu begleichen, und er würde mir nicht mehr in die Quere kommen. Nun war endlich Gerechtigkeit eingekehrt.

»Alter Mistkerl!«, zischte ich und tat, was nötig war, um wirklich sicherzugehen.

12. Kapitel

Wenige Minuten später vor dem Restaurant Miesmuschel *am Ordinger Campingplatz* Strandperle.

Elias hatte seinen Feuerwehrhelm Helenas Tochter geliehen. Das Mädchen trug die Kopfbedeckung mit sichtbarem Stolz.

»Da kann sich Feli wirklich was drauf einbilden. Den Helm hütet Elias nämlich sonst wie einen Schatz«, meinte Marina. »Den darf noch nicht mal ich aufsetzen.«

»Feli erzählt mir oft, dass sie mit Elias in der Schule spielt. Die beiden scheinen sich gut zu verstehen.« Helena lächelte und schaute zu den Kindern, die zusammen imaginäre Brände löschten. Neben ihnen tauchte Susi auf. Helena runzelte die Stirn. Was war denn mit der los? Die Frau wirkte leicht durch den Wind. Ihre Bewegungen waren fahrig, und ihre Gesichtszüge wirkten wie erstarrt.

Aus den Augenwinkeln beobachtete Helena, wie sie zum Getränkestand ging und etwas bestellte. Kurz darauf händigte die Frau hinter dem Tresen ihr zwei Gläser Rotwein aus. Helena musste grinste. Rotwein für die Turteltauben. Vermutlich war Susi bloß im Liebesstress.

»Was grinst du denn so?«, fragte Ilva.

Helena drehte ihren Kopf zu ihr. »Was meinst du?«

»Wieso du so grinst?«, stellte sie die Frage noch einmal. »Ich will mitgrinsen.«

»Ach so, wegen Susi und Hotte. Die sind vorhin in trauter Zweisamkeit untergehakt Richtung Campingplatz verschwunden, und gerade hat Susi zwei frische Gläser Rotwein besorgt. Da habe ich mir meinen Teil gedacht.«

»Was? Susi und Hotte? Läuft da etwa was?«, fragte Ilva lachend.

»Scheint so.«

»Die passen doch gar nicht zusammen.«

Helena hob die Schultern. »Im Urlaub haben sich schon viele ungleiche Paare gefunden«, wiederholte sie ihren Gedanken von vorhin.

»›Ungleich‹ beschreibt diese Konstellation ziemlich genau«, stimmte Ilva ihr zu.

Ute, die die ganze Zeit nur zugehört hatte, schüttelte den Kopf. »Ich glaube, du vertust dich, Helena.«

»Meinst du?«

»Susi sitzt da vorne allein am Tisch. Mit zwei Weingläsern. Eins davon ist leer. Sie trinkt gerade das zweite. Für Hotte scheint sie es jedenfalls nicht geholt zu haben. Ich kann ihn auch nirgends sehen. Das sieht mir eher nach Frusttrinken aus.«

»Wenn ich längere Zeit mit Hotte verbringen müsste, bräuchte ich danach wahrscheinlich auch mindestens zwei

Rotwein. Und frustriert wäre ich obendrein«, scherzte Helena. »Vorhin sah das allerdings noch sehr harmonisch zwischen den beiden aus. So schnell kann sich das Blatt wenden.«

»Hat einer von euch Hotte gesehen?« Berte war mit dem Rollstuhl zu ihnen gekommen.

»Nein, leider nicht. Wir haben gerade über ihn geredet«, antwortete Ute.

»Wieso suchst du ihn denn?«, fragte Helena.

»Ich wollte gleich das Tippspiel ankündigen, an dem jeder teilnehmen kann. Dazu sollten Schorsch und Hotte, unsere Favoriten, mit auf das Podest kommen«, erklärte Berte. »Schorsch habe ich gefunden, aber Hotte nicht.«

Ralle wollte sich an ihnen vorbeischieben. Helena tippte ihm auf die Schulter, wobei er leicht zusammenzuckte. Erschrocken blickte er sie an. »Ja?«

»Tut mir leid, ich wollte dich nicht erschrecken.« Sie lächelte ihn entschuldigend an.

»Ist schon in Ordnung. Ich war in Gedanken schon beim nächsten Bier.«

»Hast du Hotte gesehen? Berte sucht ihn.«

Ralle überlegte kurz. »Habe ich. Ist allerdings schon ein Weilchen her. Vorhin hat er für Susi und sich Getränke in der *Miesmuschel* geholt. Ist vielleicht vor einer guten halben Stunde gewesen. Seitdem ist er mir nicht mehr über den Weg gelaufen.«

»Wo könnte er denn stecken?«, fragte Berte und schaute sich um. »Normalerweise hält er sich doch meist mitten im Getümmel auf.«

»Er könnte in seinem Wohnwagen sein«, überlegte Ilva. »Vielleicht ruht er sich aus.«

»Das würde mich aber schwer wundern. Hotte ist doch sonst immer ganz vorne mit dabei und hält am besten durch. Er gehört immer zu den letzten Gästen auf einer Party«, überlegte Berte.

»Wir können ja mal nachsehen«, schlug Helena vor. »Weißt du, wo Hottes Wohnwagen steht, Ralle?«

»Äh ...« Ralle blickte wenig begeistert drein.

»Ist schon klar, dass du und Hotte nicht die besten Freunde seid«, sagte Helena verständnisvoll. »Aber vielleicht kannst du einem von uns trotzdem den Wohnwagen zeigen, damit wir ihn holen können.«

Ralle zögerte kurz, winkte dann aber ab. »Lasst mal, ich kümmere mich darum.«

»Sicher?«, fragte Ilva.

»Natürlich. Er wird mir schon nicht gleich den Kopf abreißen, wenn ich vor seinem Wohnmobil auftauche.«

»Danke, Ralle.« Berte drückte seine Hand.

Ralle lächelte sie an. »Ist doch selbstverständlich. Ich gehe dann mal eben.«

»Ralle ist wirklich ein netter Mensch. Wären doch alle so wie er, dann hätten wir keine Probleme auf der Erde«, sagte Berte, als er außer Hörweite war. »Könnt ihr Hotte zum Podest schicken, wenn ihr ihn seht? Ich fahre schon mal zurück.«

»Machen wir«, versprach Ilva. Ihr Blick blieb am Eingang des Restaurants hängen. Dort entdeckte sie ihren Bruder, Fred und Eike. »Entschuldigt mich, Eike ist gekommen. Mal sehen, ob das mit dem ausrangierten Kühlschrank für Helena klappt.« Sie ging zu den drei Männern und begrüßte ihren Freund mit einem Kuss. »Seit Ferien sind, fällt mir besonders auf, wie lange du immer arbeitest. Ich habe das Gefühl, wir sehen uns seltener als sonst.«

»Schon möglich.« Eike kratzte sich mit einer Hand am Hinterkopf. »Im Naturschutz ist Feierabend relativ. Unverhofft kommt oft.«

»Bei der Polizei auch«, merkte Fred kauend an. Das Brötchen mit Zwiebelmett schien ihm gut zu schmecken. »Mörder, Diebe und Betrüger halten sich so selten an bestimmte Öffnungszeiten.«

Eike nickte. »Wildtiere ebenso wenig. Wir mussten uns noch um zwei verletzte Silbermöwen kümmern. Bis sie im Westküstenpark versorgt wurden, hat es eine Weile gedauert. Aber nun ist alles geklärt.«

»Jetzt bist du ja da.« Ilva schmiegte sich an ihn. »Hast du schon abklären können, ob wir euren alten Kühlschrank für das Turnier haben können?«

Eike nickte. »Das geht klar. Ich muss nur noch den Transport zum Landhaus organisieren. Aber das dürfte kein großes Problem sein.«

»Prima!« Ilva gab ihm einen zweiten Kuss auf seine Wange.

»Ich finde, du hast dir ein Feierabendbier verdient.« Ernie lächelte seinen Schwager in spe an.

Eike rieb sich mit einer Hand über den Bauch. »Was zum Essen wäre auch nicht schlecht. Ich habe heute nur gefrühstückt, danach bin ich zu nix mehr gekommen. Bevor ich ein Bier trinke, brauche ich erst mal eine vernünftige Grundlage. Ich schau mal, was die *Miesmuschel* zu bieten hat.« Er ging ins Restaurant.

Ilva blieb bei ihrem Bruder und Fred. Die Abenddämmerung hatte bereits eingesetzt, und es kühlte sich spürbar ab. Ilva trug Jeans und nur ein T-Shirt. Sie rubbelte mit ihren Händen über ihre nackten Arme. »Ganz schön frisch geworden«, sagte sie.

Ernie wollte etwas darauf erwidern, doch er wurde abrupt mit einem Ruck von Helena zur Seite gezogen. Ilva schaute Fred fragend an. »Was ist denn jetzt los?«

Fred zuckte jedoch bloß mit den Schultern und widmete sich hingebungsvoll den Resten seines Mettbrötchens.

Ilva beobachtete, wie sich Helena und ihr Bruder im Flüsterton unterhielten. Verstehen konnte sie nichts, doch es schien um etwas Wichtiges zu gehen. Als sie mit ihrer Unterhaltung fertig waren, stellte Ernie sein Bierglas auf einem Tisch ab und blickte Fred mit ernstem Blick an. »Wir müssen sofort Pannenbäcker anrufen.«

»Halt, so schnell kommst du mir nicht davon. Was ist passiert?«, forderte Ilva eine Erklärung von ihrem Bruder und ließ sich auch nicht abschütteln. Sie bestand darauf, in den Inhalt seines Gesprächs mit Helena eingeweiht zu werden.

»Wohl ein Zwischenfall in Hottes Wohnmobil«, murmelte Ernie schließlich knapp.

»Kann ich helfen?«, hakte Ilva sofort ein.

»Ja. Indem du hierbleibst und dem Krankenwagen und Pannenbäcker, die gleich eintreffen werden, den Weg zu

Hottes Wohnwagen zeigst. Und kein Wort zu niemandem«, bläute er ihr ein und verschwand dann, so schnell er konnte, zu seinem privaten Pkw.

Die Abenddämmerung warf erste Schatten, als Ernie gemeinsam mit seinem Kollegen und Ralle den Platz überquerte. Ralle, der die grausige Entdeckung gemacht hatte, ging voran. Zuvor hatte Ernie aus dem Verbandskasten seines Autos zwei Paar Erste-Hilfe-Handschuhe und eine Taschenlampe geholt, während Fred mit dem Handy einen Krankenwagen angefordert hatte.

»Hier ist es.« Ralle war in gebührendem Abstand vor einem Camper stehen geblieben und deutete auf die Tür.

»Ein Glück, dass die Leute mit Feiern beschäftigt sind«, sagte Ernie und zog die Einmalhandschuhe über. »Je weniger sie mitbekommen, was hier passiert ist, umso besser.«

Fred tat es ihm gleich und öffnete dann die Tür. »Oha! Das ist fies.«

Ernie leuchtete mit der Taschenlampe in den Camper. Der Lichtkegel erfasste Hotte. »Kerle Kiste!«, stieß er aus und betrat schließlich das Reisemobil. Fred folgte ihm, während Ralle etwas von »Auf die anderen warten« murmelte und draußen stehen blieb.

Fred ging neben Hotte in die Hocke und begutachtete seinen Zustand. »Der Typ blutet am Kopf. Und hat eine ziemliche Fahne. Entweder hat er sich das im Promillerausch selbst beigebracht, oder er hatte mit jemandem Stress.«

Ernie stellte sich neben seinen Kollegen. »Ist er tot?«

Fred legte drei Fingerspitzen in Hottes Halsgrube. »Kein Puls.«

Ernie leuchtete die Möbel ab. »An der Schrankkante klebt Blut.«

Fred erhob sich wieder und begutachtete die besagte Stelle. »Manche Leute sollten keinen Alkohol trinken.« Er zog die Handschuhe aus. »Für den Kollegen hat sich's wohl ausgekegelt.«

Ein paar Minuten standen sie unschlüssig um Hotte herum, bis Ilva an die Wohnmobiltür klopfte. Sie hatte Helena, Pannenbäcker, Doktor Widmann, den Notarzt, und zwei Sanitäter im Schlepptau. Während die Frauen und Ralle draußen warteten, betrat Doktor Widmann mit seiner dunklen Arzttasche und den Sanitätern den Camper. Es dauerte nicht lange, bis Ernie, Fred, der Arzt und die Sanitäter das Wohnmobil wieder verließen. Doktor Widmann trug noch das Stethoskop um seinen Hals.

»Ich hole dann einen Totenschein aus meinem Wagen«, verkündete er leise.

»Danke, Doktor Widmann. Wir kümmern uns um alles Weitere«, sagte Ernie, ebenso darauf bedacht, nicht zu laut zu sprechen.

Bevor der Arzt ging, schüttelte er den Kopf. »Tragisch, wenn solche Unfälle unter Einfluss von Alkohol passieren. Das hätte vermieden werden können.«

»Pannenbäcker, rufen Sie doch mal beim Bestatter Grube an«, instruierte Fred den jungen Kollegen. »Ich hole den Fotoapparat aus dem Dienstwagen, und dann müssen wir die Gäste befragen. Aber damit warten wir noch einen

Moment. Wir sollten uns überlegen, wie wir das anstellen, ohne dass wir das ganze Turnier auf Eis legen.«

»Wird gemacht, Chef.« Pannenbäcker warf Fred den Autoschlüssel zu und griff dann zum Handy. Er ging ein paar Meter weiter, um ungestört telefonieren zu können.

Währenddessen trat Ernie zu Ilva, Ute und Ralle, die die ganze Zeit eine gebührende Entfernung zum Tatort eingehalten hatten.

Ilva hatte die Arme um ihren Oberkörper geschlungen. Obwohl sie wegen der kühlen Abendtemperaturen fröstelte, hatte sie ausgeharrt. »Und? Was ist mit Hotte?«

Ernie schüttelte nur den Kopf. »Doktor Widmann konnte nichts mehr machen. Hotte ist tot. Wahrscheinlich ist er gestürzt und hat sich dabei eine Kopfverletzung zugezogen. Blöder Unfall.«

»Wie furchtbar!« Ute war schockiert. »Und wir haben währenddessen ausgelassen gefeiert. Vielleicht hätte man ihm noch helfen können.«

»Das konnte doch niemand wissen, Ute«, meinte Ilva tröstend.

»Solche Unglücke kommen immer wieder vor«, meldete sich Ralle zu Wort. »Ich habe mal gelesen, dass die meisten Unfälle im Haushalt passieren. Das Wohnmobil fällt ja wohl auch in diese Kategorie.«

»Kanntest du Hotte näher?«, wollte Ernie von ihm wissen.

»Was heißt ›näher‹? Wir sind uns hier bei den Kegelturnieren über den Weg gelaufen und waren nicht unbedingt beste Freunde. Als ein Kennen würde ich das nicht bezeichnen. Wir waren einander bekannt. Das trifft es wohl eher.«

»Ich brauche trotzdem deine Aussage. Du hast den Toten gefunden. Kannst du morgen zur Polizeistation kommen?«, fragte Ernie.

»Klaro.« Ralle schien Hottes Tod einigermaßen gut wegzustecken. »Brauchst du mich hier noch?«

»Nein. Wir sehen uns morgen.«

»Bis morgen dann.« Ralle dampfte Richtung *Miesmuschel* ab.

Fred kam mit dem Fotoapparat wieder und betrat erneut Hottes Wohnmobil. Pannenbäcker folgte ihm mit der Taschenlampe, um die entsprechenden Stellen zusätzlich auszuleuchten.

»Ich möchte niemanden beschuldigen, aber ich glaube, ihr solltet mit Susi sprechen«, meldete sich auf einmal Helena zu Wort. Auf ihrer Stirn hatten sich Falten gebildet, und sie sah aus, als dachte sie über etwas nach.

Ilva und Ute blickten sie erwartungsvoll an.

»Okay, was hat Susi damit zu tun?«, fragte Ernie.

Sie sah Ernie ernst in die Augen. »Ich habe vorhin, vor etwa einer halben Stunde, beobachtet, wie Hotte zum Campingplatz gegangen ist – und er war nicht allein. Susi war bei ihm.«

»Susi?«, fragte Ernie ungläubig. »Das ist eine sehr ungewöhnliche Kombi.« Die schmale, zierliche und ruhige Frau war nicht gerade der Typ, den er sich gut an Hottes Seite vorstellen konnte.

»Glaubst du, sie hat etwas mit diesem Unfall zu tun?

Aber hast du nicht gesagt, dass die beiden vorhin rumgeturtelt haben?« Ilva schien ähnlich zu denken wie ihr Bruder.

»Auf den ersten Blick schien es so«, sagte Helena nachdenklich. »Sie haben sich gut verstanden und miteinander gelacht und Wein getrunken. Als sie dann zusammen Richtung Wohnwagen abgezogen sind, dachte ich, dass sie bestimmt ungestört sein wollen. Aber kurz bevor wir Hotte gefunden haben, habe ich Susi mit zwei Weingläsern an einem Tisch sitzen sehen. Allein. Sie hat beide innerhalb kürzester Zeit ausgetrunken. Ute hat es auch beobachtet.«

»Das stimmt!«

»Das erscheint mir rückblickend merkwürdig. Außerdem hat sie auf mich einen auffällig zerstreuten Eindruck gemacht. Ihre Bewegungen waren fahrig. Fast so, als müsste sie etwas verarbeiten. Hotte habe ich das letzte Mal gesehen, als er mit ihr das Fest verlassen hat.«

Ilva verschränkte ihre Arme vor der Brust. »Schon eigenartig, vielleicht weiß sie mehr.«

Ernie blickte Richtung *Miesmuschel*. Doktor Widmann kam mit dem Totenschein zurück. Mittlerweile hatten einige Leute bemerkt, dass auf dem Campingplatz etwas vor sich ging. »Pannenbäcker!«

Der Kollege vom Bädederersatzdienst guckte aus dem Camper. »Ja, Chef?«

»Die ersten Schaulustigen sind im Anmarsch. Pfeifen Sie die doch mal zurück. Gaffer können wir hier nicht brauchen. Am besten, Sie bleiben gleich am Zugang zum Platz stehen, bis Petter Grube den Toten abgeholt hat.«

»Wird gemacht.« Pannenbäcker lief zu den Leuten, um sie zu beruhigen und wieder zum Fest zu schicken.

Doktor Widmann händigte Ernie den Totenschein aus. »Auf den ersten Blick würde ich sagen, die Todesursache ist tatsächlich ein unglücklicher Sturz gewesen. Falls Sie von mir noch was brauchen sollten, ich bin über mein Handy erreichbar.«

Ernie nahm den Schein an sich. »Alles klar, Doktor Widmann. Der Bestatter wird ihn bald abholen. Danke, dass Sie da waren. Noch eine ruhige Schicht für Sie und Ihre Kollegen.«

Der Arzt nickte. »Ein Toter reicht für heute.« Er verabschiedete sich und ging zurück zum Rettungswagen, in dem die Sanitäter bereits warteten.

Fred kam zu ihnen. »Die Tatortfotos sind im Kasten. Petter Grube kommt auch gleich.«

»Doktor Widmann glaubt zwar an einen unglücklichen Unfall, eventuell war es aber doch anders«, sagte Ernie. »Helena und Ute haben interessante Beobachtungen gemacht, die eine mögliche weitere Theorie zulassen könnten.«

Helena erzählte noch einmal, was sie gesehen hatte. Als sie fertig war, pfiff Fred durch die Zähne. »Das könnte in der Tat wichtig sein. Wir sollten uns die liebe Susi mal zur Brust nehmen.«

Ernie nickte. »Sie könnte unter Umständen wichtige Informationen haben.«

Das wuchtige Auto des Bestatters traf am Tatort ein und hielt neben ihnen an. Petter Grube stieg mit ernstem Gesicht aus und knöpfte sein Sakko zu. Er trug einen schwarzen Anzug mit passender Krawatte und einem weißen Hemd. Er nickte ihnen zu. »Moin!«, grüßte er knapp.

»Mahlzeit.« Fred ging auf Petter Grube zu.

Auf der Beifahrerseite öffnete sich ebenfalls die Tür. Gertrud Möbius, Grubes Lebensgefährtin, kletterte heraus. Auch sie trug dem Anlass angemessen ein knielanges schwarzes Kleid, dunkle Strumpfhosen und eine schwarze Hornbrille mit großen Gläsern. Einziger Farbtupfer waren ihre kupferroten Locken und der dazu passende Lippenstift. An ihren Ohren baumelten goldene Kreolen, und in einer Hand hielt sie eine dunkle Lackledertasche.

»Fred, übernimmst du das hier? Ich kümmere mich um die Zeugenbefragung.«

»Alles klar. Ich versiegle das Wohnmobil dann nachher.«

Ernie hatte Pannenbäcker in Helenas Verdacht eingeweiht. Da er in Zivil auf dem Fest unterwegs war, bat er den jungen Kollegen, ihn zu unterstützen und den offiziellen Part zu übernehmen. Ilva, Ute und Helena waren mit ihnen zu den Feiernden zurückgekehrt. Sie mussten nicht lange nach Susi Ausschau halten.

»Da ist sie«, sagte Helena zu Ernie und zeigte zu dem Tisch vor der *Miesmuschel*, an dem sie noch immer hockte. Inzwischen war die Anzahl der leeren Gläser vor ihr auf fünf angewachsen. Neben Susi saß Ralle. Der Kegler schien sich intensiv mit der Frau zu unterhalten.

»Hoffentlich hat Ralle sich nicht verquatscht«, brummte Ernie.

»So was kann ich gar nicht leiden«, pflichtete Pannenbäcker ihm bei.

Sie näherten sich den beiden von der Seite, bis Ernie rechts und Pannenbäcker links von Susi stand.

»Entschuldigen Sie, wenn wir Sie in Ihrem Gespräch unterbrechen, aber wir hätten ein paar Fragen an Sie«, kam Pannenbäcker gleich zur Sache.

Als Susi realisierte, dass ein Polizeibeamter neben ihr stand, sprang sie erschrocken auf. Doch Susi hatte in ihrer Panik und nach dem fünften Wein einige motorische Schwierigkeiten. Außerdem hatten sich Ernie und sein Kollege geschickt positioniert und mussten die Frau praktisch nur auffangen. Bestimmt packte Pannenbäcker zu und drehte Susi einen Arm leicht auf den Rücken.

»Das war keine gute Idee«, stellte er fest. »Bis eben hatten wir nur ein paar Fragen – jetzt sind es ein paar mehr geworden.« Als er gerade die Handschellen hervorholen wollte, legte Ernie ihm die Hand auf den Arm.

»Ich glaube, die brauchen wir nicht. Wir gehen einfach gemeinsam zum Auto. So erregen wir weniger Aufmerksamkeit, und ich glaube nicht, dass Susi uns Probleme macht.«

»Ich wollte das alles nicht.« Susi brach in Tränen aus und schien kurz vor einem ernsthaften Nervenzusammenbruch zu stehen. »Es war doch bloß Notwehr.«

»Beruhigen Sie sich. Das können Sie uns alles ausführlich auf der Wache erzählen. Dort haben wir auch frischen Kaffee und ein Glas Wasser für Sie«, sagte Ernie, während sie Susi in Richtung des Streifenwagens führten.

Inzwischen rollte der Wagen des Bestatters Grube an ihnen vorbei, was bei Susi einen weiteren Weinkrampf auslöste. »Oh nein!«, schniefte sie.

Pannenbäcker ließ Susi auf der Rückbank des Streifenwagens einsteigen und schloss die Tür hinter ihr und ließ sich dann auf den Fahrersitz fallen. Ernie stieg vorne neben Pannenbäcker ein, und Fred glitt auf den Platz neben Susi.

»Der Camper ist versiegelt«, berichtete er knapp.

»Dann ab zum Deichgrafenweg.« Ilvas Bruder legte sich den Sicherheitsgurt an. Durch das Seitenfenster sah er Helena, Ute und seine Schwester, die Hand in Hand mit Eike zu ihm blickte. Als Pannenbäcker losfuhr, seufzte er leise.

Was ein Stress!

13. Kapitel

Zur selben Zeit gegenüber dem Campingplatz Strandperle auf der anderen Seite der Utholmer Straße, im fahlen Licht einer Straßenlaterne bei frischen 15 Grad.

Schorsch blickte dem davonbrausenden Peterwagen nach. Zuvor hatten ein Rettungswagen und wenig später das Auto des Bestattungsinstituts den Campingplatz verlassen. Die anderen Kegler wirkten gleichermaßen ratlos wie schockiert. Sie tuschelten aufgeregt miteinander, konnten nicht glauben, was geschehen war. Er hingegen fühlte eine gewisse Genugtuung, gegen die er sich nicht wehren konnte.

Er hatte dieses Ekel noch nie leiden können. Die Gewissheit, seine Visage nie wieder ertragen zu müssen, ließ Schorsch innerlich aufatmen.

Zwar hätte es nicht gleich sein Tod sein müssen, doch viel zu viele Jahre hatte er seine Mitmenschen erpresst, vorgeführt und gedemütigt. Das musste irgendwann einfach tragisch enden. Hotte hatte sein Schicksal zu oft herausgefordert und dabei niederträchtig von oben herab auf seine Opfer geblickt. Für keine Bosheit war er sich zu schade gewesen, keine Täuschung und keine falschen Versprechungen hatte er jemals bereut. Im Gegenteil! Immer hatte er nur ein überlegenes Grinsen für seine Opfer übrig gehabt und sie mit Spott verhöhnt. Nun hatte sein persönliches Karma zugeschlagen und zu seinem Ableben geführt.

Es war alles perfekt abgelaufen, als hätte jemand für Hottes Tod ein Drehbuch verfasst. Jeder Schritt hatte den nächsten bedingt und zum Schluss sein unwiderrufliches Ende herbeigeführt. Eine perfekte Regie, die von unsichtbarer Hand geführt worden war.

Schorsch war christlich erzogen worden und hatte immer daran geglaubt, dass stets die Gerechtigkeit siegen würde. In der Vergangenheit hatte Hotte seinen Glauben daran jedoch des Öfteren auf eine harte Probe gestellt, und er war einige Male versucht gewesen, das Vertrauen darin zu verlieren, dass der Lump irgendwann das bekam, was er verdiente.

Manchmal hatte er selbst mit dem Gedanken gespielt, ihn um die Ecke zu bringen, wenn er ihn wieder innerlich zur Weißglut getrieben hatte. Natürlich waren es nur Hirngespinste gewesen, die er nie in die Tat umgesetzt hätte. Man dachte viel, wenn der Tag lang war, und die Gedanken waren eh frei.

Schorsch rief auf seinem Firmenhandy ein Video auf und konnte immer noch nicht recht glauben, was er dort sah. Die Bildqualität war trotz der Dämmerung erstaunlich gut. Diese Handys waren technisch inzwischen so weit ausgereift, dass man problemlos und professionell Fotos schießen und Videoaufnahmen von guter Qualität damit machen konnte. Er war nah genug am Tatort dran gewesen, und als ihm aufgefallen war, dass dort etwas nicht stimmte, hatte er das Geschehen heimlich durch ein Fenster gefilmt. Man konnte genau sehen, was sich in Hottes Wohnmobil abgespielt hatte, wer es nach Susi noch einmal betreten und dann, sich vorsichtig nach allen Seiten umsehend, wieder verlassen hatte. Im richtigen Moment hatte Schorsch das Gesicht des Täters so nah herangezoomt, dass kein Zweifel an seiner Identität bestehen konnte. Sogar das nervöse Augenblinzeln des Mannes war erkennbar.

Er hatte den Mörder gefilmt!

14. Kapitel

Gegen 23 Uhr in der Polizeistation im Deichgrafenweg in St. Peter-Ording, vom Meer zieht Wind auf, der raschelnd in die Baumkronen fährt.

Im weißen Neonröhrenlicht der Wache sah Susi noch blasser aus als vorhin auf dem Fest. Sie saß mit hängenden Schultern auf einem Stuhl und massierte sich mit einer Hand die Schläfe. Vor ihr stand ein Glas Wasser, das Pannenbäcker ihr gebracht hatte, sie jedoch nicht anrührte. Seitdem bei der Keglerin sprichwörtlich die Handschellen geklickt hatten, schien sie stocknüchtern zu sein. Das Ausmaß ihres Handelns schien ihr immer klarer zu werden. Ernie und Fred hatten sich ihr gegenübergesetzt. Pannenbäcker hatte ein Aufnahmegerät eingeschaltet, schrieb aber auch protokollarisch mit. Viel hatte Susi jedoch noch nicht gesagt.

»Ich wollte ihn nicht umbringen«, wiederholte sie und schüttelte dabei heftig den Kopf. »Wirklich nicht! Es war ein Unfall.«

»Das sagten Sie bereits.« Ernie lehnte sich im Stuhl zurück und verschränkte die Arme vor der Brust.

»Ich wollte nur, dass er endlich aufhört. Aber er hat einfach weitergemacht.« Ihre Stimme klang verzweifelt. »Was hätte ich denn sonst tun sollen?«

»Jetzt holen Sie erst einmal tief Luft, und wir beginnen ganz von vorn. Wir würden Ihnen gern folgen, aber dazu brauchen wir die ganze Geschichte. Schön der Reihe nach. Was ist zwischen Ihnen und dem Toten vorgefallen?« Obwohl sich auf dem Kegelturnier normalerweise alle duzten, auch wenn man sich nicht besonders gut kannte, war Ernie inzwischen zum Sie übergegangen. Seine Professionalität forderte das von ihm.

Seine Worte schienen die erhoffte Wirkung zu zeigen, denn Susi nahm nun doch einen Schluck aus ihrem Wasserglas, schloss für einen kurzen Moment die Augen, als bemühte sie ihre Erinnerung. Schließlich begann sie zu erzählen.

»Hotte hat mich auf einen Wein eingeladen. Er war zunächst nett, und wir haben uns gut unterhalten, deswegen habe ich einem zweiten Glas zugestimmt. Während er das besorgt hat, habe ich für einen Moment mit Ralle gesprochen.« Sie fasste sich an den Kopf und schloss wieder kurz die Augen. »Er hat mich noch vor Hotte gewarnt. Doch ich habe ihn nicht ernst genommen. Ich dachte, er übertreibt. Seine Bedenken erschienen mir in dem Moment ein wenig zu abenteuerlich. Hätte ich doch nur auf Ralle gehört, dann wäre das alles nicht geschehen.«

»Was hat Ralle denn genau gesagt?« Ernie war hellhörig geworden.

»Er hat behauptet, dass Hotte nicht so nett sei, wie er scheine, und nichts Gutes im Schilde führe. Er wolle mich erst abfüllen und würde irgendwann sicherlich zudringlich werden. Das wäre angeblich seine bekannte Masche. Ich habe Ralle ausgelacht und ihm gesagt, dass er Gespenster sieht. Außerdem könne ich gut auf mich allein aufpassen. Wie konnte ich nur so blauäugig sein?«

»Wie ging es dann weiter?«, hakte Fred nach.

»Ralle hat mir von seinem schönen Hotelzimmer erzählt. Normalerweise steht er auch bei uns auf dem Platz, aber dieses Jahr wollte er sich mehr Komfort gönnen. Ich habe ihm gesagt, dass ich daran auch schon gedacht habe. Manchmal ist es mir im Wohnwagen zu spartanisch, und die gemeinsame Nutzung der sanitären Anlagen ist auch nicht immer das Gelbe vom Ei. Er meinte dann, ich könnte mir sein Zimmer gerne ansehen, und falls es mir zu viel auf dem Campingplatz werden sollte, könnte ich in dem Hotel ja auch eine Unterkunft beziehen. Ralle ist ziemlich abrupt wieder gegangen, als Hotte mit den Getränken zurückkam.«

»Aber einen Grund, Ralles Behauptung zu glauben, gab es zu dem Zeitpunkt noch nicht? Hotte war auf dem Fest noch nicht zudringlich?«, fragte Ernie.

»Na ja, ein paar eindeutig-zweideutige Sprüche sind eventuell gefallen. Aber die habe ich nicht ernst genommen. Ich habe einfach gekontert. Ein kleiner Schlagabtausch, nicht mehr. Es war auch nichts Wildes. Was man so unter

Keglern sagt. So war Hotte eben. Das war alles bloß Spaß. Dachte ich jedenfalls.«

Fred kratzte sich an seinem Dreitagebart. »Und wieso haben Sie Hotte in sein Wohnmobil begleitet?«

»Das sagte ich ja bereits. Seine Sprüche habe ich nicht ernst genommen«, antwortete Susi halb entrüstet. Sie setzte sich aufrechter hin. »Wenn ich jede flotte Bemerkung ernst nehmen würde, die mir ein Mann zuwirft, hätte ich viel zu tun.«

Fred verschränkte die Arme vor der Brust und sah Susi prüfend an. »So weit, so gut. Sie haben also nicht mit Annäherungsversuchen oder Hintergedanken von Hottes Seite gerechnet und hatten selbst ebenfalls keinerlei Ambitionen in dieser Richtung, wenn ich das richtig verstehe. Warum sind Sie ihm dann trotzdem in den Wohnwagen gefolgt? Für eine nette Unterhaltung unter Freunden hätten Sie auch auf dem Platz vor dem Restaurant bleiben können. Sitzgelegenheiten gab es dort doch genug.«

Susi zuckte leicht mit den Schultern und schüttelte dann den Kopf. »Ich habe ihm von Ralles Unterkunft erzählt und von meinen Überlegungen, ebenfalls vom Camper auf ein Hotel- oder Pensionszimmer umzusteigen. Daraufhin prahlte er, dass kein Hotelzimmer mit seinem neuen Wohnmobil mithalten könne. Er hat angeboten, mir sein neues Schmuckstück zu zeigen. Ich war neugierig. Immer wieder sieht man diese luxuriösen Gefährte auf den Campingplätzen stehen, aber noch nie hatte ich die Chance, eines zu besichtigen. Schon lange wollte ich mal einen solchen Camper von innen sehen. Das schien mir eine gute Gelegenheit dafür zu sein. Also bin ich mit ihm mitgegangen. Ich war wohl ziemlich naiv, was?«, fragte Susi kleinlaut und knetete dabei ihre Hände.

»Rückblickend betrachtet, waren Sie das vielleicht, aber Sie kannten sich, und Sie haben die Situation nicht als bedrohlich eingestuft, deshalb machen Sie sich keine Vorwürfe, Sie konnten nicht wissen, was passieren wird«, versuchte Fred sie zu beruhigen. »Wie ging es denn im Wohnmobil weiter? Was genau ist dort passiert?«

»Ich habe mich umgesehen, und er hat weiter geschwärmt, wie toll der Wagen ausgestattet ist. Ich habe mir ein paar Schränke angesehen, und dann hat er mir Champagner angeboten, den er in einem kleinen Kühlschrank aufbewahrt hatte. Ich habe nur zögerlich zugestimmt, schließlich hatte ich schon zwei Gläser Wein getrunken. Letztendlich habe ich mich doch zu einem Schluck breitschlagen lassen. Wir haben angestoßen, und das war der Moment, in dem ich spürte, dass sich die Stimmung veränderte. Er ist immer näher gerückt und hat meinen Versuch, auf Abstand zu gehen, ignoriert. Als ich daraufhin das Wohnmobil verlassen wollte, hat er mir den Weg versperrt und ist ernsthaft zudringlich geworden. Er hat mich an sich gezogen und seine Hand auf meinen Po gelegt. Ich habe ihm gesagt, dass er damit aufhören soll und ich kein Interesse an ihm habe, doch er hat einfach weitergemacht. Er hat mich an den Tisch gedrängt. Ich konnte mich in keine Richtung bewegen, und dann hat er mich geküsst, obwohl ich versucht habe, ihn von mir zu schieben. Ich hatte keine Chance gegen ihn. Er war zu stark, und ich konnte mich nicht aus seiner Umklammerung befreien. In meiner Panik habe ich nach dem Aschenbecher gegriffen, der hinter mir auf dem Tisch stand, und ihm den auf den Kopf geschlagen. Er ist getaumelt, hat das Gleichgewicht verloren und ist gegen eine Schrankkante geknallt. Danach ist er auf dem Boden zusammengesackt und hat sich nicht mehr gerührt. Ich habe noch versucht, ihn wiederzubeleben, aber ich habe keinen Puls gefunden, und dann hatte ich plötzlich Blut an meiner Hand. Ich habe es nicht geschafft.«

An dieser Stelle unterbrach Ernie ihren Bericht. »Sie sagten, Sie haben mit einem Aschenbecher zugeschlagen. Soweit ich mich erinnern kann, stand die Tatwaffe nirgendwo im Camper.«

Susi schüttelte den Kopf. »Ich hatte Angst, wusste nicht, was ich tun sollte, also habe ich ihn in ein Geschirrtuch gewickelt und auf dem Weg zurück zum Fest in einen Container auf dem Campingplatz geworfen. Ich wollte einfach nur weg, nachdem ich das Blut gesehen hatte. Ich konnte keinen klaren Gedanken fassen.«

Ernie drückte mit dem Daumen die Mine eines Kugelschreibers rein und raus. Das tat er immer, wenn er überlegte. »Nachdem Hotte zusammengebrochen ist, haben Sie nicht direkt den Wagen verlassen?«, fragte er weiter.

»Nein, ich habe ihn angesprochen und versucht, Erste Hilfe zu leisten, doch dann war plötzlich überall Blut, und ich konnte überhaupt nicht mehr klar denken. Ich habe mir nur noch Hals über Kopf die Hände gewaschen, mir den Aschenbecher geschnappt und bin davongerannt. Ich brauchte unbedingt einen Drink – na ja, oder eben fünf.« Beschämt und bedrückt blickte sie auf ihre Hände hinab.

»Frau Heinzmann, aufgrund dringenden Tatverdachts auf Körperverletzung mit Todesfolge an Theo Winkler müssen wir Sie vorläufig festnehmen. Inwiefern Sie tatsächlich in Notwehr gehandelt und ob Sie Wiederbelebungsmaßnahmen durchgeführt haben, wird während der Obduktion zu ermitteln sein und sich gegebenenfalls mildernd auf Ihr Strafmaß auswirken.« Ernie nickte Susi aufmunternd zu. »Sie hatten Angst und wussten sich nicht anders zu helfen, es wird schon alles gut werden.« Er spürte, dass Susi den Zuspruch gebrauchen konnte. »Und keine Angst, unsere Zelle ist nicht so ungemütlich, wie Sie vielleicht befürchten, und Pannenbäcker kocht wirklich guten Kaffee.«

Pannenbäcker parkte den Dienstwagen kurz vor der Zufahrtsschranke zum Campingplatz. Da Ernie und Fred sich an diesem Abend das eine und andere Bier gegönnt hatten, musste der junge Kollege den Fahrdienst übernehmen.

»Dann machen wir uns mal auf die Suche nach den Containern.« Ernie leuchtete mit seiner Taschenlampe in die Richtung, von der er wusste, dass dort die Mülltonnen standen.

Auf der Rückseite eines Sanitärgebäudes waren die verschiedenen Müllcontainer aufgestellt. »Also, wir suchen ein kariertes Küchenhandtuch und einen schwarzen Aschenbecher aus Glas«, erinnerte Ernie noch einmal seine Kollegen.

Er schob die Klappe ganz nach oben und leuchtete hinein. Fred stellte sich auf die Zehenspitzen und warf einen Blick auf den Abfall. »Ich seh nix.«

»Ich auch nicht«, bestätigte Ernie.

Pannenbäcker leuchtete ebenfalls mit seiner Taschenlampe in den Container. »Ich hab's. Ganz hinten. Neben dem Pappkarton mit Cornflakes.« Er zeigte auf eine Stelle in der äußersten Ecke der Müllsammelstelle.

»Na prima!« Fred stöhnte. »Weiter hätte man das Ding auch nicht reinwerfen können.«

»Mir bleibt auch nix erspart. Dabei habe ich meine neue Hose an. Wenn ich die versaue, gibt es Knatsch mit Heike.« Ernie drückte Pannenbäcker seine Taschenlampe in die Hand und zog sich Handschuhe über.

Fred winkte ab. »Lass mal, ich erledige das schon.« Auch er schlüpfte in seine Handschuhe. »Mach mal Räuberleiter, sonst kann ich da nicht reinklettern.«

»Ist gut.« Ernie verschränkte seine Hände auf Bauchhöhe und streckte die Arme aus. Als Fred einen Fuß in den Tritt stellte und sich vom Boden abstieß, ging Ernie unfreiwillig in die Knie. »Ker, wat machste denn da?«, fluchte Fred in bester Ruhrpott-Manier. Fast wäre er gestürzt, wenn er sich nicht am Rand des Containers festgehalten hätte. So landete er leicht ungelenk neben Ernie wieder auf dem Boden.

»Kerle Kiste! So wird das nichts, tut mir leid. Du bist ganz schön schwer, Fred.« Ernie griff sich ans Kreuz. »Räuberleiter ging früher leichter.«

»Halten Sie mal, Chef.« Pannenbäcker übergab Fred beide Taschenlampen und zog ebenfalls Handschuhe an.

»Was wird das, wenn es fertig ist?« Ernie verzog argwöhnisch das Gesicht.

»Das ist ein Fall für den Polizisten-Nachwuchs«, trumpfte der jüngere Kollege auf. »Bitte leuchten Sie mal auf den Container. Das haben wir gleich.«

Fred gab Ernie eine der Taschenlampen. Pannenbäcker machte ein paar Schritte rückwärts. Er nahm sein Ziel ins Visier, kurz Anlauf, drückte sich mit einer Hand am Rand des Müllbehälters ab und landete behände im Abfall.

»Boah!« Fred klappte die Kinnlade runter.

»Waren Sie mal beim Zirkus?« Ernie richtete den Lichtkegel auf den Kollegen vom Bäderersatzdienst.

»Nee, nix Zirkus. Zu Hause mache ich dreimal in der Woche Parcours-Training mit meiner Truppe.« Pannenbäcker genoss sichtlich die Verblüffung seiner Vorgesetzten. »So ein Sprung ist nix Wildes für mich.«

»Und da springen Sie dann in Container, oder was?«, fragte Fred.

»Manchmal schon. Meistens jumpe ich über Autos, Mauern oder auch Parkbänke. Wir klettern an Wänden empor oder hangeln uns an Vorsprüngen entlang. Beim Parcours nimmt man das, was gerade da ist.«

»Donnerwetter!«, sagte Fred anerkennend.

Pannenbäcker fischte die vermeintliche Tatwaffe aus dem Abfall und hielt sie Ernie hin, der sogleich eine Tüte öffnete, um sie sicher zu verpacken und jegliche weitere Kontamination zu vermeiden. So flott, wie es Pannenbäcker in den Container geschafft hatte, war er auch wieder draußen.

»Dann haben wir ja erst mal alles, was wir brauchen«,

sagte Ernie. »Die Tatwaffe geht direkt zur Untersuchung ins Labor.«

»Ich wasche mir mal eben im Sanitärgebäude die Hände«, sagte Pannenbäcker und betrat das Häuschen.

Fred zog die Klappe des Containers wieder zu und streifte die Handschuhe ab. »Als ich noch jünger war, bin ich über den hohen Zaun am Parkstadion geklettert, weil ich mir keine Eintrittskarte leisten konnte. Das Ding war bestimmt an die fünf Meter hoch«, erinnerte sich Fred. »Damals war ich genauso sportlich unterwegs wie Pannenbäcker.«

Ernie hob die Augenbrauen. »Das hätte ich gar nicht von dir gedacht.«

Fred hob sein Kinn. »Tja, ich stecke eben voller Überraschungen.«

»Und ich arbeite mit einem Kleinkriminellen zusammen. Einem Typen, der illegal als Zuschauer an Fußballspielen teilnimmt und noch stolz darauf ist.« Ernie schüttelte den Kopf.

»Quatsch! In die Kirche darfst du auch gehen, wenn du kein Mitglied bist, oder?«

»Sicher. Aber was hat die Kirche mit deiner gesetzeswidrigen Teilnahme an einem Fußballspiel zu tun?« Ernie erschloss sich Freds Vergleich nicht.

»Schalke ist Kirche. Als Zuschauer einem Fußballspiel beizuwohnen ist quasi Religionsausübung – und das Recht gilt per Erlass«, klärte er seinen Kollegen auf.

»Ich werde zwar die Logik des Ruhrgebiets nie vollends

ergründen, aber eure Currywurst würde ich trotzdem gerne mal probieren.«

Pannenbäcker kam wieder zu ihnen. »Wir können dann.«

Fred legte ihm eine Hand auf die Schulter. »Sind Sie eigentlich Mitglied der Kirche?«

15. Kapitel

Am nächsten Morgen in der gemütlichen Küche von Familie Feddersen, draußen pustet eine kräftige Brise die Wolken flott über den Himmel.

Die Kaffeemaschine blubberte vor sich hin und verbreitete den Duft von frischem Filterkaffee. Der Wetterbericht im Radio kündigte ab den Mittagsstunden einen heißen Sommertag an. Ilva blickte aus dem Küchenfenster und rümpfte die Nase. Draußen sah es eher herbstlich als nach sommerlicher Hitze aus, sie würde sich eine Strickjacke überziehen, wenn sie mit dem Fahrrad zur Schule fuhr. Bei dem Gedanken an den frischen Fahrtwind fröstelte sie.

Sie nahm eine Tasse aus einem Schrank, griff dann nach der gläsernen Kanne der Maschine und schenkte sich von dem dampfenden Kaffee ein. Aus dem Kühlschrank entnahm sie eine Packung Milch, Butter und ein Glas der selbst gemachten Erdbeermarmelade ihrer Mutter. Damit ging sie zum Küchentisch, wo schon ein Teller mit einem Messer bereitstand. Während sie sich ein Marmeladenbrot schmierte, dachte sie wieder an den gestrigen Abend.

Hotte war tot und Susi mit zur Wache genommen worden. Die Ereignisse erschienen Ilva in der gemütlichen Küche ihrer Eltern so unwirklich, dass sie sich fragte, ob sie das Ganze nicht vielleicht bloß geträumt hatte. Sie hatte sich wie eine Zuschauerin eines Kriminalfilms gefühlt, als der Wagen des Bestatters an ihr vorbeigefahren war und Susi wenig später von Ernie und Fred in den Polizeiwagen verfrachtet worden war. Ausgerechnet ihr Bruder, dem Harmonie über alles ging und der als Polizist am liebsten alten Herrschaften über die Straße half oder auch mal eine verirrte Katze von einem Hausdach rettete, stand als Leitender Kommissar wieder einmal im Mittelpunkt des Geschehens. Ilva legte das Messer auf dem Teller ab und biss in ihr Brot. Nach der Schule musste sie Ernie unbedingt Details über Hottes Ableben und Susis Verhaftung entlocken. Meistens konnte sie ihm Informationen abschwatzen, weil seine Standhaftigkeit, was seine berufliche Verschwiegenheit ihr gegenüber anbelangte, nie von langer Dauer war. Schon seit sie Kinder waren, wusste Ilva, wie sie ihren Bruder dazu brachte, ihr ein Geheimnis anzuvertrauen. Meistens half kulinarische Bestechung.

»Moin!« Sybille Feddersen betrat in ihrem geblümten Morgenmantel die Küche und ging zielstrebig auf die Kaffeemaschine zu. Hinter ihr folgte Kater Kuschel mit hoch erhobenem Schwanz.

»Moin, Muddi«, nuschelte Ilva.

Sybille Feddersen nahm die Kanne und goss das heiße Getränk in einen Kaffeepott. Dann öffnete sie den Kühlschrank und gab Kuschel ein Stück Leberwurst auf einem Unterteller, die er gierig fraß. »Nun schling doch nicht so!

Es nimmt dir doch keiner was weg.« Sybille Feddersen kraulte Kuschels Kopf, griff dann nach der Milchpackung, die auf dem Küchentisch stand, und kippte einen Schuss davon in ihren Kaffee. Sie setzte sich Ilva gegenüber und trank einen Schluck. Dabei schloss sie für einen Moment die Augen und ließ den Kaffee in ihrem Körper wirken. »Das tut gut. Ich habe kaum geschlafen letzte Nacht. Die Aufregung von gestern steckt mir in den Knochen.«

»Geht mir ähnlich«, gab Ilva zu.

»Wann bist du denn nach Hause gekommen? Ich habe gar nicht mitgekriegt, dass du die Treppe zur Wohnung hochgegangen bist.«

»Eike hat zuerst Ute nach Hause gefahren und danach mich abgesetzt. Wir müssen ungefähr gegen halb zwölf hier gewesen sein. Aber wir haben uns noch im Auto verquatscht, vermutlich bin ich erst nach Mitternacht ins Haus gekommen. Im Moment sehe ich Eike ja kaum, weil er so viele Veranstaltungen im Nationalpark macht, und dann haben wir jetzt noch die Sache mit Hotte ...«

Sybille Feddersen schüttelte kaum merklich den Kopf. »Dass das die Susi gewesen sein soll ... kannst du dir das vorstellen?«

»Nicht so wirklich. Jedenfalls glaube ich nicht, dass sie eine vorsätzliche Mörderin ist. Das passt nicht zu ihr. Wer weiß, was wirklich zwischen ihr und Hotte passiert ist. Vielleicht hat auch ein ganz anderer Umstand zu seinem Tod geführt. Ein Unfall eventuell.«

»Ernie hat sich noch nicht bei dir gemeldet, oder?«, fragte ihre Mutter.

»Natürlich nicht.« Ilva trank einen Schluck Kaffee. »Er weiß doch ganz genau, dass ich ihn wegen der Sache sobald wie möglich wie eine Zitrone ausquetschen werde. Bisher hat er mir ja immer irgendwann alles erzählt, weil ich nicht lockergelassen habe.«

»Ihr seid ja auch Geschwister.« Sybille Feddersen nickte. »Bleibt doch alles in der Familie.«

Ilva machte eine prostende Handbewegung mit der Kaffeetasse. »Genau das ist auch immer mein Argument. Ernie sieht das meistens anders.«

»Papa hat die Sache ziemlich mitgenommen. Mir gegenüber hat er versucht, sich nichts anmerken zu lassen. Stattdessen hat er sich gestern Abend noch lang und breit mit Ingfried unterhalten. Dabei ging es bestimmt nicht um das Wetter oder das Kegelturnier. Ich glaube, er war mindestens genauso schockiert wie ich. Wer hätte auch damit rechnen können, dass das Fest so tragisch enden würde? Dabei sollte es doch der freudige Auftakt des Turniers werden.«

Ilva war fertig mit Frühstücken. »Also, ich habe jedenfalls nicht damit gerechnet.« Sie räumte das benutzte Geschirr in die Spülmaschine und nahm dann Kuschel auf den Arm. »Mein Bauchgefühl sagt mir, dass Susi nicht für Hottes Tod verantwortlich ist, aber das zählt bei meinem Bruder ja wieder nicht. Ich glaube, da ist etwas vorgefallen, von dem wir alle noch gar nichts ahnen.«

»Möglich wäre es«, stimmte Sybille Feddersen ihrer Tochter zu. »Gestern war so viel los auf dem Campingplatz, da hatte man keinen Überblick, wer wo war.«

Ilva setzte den Kater auf einem Stuhl ab und steckte eine

Mappe in ihre Lehrertasche, die griffbereit neben der Sitzbank stand. »Einen Sack Flöhe zu hüten wäre einfacher gewesen, als gestern alle im Auge zu behalten. Noch dazu waren ja nicht nur Kegelfreunde und Festbesucher auf dem Campingplatz.«

»Hast du denn einen konkreten Verdacht, was wirklich passiert sein könnte?« Kater Kuschel sprang nun auf Sybille Feddersens Schoß und ließ sich von ihr streicheln.

»Du meinst, wer Hottes Mörder ist?« Ilva verschloss ihre Tasche.

»Ja.« Ilvas Mutter nahm den schnurrenden Kater auf den Arm.

»Bis jetzt nicht. Es ist nur so ein Gefühl, das ich nicht näher begründen kann, das mir sagt, Susi trifft keine Schuld.«

»Besonders beliebt ist Hotte bei den meisten Leuten nicht gewesen. Dafür hat er zu oft mit seinem Geld geprotzt und sich eingebildet, er wäre Gottes Geschenk an die Frauen. Auch mit anderen Campern hatte er öfter Ärger. Wenn man also danach gehen will, mit wem er im Streit lag, dann kämen da einige als Täter infrage – allen voran Schorsch. Andererseits würde ich niemandem, den ich kenne, einen Mord zutrauen, und schon gar nicht Schorsch. Er wäre der Erste, den ich ausschließen würde. Eine kleine Streitigkeit mit ein paar deftigen Worten zwischen den Männern, okay. Aber nicht mehr.«

Ilva schulterte ihre Lehrertasche. »Das mag sein. Trotzdem bleibt mein Gefühl.«

»Geht mir genauso.«

Ilva ging zu ihrer Mutter und gab ihr einen Kuss auf die Wange. »Ich muss los, Muddi. Bis nachher.«

Der Fahrtwind war wie erwartet frisch und blies ihre Haare durcheinander. Ilva war froh, dass sie eine Strickjacke übergezogen und sich trotz der sommerlichen Wetteraussichten für eine lange Jeanshose und Sneakers entschieden hatte. Um die frühe Uhrzeit war auf der Pestalozzistraße nur wenig los. Für die Urlauber war es noch zu früh, und so lag eine ruhige Ferienstimmung über dem Ort, die nicht wirklich zu ihrem Fahrtziel passen wollte. An das Thema »Schule« dachte in St. Peter-Ording wohl kaum jemand. Manchmal hatte Ilva das Gefühl, die Feriengäste vergaßen ganz, dass es hier abseits von Hotels und Ferienwohnungen auch ein normales Leben gab und Menschen, die in St. Peter-Ording ihren Alltag verbrachten.

Noch weniger allerdings würde irgendjemand an kriminelle Handlungen wie ein Tötungsdelikt denken. Mord und Totschlag passten nicht hierher. Das gab es in Großstädten wie Hamburg oder Berlin – aber doch nicht in St. Peter-Ording! Sollte man meinen …

Ein Stück vor Ilva bog ein Junge auf einem Mountainbike mit hoher Geschwindigkeit auf die Straße ein, die zur Nordseeschule führte. Obwohl er mit dem Rücken zu ihr fuhr, erkannte sie ihn gleich. Es war Lasse. Mit seinem hochmodernen Fahrrad mit Gängen im zweistelligen Bereich schaffte er ein Tempo, mit dem Ilva nicht mithalten konnte. Die meisten Jungs in seinem Alter rasten wie die Verrückten mit ihren Bikes durch den Ort. Sicher war, dass er um einiges eher an der Nordseeschule ankommen würde als sie. Der Sohn des Bürgermeisters schien nicht zu spät zum Unterricht kommen zu wollen. Vielleicht fand er ihren Sommerkurs gar nicht so übel. Bei dem Gedanken musste Ilva lächeln.

Wenige Augenblicke später erstarb ihr Lächeln. Trotz der Entfernung zu ihm sah sie, wie Lasse etwas verlor. Er schien es nicht zu bemerken, denn er fuhr einfach weiter. Ilva beschleunigte ihr Tempo. Sie wollte den verlorenen Gegenstand möglichst schnell von der Straße aufheben. Ein Auto überholte sie links und scherte kurz darauf vor ihr ein. Ilva konnte den Gegenstand nicht mehr sehen, vernahm aber stattdessen ein knackendes Geräusch. Der Fahrer schien es nicht wahrgenommen zu haben und fuhr weiter, während sich der Abstand zwischen ihnen zunehmend vergrößerte.

Einige Meter weiter bremste Ilva neben einem kleinen schwarzen Gegenstand. Es war ein Handy, und schon bevor sie sich hinunterbeugte, erkannte sie, dass es völlig zerstört war. Das Display war zersprungen und das Gehäuse teilweise zerbrochen. Das Auto musste es voll erwischt haben.

Um sich nicht an den feinen Scherben des zerstörten Displays zu schneiden, hob sie das Telefon mithilfe eines Taschentuchs vom Boden auf.

Lasse würde nicht sehr begeistert sein, wenn sie ihm den Fund zeigte. Ilva wusste natürlich, wie wichtig den Jugendlichen ihre Handys waren. Ihr halbes Leben fand mittlerweile in diesen kleinen Geräten statt – Fotos, Videos, Chatkommunikationen. Ilva steckte das zerstörte Telefon vorsichtig in ihre Tasche und fuhr weiter zur Schule.

Als sie vor der Nordseeschule ankam, stand Lasse an seinem Fahrrad. Er durchsuchte hektisch seinen Rucksack und tastete dann seine Hosentaschen ab. Mittlerweile schien er den Verlust seines Handys bemerkt zu haben. Auf seinem Gesicht zeichnete sich eine gewisse Ratlosigkeit ab.

Ilva parkte ihr Fahrrad neben seinem. »Moin, Lasse!«

Er blickte hoch. »Guten Morgen, Frau Feddersen. Ich gehe gleich in den Kursraum, vorher muss ich nur mein Handy finden. Es muss hier irgendwo sein.« Er kramte wieder in seinem Rucksack.

Ilva öffnete ihre Tasche und holte das Taschentuch hervor. Sie hielt ihm mit zerknirschter Miene das völlig zerstörte Telefon hin. »Ich glaube, ich habe es eben gefunden«, sagte sie.

Lasse blickte sie entgeistert an. »Oh nee!« Er schlug sich mit der flachen Hand gegen die Stirn. »So was kann auch nur mir passieren!«

»Tut mir leid! Du hast es während deiner Fahrt auf der Straße verloren, und dann ist ein Auto drübergerollt, bevor ich es erreichen und retten konnte.«

Lasse nahm das Taschentuch mit den Überresten seines Telefons an sich. »Danke«, sagte er mit gequältem Gesichtsausdruck.

»Reparieren kann man es wahrscheinlich nicht mehr, oder?«, vermutete Ilva.

»Nee. Das Handy hat einen Totalschaden. Ich hoffe nur, dass meine SIM-Karte überlebt hat.« Lasse begutachtete das

Telefon mit kritischem Blick. »Das Phone ist noch keine vier Monate alt. Mein Vater reißt mir den Kopf ab, wenn er erfährt, was passiert ist. Ich habe ihn so lange bequatschen müssen, bis ich dieses teure Telefon bekommen habe. Er hat gemeint, dass es ein billigeres Modell auch tut und ein Junge in meinem Alter kein Gerät in der hohen Preisklasse braucht.« Der Sohn des Bürgermeisters seufzte. »Und jetzt ist es Schrott. Das wird er mir unter die Nase reiben bis zum Abitur, und ich werde wie doof vor ihm stehen.«

»Ach, wer weiß ... Vielleicht bekommst du ja ein neues Handy von deinen Eltern.«

Lasse lachte auf. »Wohl kaum. Mein Vater wird sich höchstens in allem bestätigt fühlen und mir sagen, was für ein extremer Trottel ich bin. Sein altes Nokia 3 310 wird er mir anbieten und dann Dankbarkeit von mir erwarten. Das Ding ist museumsreif, damit kann man noch nicht einmal Fotos machen.«

»Aber SMS verschicken«, versuchte Ilva ihn aufzuheitern. »So ein Nokia hatte ich auch mal.«

Lasse blickte sie argwöhnisch an. »Wer verschickt denn heute noch SMS?«

»Stimmt.« Ilva nickte. Ihr Schüler hatte natürlich recht. »Alte Leute wie ich machen das noch manchmal.«

»Warum passieren mir solche Desaster ständig und anderen nie?«, fragte er geknickt.

»Ich kann verstehen, dass du dich ärgerst. Bestimmt wird das kaputte Handy keine Jubelstürme bei deinen Eltern auslösen, aber du hast es ja nicht mit Absicht auf die Straße geworfen, und außerdem gibt es auch eine gute Nachricht, die du ihnen verkünden kannst.«

»Ach ja?«, fragte er.

Ilva nahm Lasses Test aus ihrer Mappe. »Du hast bloß vier Fehler im Test gemacht. Und das waren eher kleine Flüchtigkeitsfehler zum Ende der Aufgaben. Alles andere hast du top gelöst.«

»Wenigstens etwas.« Lasse blätterte wenig motiviert durch die Seiten.

»Ehrlich gesagt habe ich ein bisschen mehr Begeisterung erwartet. Ich war nach der Korrektur ziemlich überrascht und habe mich über das tolle Ergebnis sehr gefreut«, lobte sie ihn. »Du scheinst besser Englisch zu können, als du im vergangenen Schuljahr gezeigt hast.«

»Kann schon sein«, erwiderte der Junge. Ihm ging das Schicksal seines Handys deutlich näher, als ihn das gute Ergebnis seines Tests erfreute. »Ein funktionsfähiges Smartphone wäre mir trotzdem lieber als ein guter Test. Damit kann man so schlecht telefonieren.«

»Nimm's nicht so schwer, Lasse. Es ist nur ein Gerät, das kann man ersetzen«, versuchte Ilva ihn aufzuheitern. »Zeig deinen Eltern den Test. Wer weiß, eventuell bringt dich das einem neuen Handy näher. Damit meine ich nicht das alte Nokia deines Vaters.«

Lasse schluckte, nickte dann aber verständig und packte das zerstörte Handy in seinen Rucksack. »Ich werde es in unserem Garten bestatten und eine wohlduftende Blume darauf pflanzen«, meinte er mit einem schiefen Grinsen.

»Sarkastisch wie eh und je. So gefällst du mir schon besser.« Ilva nahm ihre Lehrertasche. »Na, komm! Der Kurs fängt gleich an.«

16. Kapitel

Zwei Stunden später in der Polizeistation im Deichgrafenweg in St. Peter-Ording, der Wind ebbt langsam ab, und ein paar Sonnenstrahlen brechen durch die Wolkendecke.

Ernie blickte auf. Er hatte Schritte im Flur gehört. Kurz darauf vernahm er Ralles und Pannenbäckers Stimmen. Der Kollege vom Bäderersatzdienst brachte den Kegler ins Büro. »Chef, hier ist ein Zeuge für Sie.«

»Danke, Pannenbäcker. Machen Sie uns doch ein Kännchen Kaffee.«

»Geht klar, Chef.« Pannenbäcker verließ den Raum.

»Moin, Ralle. Nimm doch Platz.« Ernie deutete auf den Stuhl ihm gegenüber.

»Guten Morgen, Ernie.« Er setzte sich auf den Stuhl und blickte misstrauisch auf ein Paar Handschellen, die achtlos neben einer Kaffeetasse auf dem Tisch lagen. Ernie griff nach den Handfesseln und ließ sie flugs in einer Schublade verschwinden.

»Gut, dass du gekommen bist«, sagte er mit einem Lächeln. »War ja gestern richtig was los auf dem Campingplatz.«

Ralle schaute ihn bekümmert an. »Ich konnte letzte Nacht kaum schlafen. Die Gedanken sind in meinem Kopf Achterbahn gefahren.«

»Das ist bestimmt vielen von uns so gegangen. Niemand hat damit gerechnet, dass Hotte nicht mehr beim Turnier antreten kann.«

Ralle blickte sorgenvoll zum Fenster. »Was soll nun bloß werden?«, fragte er mehr sich selbst.

»Das wird schon wieder werden«, meinte Ernie zuversichtlich. »Wir suchen alle nach der Wahrheit, und es wird nur zur Rechenschaft gezogen, wer wirklich etwas getan hat. Es werden am Ende keine Unschuldigen im Gefängnis sitzen. Dann lass uns mal deine Zeugenaussage zu Protokoll nehmen.«

Ralle drehte ihm den Kopf wieder zu. »Wie geht es denn der Susi?«, fragte er besorgt.

»Sie ist den Umständen entsprechend gefasst und bleibt stark, muss allerdings erst einmal hierbleiben, bis wir mehr über den Tathergang wissen«, antwortete Ernie.

Ralle seufzte bedauernd, während Ernie ein Schreibprogramm auf dem Computer aufrief. Als Erstes ließ er sich Ralles Meldeadresse und Geburtsdatum nennen sowie seine Urlaubsunterkunft und eine Telefonnummer, unter der er erreichbar war. »Wenn du einverstanden bist, schalte ich das Aufnahmegerät ein.«

»Okay.«

»Dann erzähl mal, wie du Hotte aufgefunden hast.«

Ralle berichtete, was am letzten Abend geschehen war, dass Berte auf der Suche nach dem Kegler gewesen war, weil sie ihn zusammen mit Schorsch für eine Ankündigung auf das Podest holen wollte. »Ich bin dann zu seinem Wohnmobil gegangen, um ihn zu holen. Zuerst habe ich angeklopft und gewartet. Als sich nichts getan hat, habe ich die Tür einfach geöffnet und reingeschaut. Und da hat Hotte reglos auf dem Boden gelegen.«

»War er da schon tot?«

Ralle nickte. »Ich glaube ja.«

»Wie hast du das denn festgestellt? Hast du die Leiche berührt?« Ernie tippte konzentriert auf der Tastatur seines Computers.

Ralle zögerte kurz und sagte schließlich: »Nein, ich habe es nur vermutet. Er hat sich nicht gerührt und wirkte wie erstarrt.«

Ernie nickte stumm und tippte weiter. »Und was passierte dann?«

»Ich bin zurück zum Fest gelaufen, um Hilfe zu holen. Zuerst habe ich Helena Bescheid gesagt. Sie hat dann die Nachricht direkt an dich und Fred weitergegeben. Den Rest weißt du ja.«

»Du hast Hotte also nicht angefasst?«, vergewisserte sich Ernie noch einmal bei ihm.

»Nein.«

»Du hast uns dann zu seinem Wohnwagen zurückgeführt, und das war's?«

»Ich denke schon ... jedenfalls fällt mir spontan nichts anderes ein.«

»Okay.« Ernie drückte auf eine Taste und stellte den Drucker hinter sich an, der sofort zu arbeiten begann. Er reichte Ralle das ausgedruckte Papier und einen Kugelschreiber. »Noch mal gut durchlesen bitte, ob alles stimmt, und dann unterschreiben.«

»Bin ich dann schon fertig?«

»Von meiner Seite ja.«

»Das ging ja schnell.« Ralle las sich das Protokoll konzentriert durch und nickte dann. »Ist alles richtig«, sagte er schließlich, unterschrieb und gab Ernie das Schriftstück mitsamt dem Stift zurück.

»Sollte dir noch etwas Wichtiges einfallen, dann melde dich bitte bei uns. Hier hast du noch einmal meine Karte mit der richtigen Telefonnummer.«

»Mach ich.« Ralle erhob sich gerade vom Stuhl, als Pannenbäcker mit dem frisch gekochten Kaffee in einer Thermoskanne hereinkam.

»To go bieten wir leider nicht an«, sagte er achselzuckend zu Ralle.

»Macht nichts. Ich hatte heute schon zwei.« Ralle lächelte ihn zaghaft an und verabschiedete sich.

Ernie schob Pannenbäcker seine Kaffeetasse hin. »Ich bleibe ja zum Glück noch eine Weile hier. Zeit für ein kleines Päuschen.«

»Wann kommt denn Kollege Glabotki?« Pannenbäcker goss die Tasse fast randvoll.

Ernie hob die Hände. »Danke, das reicht. Fred kommt so gegen zwölf, also bald. Sie können dann Mittag machen.« Von einer Untertasse angelte er sich eine Packung Würfelzucker und eine Portion Kaffeesahne. »Davor könnten wir aber noch ein oder zwei Kegelrunden werfen. Da ich wahrscheinlich dank dem unschönen Ableben des lieben Hotte nicht so häufig beim Turnier werfen kann wie gehofft, müssen aber diese Würfe, die ich haben werde, äußerst ergiebig sein. Ich möchte nachher so viel Holz wie möglich sammeln.«

»Heute geht das Turnier los, nicht wahr?«

»Gegen vier starten die ersten freien Runden«, bestätigte Ernie. Er wollte schon weitererzählen, als wieder Schritte vom Flur erklangen. »Nanu, Fred ist schon da?«, fragte er verwundert.

Pannenbäcker lehnte sich im Stuhl zurück, um in den Flur sehen zu können. »Ach, Sie sind's schon wieder. Kommen Sie ruhig«, winkte er den Besucher zu sich.

»Hallo.« Ralles Kopf erschien im Türrahmen.

»Ralle! Hast du was vergessen?«, fragte Ernie.

»Hm ... könnte man so sagen«, druckste Ralle herum und machte den Eindruck, völlig durch den Wind zu sein. Auf seiner Stirn glänzte Schweiß, und seine Hände zitterten leicht. Er schien unter enormem Stress zu stehen.

»Geht es dir gut?«, fragte Ernie deswegen. »Du siehst mitgenommen aus.«

Ralle hielt sich mit einer Hand am Türrahmen fest. »Mein Kreislauf spielt etwas verrückt. Geht bestimmt gleich wieder.«

»Pannenbäcker, holen Sie doch bitte noch eine Tasse aus der Küche. Ein Schuss Koffein bringt das Blut bestimmt wieder in Schwung.« Ernie deutete wieder auf den Stuhl ihm gegenüber. »Am besten ruhst du dich eine Weile aus. Du siehst wirklich nicht gut aus, Ralle!«

Der Kegler verschränkte seine Hände ineinander, als würde er Halt suchen. Er atmete hörbar, als hätte er einen Dauerlauf hinter sich gebracht.

»Ich möchte noch eine Aussage zu Protokoll geben«, sagte er schließlich mit bebender Stimme. »Es ist noch etwas passiert, das ich dir vorhin nicht erzählt habe.«

Nach Unterrichtsschluss verstaute Ilva ihre Unterlagen in ihrer Tasche und wischte danach mit einem Tafellöscher das Whiteboard sauber, das hinter ihr an der Wand hing. Lasses Stimmung war im Laufe des Vormittags nicht besser geworden. Während des Unterrichts hatte er den gleichen abwesenden Eindruck auf sie gemacht, den er auch während des Schuljahres an den Tag gelegt hatte. Auf seine aktive Teilnahme hatte sie vergeblich gewartet. Das kaputte Handy hatte seine Motivation in den Keller manövriert. Ilva hatte ihn in Ruhe gelassen und setzte darauf, dass seine Stimmung sich bis zum nächsten Tag besserte.

Insgeheim hoffte sie, dass Bürgermeister Brodersen verständnisvoll sein und Lasses Missgeschick auch als solches werten würde. In ihren Augen gehörte dazu nicht, dem Jungen ein antikes Nokia-Telefon als Ersatz unter die Nase zu halten. Sie war sich sicher, dass Lasse wieder Interesse am Unterricht zeigen würde, wenn er zumindest ein etwa gleichwertiges Handy zur Verfügung gestellt bekäme.

In solchen Momenten war sie jedes Mal versucht, sich als Lehrerin einzuschalten und für ihre Schüler Partei zu ergreifen. Natürlich wusste sie, dass sie dazu kein Recht hatte und die Erziehung der Schüler in den Händen ihrer Eltern lag. Doch in Lasses Fall hoffte sie, bei einer passenden Gelegenheit auf dem Kegelturnier als Fürsprecherin bei seinem Vater auftreten zu können. Immerhin war sie unfreiwillige Zeugin von Lasses Malheur gewesen und konnte dadurch gegebenenfalls die Dinge in eine positive Richtung beeinflussen. Sie nahm ihre Tasche und verließ den Kursraum.

Es war fast halb eins, als sie mit ihrem Rad in den Deichgrafenweg einbog. Sie hatte kurz vorher am SPO Fischhaus haltgemacht und zwei Fischbrötchen mit Bismarckhering besorgt. Die mochte Ernie besonders gerne, und deswegen eigneten sie sich hervorragend als Bestechung, wenn sie Näheres über aktuelle Ermittlungen erfahren wollte.

Als sie in den Deichgrafenweg einbog, kam ihr der Peterwagen entgegen. Im Vorbeifahren lugte sie beiläufig hinein und erkannte Fred am Steuer. Auf der Rückbank konnte sie Pannenbäcker ausmachen und neben ihm … Ilva bremste abrupt ab. Ihre Augen mussten ihr einen Streich gespielt haben. Sie schaute dem Polizeiauto verdattert nach. Die Person neben Pannenbäcker hatte ausgesehen wie Susi. Aber das konnte unmöglich sein, oder? Sie schob das Rad bis zur Wache. Vor dem Eingang zur Polizeistation stand ihr Bruder. »Moin!« Sie stellte das Fahrrad in einen der Metallbügel, die dafür vor dem Eingang befestigt waren.

»Ah, Schwester! Was machst du denn hier?« Ernie kam zu ihr rüber und gab ihr einen Kuss auf die Wange.

»Ich habe meinem Lieblingsbruder Mittagessen mitgebracht.« Sie drückte ihm die Papiertüte mit den Fischbrötchen in die Hand.

Ernie schaute hinein und sog den Duft des Inhalts ein. »Meine Lieblingsbrötchen. Genau das, was ich jetzt brauche.« Er nahm eins der Brötchen heraus und biss hinein. Dabei schloss er für einen Moment genüsslich die Augen. »Das ist meine Rettung.«

»Sag mal, der Peterwagen kam mir gerade entgegen, und für einen Moment habe ich tatsächlich gedacht, ich hätte Susi auf der Rückbank gesehen.« Ilva nahm das verbliebene Brötchen aus der Tüte.

»Jo. Da hast du richtig gedacht«, sagte Ernie kauend.

»Was soll das heißen? Habt ihr sie in Untersuchungshaft genommen?«

Ernie verdrehte die Augen. »Laufendes Verfahren. Dazu kann ich keine Auskunft geben.«

Ilva sah ihn eindringlich an. »Im Ernst jetzt?«

»Boah!« Ernie schickte einen Blick zum Himmel.

»Sag schon!«

Ernie machte eine hektische Handbewegung, dann winkte er ihr, ihm zu folgen. »Du lässt ja eh nicht locker.« Er hielt ihr die Tür zur Wache auf.

»So ist es.« Ilva folgte ihrem Bruder in die Polizeistation und biss dabei herzhaft in ihr Brötchen. Sie ahnte, dass die folgenden Nachrichten es in sich haben würden.

Vor der Teeküche blieb Ernie stehen. »Susi bekommt eine kostenlose Fahrt nach Husum in eine geräumige Gewahrsamszelle«, rückte er schließlich mit der Sprache raus.

Ilva hielt im Kauen inne. »Was?«, fragte sie mit vollem Mund.

Ernie wollte ihr antworten und verschluckte sich. Hustend lief er ins Büro. Ilva ging hinter ihm her. Hastig griff er nach einer Mineralwasserflasche, die auf der Fensterbank neben seinem Schreibtisch stand, und trank einen großen Schluck. Dann räusperte er sich umständlich und klopfte mit einer Hand gegen seinen Brustkorb.

»Geht's wieder?«, fragte Ilva.

»Der Rest des Brötchens war zu trocken.« Ernie ging in die Hocke und öffnete eine seitliche Tür des Schreibtischs. »Danke, dass du mir was zum Futtern vorbeigebracht hast. Ich wäre heute nicht aus der Wache gekommen.«

Ilva wusste, was Ernie da tat. Er versuchte, sie aus der Polizeistation hinauszukomplimentieren, um möglichen weiteren Fragen ihrerseits aus dem Weg zu gehen. »Was hat Susi denn getan? Was genau ist passiert?«, bohrte sie weiter.

»Es ist ein laufendes Verfahren«, wiederholte er sich. »Ich kann nicht mehr dazu sagen.«

»Ernie! Es geht hier um einen Mord, der bloß ein paar Meter von uns entfernt passiert ist, während wir gefeiert haben. Stell dir mal vor, unseren Eltern wäre was passiert oder … Freds Sohn.« Ilva sah ihren Bruder bestimmt an. »Sag mir doch, was los ist. Vier Augen sehen mehr als zwei. Ich möchte an keinem Kegelturnier teilnehmen, an dem neben mir ein Mörder den nächsten Wurf macht.«

»Kerle Kiste! Du lässt auch wirklich nicht locker!« Ernie schob die Tür geräuschvoll zu und erhob sich.

»Nö. In diesem Fall nicht. Und das zu Recht!«

Ernie hob ergeben seine Hände. Stöhnend ließ er sich auf seinen Bürostuhl fallen. »Es ist unwahrscheinlich, dass jemand anderem etwas passiert wäre. Es war was Persönliches. Susi hat Hotte in seinem Camper einen schweren Gegenstand auf den Kopf geschlagen, wodurch er zu Boden ging. Nach dem bisherigen Stand der Ermittlungen hat dieser Schlag zu Hottes Tod geführt, Susi hat damit schwere Körperverletzung mit Todesfolge begangen.«

Ilva riss entsetzt die Augen auf. »Was?«

»Deswegen sitzt sie nun im Sonderzug nach Husum. In unserem kleinen Kabuff hätten wir sie nicht länger festhalten können. So, jetzt weißt du es.«

Ilva setzte sich auf einen Stuhl, der vor Ernies Tisch stand.

»Das kann doch nicht wahr sein! Ich meine, Susi … warum sollte sie das getan haben?«

»Sie hat sich gegen Hotte gewehrt. Er ist aufdringlich geworden, hat sie angefasst, und sie wusste sich in der Situation nicht anders zu helfen. Das ist natürlich schlimm und wird sich sicher auf die Verurteilung auswirken, doch es muss erst bewiesen werden und ändert leider auch nichts am Tathergang. Hotte kommt nun erst mal in die Obduktion.« Jetzt war Ernie einmal in Fahrt und erzählte ihr nun auch noch, was Ralle ihnen gestern Abend zu Protokoll gegeben hatte. »Es gibt allerdings noch eine zweite Entwicklung, von der ich noch nicht einschätzen kann, welche Bedeutung sie für den Fall hat. Ralle hat gestern Abend gestanden, ebenfalls verwickelt gewesen zu sein. Und er scheint ein Motiv gehabt zu haben. Hotte hat ihm nämlich im letzten Jahr ziemlich viel Geld geliehen. Mit nicht zu geringen Zinsen natürlich.«

»Warum leiht sich Ralle bei Hotte Geld? Ich dachte, er arbeitet in einer Bank?«

»Was aber natürlich nicht bedeutet, dass er sich mal eben so an den Ressourcen bedienen kann. Als einfacher Angestellter bekommst du nicht so leicht einen Kredit. Doch es ging nicht anders, er musste nach der Scheidung seine Frau ausbezahlen.«

Ilva schüttelte lächelnd den Kopf, packte ihr Brötchen wieder in die Tüte und legte sie auf den Tisch. Ihr war der Appetit vergangen.

»Trotzdem verstehe ich den Zusammenhang nicht, dass er ausgerechnet Hotte um Geld angepumpt hat. Soweit ich weiß, haben die beiden sich noch nicht einmal besonders gut verstanden.«

»Das habe ich ihn auch gefragt. Ralle meinte, dass es für ihn die einzige Möglichkeit war, sich nicht all seine Träume, auf die er so lang hingearbeitet hat, von seiner Ex-Frau mit einem Schlag zerstören zu lassen. Er wusste, dass Hotte zu bestimmten Konditionen Geld verlieh. In der Not frisst der Teufel bekanntlich Fliegen.«

»Deswegen hat er sich auf den Kuhhandel mit Hotte eingelassen«, kombinierte Ilva.

»Und der wollte sein Geld nebst Zinsen nun schneller wiederhaben, als Ralle das erwartet hatte.«

»Also lagen die beiden deswegen im Clinch?«

»So ziemlich. Hotte hat Ralle mit einigen Nachrichten wohl ziemlich unter Druck gesetzt.«

»Hm, ich weiß nicht. Wie soll es denn überhaupt dazu gekommen sein?«

»Als Ralle in Helenas Auftrag nach Hotte sehen sollte, hat er ihn bewusstlos auf dem Boden des Wohnmobils gefunden. Er ist sich nicht sicher, in welchem Zustand Hotte genau war, hat keine Atmung überprüft. Er sagte, es könnte schon sein, dass er noch leicht geatmet hat. Aber sicher war er sich nicht. Doch statt sofort selbst Erste Hilfe zu leisten oder direkt den Krankenwagen zu rufen, ist seine Wut aus ihm herausgebrochen, und er hat Hotte noch einen kräftigen Tritt verpasst, die Tür hinter sich zugeschlagen und ist zu Helena zurückgekommen. Erst mit unserem Betreten des Wohnwagens hat Hotte also Hilfe bekommen – und da war es leider schon zu spät.«

»Puh!« Ilva hatte Ernies Ausführungen mit vor Spannung angehaltenem Atem zugehört. »Ein solches Verhalten passt gar nicht zu Ralle. Glaubst du ihm?«

»Warum sollte er lügen? Ein Mord – oder in seinem Fall unterlassene Hilfeleistung mit Todesfolge – bringt den Täter womöglich lebenslänglich hinter schwedische Gardinen. Das macht man nicht einfach aus Jux.«

Darauf hatte auch Ilva keine Antwort und musste sich vorerst geschlagen geben. Doch sie würde nicht aufgeben und herausfinden, was es über Ralle noch zu wissen gab.

17. Kapitel

Nachmittags vor dem Turnierzelt auf der Wiese des Landhauses Dircks, immer noch windig, aber sommerliche Temperaturen bei 24 Grad.

Jung und Alt hatten sich auf der Ferienanlage versammelt. Es war eine bunte Mischung aus Einheimischen und Urlaubern, die heute, am zweiten Tag des alljährlichen Kegelturniers, dessen Ruf gefolgt waren. Hottes Tod sorgte jedoch für eine verhaltenere Stimmung unter den Beteiligten, als es gestern noch zu hoffen gewesen war. Sein Ableben war das Thema, über das alle sprachen und das niemand wirklich fassen konnte.

Ilva, Ute und Helena standen ein wenig abseits des Trubels und tauschten sich über die neuesten Erkenntnisse der Tat aus. Jesko und ein Junge, der mit seinen Eltern zu Gast im Landhaus Dircks war, tollten mit Maxl, dem Berner Sennenhund von Schorsch und seiner Frau Bine, über die Wiese. Wer nichts von dem tragischen Vorfall wusste, hätte meinen können, die Welt wäre in St. Peter in bester Ordnung. Ilva hatte ihre Freundinnen unter dem Siegel der Verschwiegenheit über den aktuellen Ermittlungsstand im Fall Hotte unterrichtet. Sie wusste, dass sie Ute und Helena blind vertrauen konnte und die Informationen ihren kleinen Kreis nicht verlassen würden.

»Was meint ihr? Hat Ralle die Wahrheit gesagt?«, fragte Ilva.

»Da bin ich skeptisch«, sagte Helena. »Für mich riecht die Sache stark nach verdorbenen Fischbrötchen.«

»Mal ehrlich, bin ich hier die Einzige, die sieht, dass Ralle bis über beide Ohren in Susi verknallt ist, und das schon seit Jahren?«, fragte Ute ihre Freundinnen. »Verheiratet hin oder her. Seine Frau hat ihn noch nie nach St. Peter-Ording begleitet. Das kann doch keine große Liebe mehr gewesen sein. Dass sie jetzt geschieden sind und sie ihn auch noch ins finanzielle Unglück gestürzt hat, beweist meine Theorie nur. Ich sage euch, er hat eine ausgewachsene Schwäche für Susi, und dieses Jahr, als endlich geschiedener Mann, kann er ihr endlich nachgehen. So liebestrunken, wie er ist, würde er wahrscheinlich alles für sie tun, damit Susi ihn erhört. Selbst, wenn er dafür ins Gefängnis gehen muss.«

»Ute, du hast völlig recht. Warum ist mir das nicht viel eher aufgefallen? Jetzt ergibt doch alles einen Sinn! Ralle dachte bestimmt, mit seiner Behauptung könnte er Susi entlasten und vor dem Gefängnis bewahren«, pflichtete Ilva ihr bei.

»Das könnte wirklich stimmen. Liebeskummer kann wehtun, und bei manchen führt er auch dazu, dass sie ihr Gehirn komplett ausschalten«, analysierte Helena weiter.

»Egal, ob Ralle wirklich etwas getan hat oder ob er es nur behauptet, um Susi in einer besseren Position dastehen zu lassen. Vermutlich hofft er, dass Susi nun endlich erkennt, was er für sie bereit ist, an Opfern zu bringen, und sich ebenfalls in ihn verliebt.«

»Aber wer käme denn noch für den Mord an Hotte in die nähere Auswahl? Viele waren ziemlich genervt von ihm, aber hatte er wirklich ernsthafte Feinde unter den Kegelfreunden?«, fragte Ute.

»Diese Frage habe ich mir auch gestellt, aber keine Antwort darauf gefunden«, gab Ilva zu. »Ralles Story glaube ich jedenfalls kein bisschen. Jetzt nach unserem Gespräch noch viel weniger. Wir sollten uns unbedingt umhören, unauffällig die Leute befragen und herausfinden, wie Hottes Privatleben aussah, wen er gut und weniger gut kannte und wer ihn mochte oder eben nicht.«

»Das Kegelturnier hatte ich mir irgendwie anders vorgestellt.« Helena vergrub ihre Hände in den Hosentaschen und seufzte leicht. »Aber wenn wir unseren Freunden helfen wollen, dann bleibt uns wohl keine andere Wahl. Wann erwartet Ernie denn das Ergebnis der Obduktion?«

»Keine Ahnung. Man weiß nie, wie viel die Gerichtsmedizin gerade zu tun hat, deswegen kann es dauern, bis alle Blut- und Gewebeproben vorliegen.« Ilva winkte ihren Eltern zu, die gerade vor dem Zelt mit ihren Bekannten Ingfried und Rita eingetroffen waren.

Helena hob einen Finger. »Bis dahin sollten wir unsere Augen und Ohren, samt Hühneraugen, offen halten. Falls einer von uns was Verdächtiges beobachtet, dann informieren wir uns gegenseitig. Wenn der Täter noch hier herumläuft, dann finden wir ihn. Früher oder später werden doch die meisten Täter leichtsinnig und machen dusselige Fehler, wenn sie sich zu sicher fühlen.«

»Dass Ilva unsere Miss Marple ist, das wissen wir ja spätestens seit letztem Jahr, aber dass auch in dir solch kriminalistische Energie steckt, Helena, hatte ich nicht erwartet«, fand Ute.

»Jahrelange Sonntagskrimi-Erfahrung im Ersten. Da lernt man einiges.«

»Also gut. Wir sollten unter allen Umständen eine gesunde Skepsis behalten und alle weiteren Begebenheiten genauestens beobachten. Falls uns irgendetwas undurchsichtig oder gar verdächtig erscheint, geben wir einander Bescheid«, fasste Ilva ihren Plan noch einmal zusammen. »Ich mische mich dann mal unauffällig unters Volk und sage meinen Eltern und Ingfried und Rita Hallo.«

Ilvas Eltern hatten sich mit ihren Freunden direkt ins Getümmel gemischt, und Ilva entdeckte sie schließlich zusammen mit Berte, Schorsch und seiner Ehefrau Bine an einem Tisch. Sie saßen in einer gemütlichen Runde zusammen, tranken Kaffee und waren in Gespräche vertieft. Sie ging zu ihnen. »Jetzt, wo ihr da seid, kann das Turnier ja starten«, sagte Ilva und umarmte ihre Mutter.

»Aber nur fast. Dein Bruder fehlt noch«, entgegnete Werner Feddersen.

Ilva runzelte die Stirn. »Ich dachte, ich hätte ihn gesehen. Wo ist Ernie denn? Wolltet ihr nicht zusammen mit ihm und Heike kommen?«

»Heike hat vorhin Bescheid gesagt, dass Ernie noch mal mit seinem Kollegen zur Strandperle muss. Deswegen sind wir schon vorgefahren. Heike und Ernie kommen etwas später nach. Ich könnte mir auch gut vorstellen, dass wir ganz auf ihn verzichten müssen, wenn das so weitergeht«, erklärte Sybille Feddersen.

Bei der Erwähnung des Campingplatzes wurde Ilva sofort hellhörig. Davon hatte ihr Bruder nichts erwähnt, als sie ihn am Mittag besucht hatte. »Ich dachte, die Ermittlungen dort wären abgeschlossen.«

Ihre Mutter hob die Schultern. »Tja, anscheinend doch noch nicht.«

Torben gesellte sich zu ihnen. »Gleich geht's los. Rudi testet nur noch mal die Anlage, ob alles funktionsfähig ist«, sagte er gut gelaunt.

»Ach, wenn es doch nur nicht so furchtbar wäre.« Berte Frings schüttelte bekümmert den Kopf. »Unser Turnier sollte doch eine fröhliche Veranstaltung werden, bei der jeder Spaß hat, und nun wird alles von Hottes Tod überschattet. Und dann auch noch die Sache mit dem Haus. Ich wollte doch heute mit ihm über mein Haus und das weitere Vorgehen sprechen.« Die alte Dame schnäuzte sich in ein Taschentuch. Torben hatte tröstend einen Arm um die Schultern seiner Tante gelegt.

Was Berte gesagt hatte, ließ Ilva aufmerken. Was hatte Hotte mit Bertes Haus zu tun? Dem musste sie näher auf den

Grund gehen, doch dazu war jetzt, kurz vor Beginn des zweiten Turniertages, vielleicht nicht der richtige Zeitpunkt.

»So, meine Lieben! Die Anlage läuft, und ein neuer Turniertag kann in wenigen Minuten beginnen. Gut Holz für euch alle!«, verkündete Rudi über das Mikro und ließ das musikalische Intro erklingen, das die nächste Runde des Wettbewerbs einläutete.

»Endlich! Dann lasst uns mal die ersten Würfe wagen.« Werner Feddersen sprang auf und rieb sich gut gelaunt die Hände. Er zog seine Frau vom Stuhl hoch und schob sie vor sich her zur Kegelbahn. Ingfried und Rita folgten ihnen nicht minder gut gelaunt.

Helena kam zu Ilva. »Kannst du Jesko und Lasse sagen, dass sie einen Kasten Wasser aus dem Frühstücksraum holen sollen? Wir brauchen an der Kegelbahn dringend Nachschub.«

»Ist Lasse denn hier?«

»Er ist vorhin mit seinen Eltern angekommen und spielt draußen mit den Jungs Fußball.«

»Ist ja auch interessanter, als hier im Zelt mit uns alten Leuten abzuhängen.«

»Eben.« Helena wandte sich an Berte. »Komm, ich schiebe dich zur Kegelbahn, dann kannst du deinen ersten Wurf machen.«

Ilva ging aus dem Zelt und blickte zu der großen Rasenfläche neben dem Haus. Die Fußballmannschaft war inzwischen auf sieben Kinder und Jugendliche angewachsen. Sie schienen eher Interesse am Ballsport auf der Wiese zu haben als daran, irgendwelche Kugeln gegen Kegel zu werfen.

»Lasse? Jesko? Kommt doch mal!« Ilva winkte sie zu sich heran. »Wir brauchen Wassernachschub im Zelt. Könntet ihr bitte einen Kasten aus dem Frühstücksraum holen? Zu zweit ist es nicht so schwer.«

»Na klar!« Jesko lief voraus zum Haus, und Lasse wollte ihm folgen.

»Ach, Lasse ...«

Der Junge blieb stehen und guckte Ilva an. »Ja? Sollen wir noch was holen?«

»Nein, nein. Ich wollte mich nur eben erkundigen, wie denn das Gespräch mit deinem Vater lief? Wegen dem Handy und so?«

Lasse verzog seinen Mund und schüttelte den Kopf. Aus einer seiner Hosentaschen fischte er ein knallgelbes Nokia 3 310. »Hätte besser laufen können, aber ich habe mit nichts anderem gerechnet. Das Nokia ist der offizielle Kompromiss, damit ich wenigstens telefonieren und zur Not mal eine SMS schreiben kann, sonst hätte ich jetzt gar nichts.«

»Oh, tut mir leid«, sagte Ilva mitfühlend. »Was hat dein Vater denn zu deinem guten Testergebnis gesagt?«

»Davon habe ich ihm nichts erzählt. Als ich ihm vorhin das kaputte Handy gezeigt habe, ist er so was von ausgeflippt. Glücklicherweise war meine Mutter in der Nähe. Sie hat ihn beruhigt, bevor er einen Herzinfarkt bekommen hat. Später hat er mir dann das Nokia auf meinen Schreibtisch gelegt – als Zeichen seines guten Willens, meinte er. Da hatte ich dann keine Lust mehr, den Test zu erwähnen.«

»Klingt nach richtig dicker Luft. Soll ich ein gutes Wort bei ihm für dich einlegen?«

»Das ist wirklich nett von Ihnen, aber lieber nicht, Frau Feddersen. Mein Vater hat sich gerade erst wieder beruhigt und kegelt jetzt mit meiner Mutter. Vielleicht erzähle ich es ihm in ein paar Tagen.«

»Wie du meinst.«

Er lächelte sie tapfer an. »Ich helfe dann mal Jesko mit dem Wasser.«

»Alles klar.« Ilva sah, wie Lasse kurz darauf im Haus verschwand. Im Grunde genommen war er ein feiner Kerl, der nur eben mitten in der Pubertät steckte. Das war nicht immer einfach, wie sie aus eigener Erfahrung wusste.

Aus dem Zelt hinter ihr erklang Jubel. Höchste Zeit, dass sie sich auch an die Kugeln traute.

Fred öffnete eine Schublade und lugte hinein. Dann zog er mit spitzen Fingern Boxershorts mit dem Vereinslogo des 1. FC Köln heraus. »Gut, dass ich Handschuhe trage. Wenigstens hat es keinen Schalker getroffen.« Er und Ernie hatten sich Schutzkleidung übergezogen, bevor sie sich am Tatort noch einmal umsahen. Susis und Ralles Aussagen hatten dies erforderlich gemacht und außerdem dafür gesorgt, dass Hotte doch bei der Gerichtsmedizin in Flensburg gelandet war.

»Dann ist die Welt ja in Ordnung.« Ernie warf seinem Kollegen einen tadelnden Blick zu. »Sag mir lieber, wo er sein Handy hat. Es muss doch irgendwo sein.«

Gemeinsam mit seinem Kollegen durchsuchte Ernie ein weiteres Mal den Camper des Toten. Sie waren sich sicher, dass er ein Smartphone besessen hatte, doch bisher hatte das niemand gefunden. Sie erhofften sich, auf dem Telefon weitere Hinweise zu finden, die Hottes Todesumstände erklärten.

»Das stimmt. Da Hotte es nicht bei sich hatte, müssen wir nur lange genug suchen.« Fred nahm einen Deckel von einem Topf und guckte hinein.

Ernie stützte sich auf einem Tisch ab und überlegte laut. »Was, wenn der Mörder es hat mitgehen lassen? Das wäre doch eine Möglichkeit, um Hinweise auf ihn oder sie zu eliminieren.«

»Theoretisch schon. Aber mir fällt gerade noch was anderes ein. Hast du Hottes Nummer dabei?«

»Sie ist in meinem Handy gespeichert.« Ernie runzelte die Stirn. »Wieso?«

»Ruf mal an. Wenn es hier irgendwo rumliegt, dann müsste es doch klingeln.«

»Gar kein schlechter Einfall.« Ernie nahm sein privates Mobiltelefon zur Hand und wählte Hottes Nummer.

Beide horchten angestrengt, und nach ein paar Sekunden erklang von irgendwoher ein leiser Klingelton.

»Woher kommt das Läuten?« Ernie schaute sich orientierungslos im Camper um.

»Von draußen!« Fred stürmte aus dem Wohnmobil, und Ernie folgte ihm. Das Geräusch war hier lauter.

»Sei vorsichtig, wohin du trittst«, warnte Ernie mit Blick auf den Boden.

»Da wäre ich von alleine ja nie draufgekommen«, konterte Fred. Dann ging er in die Hocke und strich mit einer Hand durch hohes Gras, das den Wohnwagen umgab. »Hab es!« Er reckte das schwarze Mobiltelefon wie einen Siegerpokal in die Höhe.

Ernie kam zu ihm und starrte fasziniert auf das dudelnde Gerät, auf dessen Display sein Name zu lesen war. »Manchmal sind deine Ideen sogar zu etwas zu gebrauchen.« Er schlug seinem Partner freundschaftlich auf die Schulter.

»Na, vielen Dank auch«, erwiderte Fred mit vor Ironie triefender Stimme.

»So ein verdammter Mist!« Fred blickte auf das Handy in seiner Hand, als dessen Klingeln abrupt erstarb und im selben Moment das Display den Betrieb einstellte. »Der Akku ist leer.«

»Och nö! Jetzt müssen wir die PIN knacken, bevor wir in Hottes dunkle Seele abtauchen können.«

»Wir?«

»Pannenbäcker«, verbesserte sich Ernie, steckte sein eigenes Smartphone wieder ein und packte Hottes Handy in eine der speziellen Plastiktüten aus der Forensik, die er für solche Fälle immer bei sich trug. »Manche Leute gehen einem sogar noch auf den Keks, wenn sie schon lange das Zeitliche gesegnet haben.«

18. Kapitel

In einiger Entfernung auf dem Campingplatz mit Sicht auf Hottes Wohnmobil.

Ich lehnte mich seitlich gegen einen Wohnwagen und atmete erleichtert aus. Das habt ihr sehr gut gemacht, dachte ich zufrieden. Die Polizei in St. Peter-Ording war cleverer, als ich vermutet hatte. Ich kannte den Inhalt von Hottes Handy. Ich wusste, wen er alles bedroht hatte, wen er erpresst und wen er für seine Zwecke missbraucht und manipuliert hatte.

Ich selbst hatte das Gerät erst heute früh dort ins Gras fallen lassen, nachdem ich überprüft hatte, ob alle Spuren, die zu mir geführt hätten, verwischt worden waren.

Selten war mir solch ein Lügenbaron und Schaumschläger untergekommen wie Hotte. In Wirklichkeit war er nur auf seinen eigenen Vorteil bedacht gewesen und hatte die Menschen über den Tisch gezogen, wo er nur konnte. Was sollte man von so einem schon halten?

Er hatte zu den Menschen gehört, denen eine gerechte Strafe gebührte. Am Ende hatte er das Spiel mit dem Schicksal übertrieben und schließlich das bekommen, was er verdient hatte. Mitleid spürte ich keins. Er hatte für seine Taten bezahlt, das stand fest. Die gute Nachricht war, er konnte niemandem mehr Schaden zufügen. Er würde keine Menschenseele mehr ins Unglück stürzen und zum Schluss lachen, weil man ihm vertraut hatte. Es tat gut zu wissen, dass dieses Kapitel endgültig abgeschlossen war.

Ich lugte wieder um die Ecke und sah, wie sich die beiden Polizisten vom Wohnmobil entfernten. Einer hielt Hottes Handy in einer durchsichtigen Tüte in der Hand. Es fühlte sich gut an, endlich Gewissheit zu haben, dass nun alles seinen Lauf nehmen würde.

Nicht mehr lange, und der Fall würde aufgeklärt werden. Meine Wut war einer inneren Befriedigung gewichen. So wie es war, war es gut. Ich konnte endlich wieder nach vorn schauen.

19. Kapitel

Wenig später vor der Polizeistation im Deichgrafenweg in St. Peter-Ording.

Fred hielt vor der Wache an und schaltete den Motor aus. Er deutete auf das Handy im Folienbeutel, das auf Ernies Schoß lag. »Pannenbäcker ist doch unser Spezi für solche Fälle.« Er und Ernie stiegen aus dem Peterwagen.

»Spezialist für Artistik und das Knacken von neumodischen technischen Geräten. Eigentlich keine schlechte Voraussetzung, um auch in der Unterwelt Karriere zu machen«, fand Ernie.

Fred drückte die Tür zur Polizeistation auf und ließ Ernie den Vortritt. »Es kommt eben immer darauf an, in welchen Dienst man seine Talente stellt. Pannenbäcker hat sich für die Karriere auf der guten Seite entschieden.« Der junge Kollege hockte gedankenverloren hinter dem Empfang und spielte *Super Mario Run* auf seinem Mobiltelefon. Er blickte auf, als er Ernie und Fred bemerkte.

»Irgendwas Neues?«, fragte Fred den Technikspezialisten und legte seine Dienstmütze auf dem Tresen ab.

»Ja, Chef! Der Bericht der Gerichtsmedizin ist vorhin gekommen.« Pannenbäcker sprang auf und reichte Fred ein paar bedruckte Blätter.

»Da haben die Kollegen in Flensburg aber mächtig Gas gegeben.« Ernie zog überrascht eine Augenbraue hoch. »Was steht denn drin?«

Fred hob eine Hand. »Moment! Ich muss erst lesen.« Er überflog das Schreiben und blickte dann auf. »Die Autopsie hat ergeben, dass Hotte nicht an einem Schädeltrauma gestorben ist. Stumpfe Gewalteinwirkung war also nicht die Todesursache.« Er vertiefte sich wieder in das Schreiben.

»Ach!« Ernie zog erstaunt die Augenbrauen hoch, lächelte dann aber. »Dann müssen wir unbedingt noch einmal mit Susi und Ralle sprechen. Wenn sie die Wahrheit sagen, sind sie beide aus dem Schneider«, stellte er erleichtert fest. »Das wäre eine gute Nachricht.«

Fred blickte von den Unterlagen auf. »Haben Sie mit Pedersen aus der Gerichtsmedizin telefoniert?«

»Er hat angerufen, bevor er das Fax geschickt hat, und wollte wissen, ob ihr zur Befragung nach Husum kommt oder ob die Verdächtige aufs Revier gebracht werden soll«, erzählte Pannenbäcker.

»Was ist denn nun die Todesursache?«, fragte Ernie ungeduldig.

»Lies selbst.« Fred gab ihm den Bericht.

»Petechien in den Augen und Faserspuren in Nase und Rachen – irgendjemand hat ihn erstickt.« Ernie legte den Bericht und Hottes Handy auf den Tresen. »Kerle Kiste! Damit stehen wir wieder komplett am Anfang und fischen im Trüben. Das ist doch nicht möglich!«

Ernie gab Pannenbäcker die Tüte mit Hottes Mobiltelefon. »Das ist das Handy des Toten. Wir bräuchten mal eine Auswertung aller Daten. Der Akku ist leer, und vermutlich muss eine PIN geknackt werden, um Zugriff zu bekommen. Schaffen Sie das, oder sollen wir das Telefon an einen Sachverständigen weiterleiten?«

Pannenbäcker winkte bloß ab. »Das ist doch ein Klacks! So was krieg ich hin. Ich kann nur nicht garantieren, dass das Handy danach noch voll funktionstüchtig sein wird.«

»Hotte wird damit nicht mehr telefonieren«, stellte Ernie fest. »Wir brauchen nur alle Chats, Fotos, die Anrufliste und so weiter.«

»Alles klar! Dann häng ich mich mal rein. Könnte ein Stündchen dauern.« Pannenbäcker nahm den Beutel mit dem Mobiltelefon und ging in sein Büro.

»Das Kegelturnier kann ich mir dann wohl heute abschminken«, stellte Ernie enttäuscht fest.

»Sieht danach aus.«

»Ich rufe eben meine Frau an und sage ihr Bescheid, dass es hier länger dauert.« Damit verschwand auch Ernie in einem der Büros, um zu telefonieren.

Fred blieb allein an der Anmeldung zurück. Kopfschüttelnd las er noch einmal den Bericht. »Lecko Fanni!«

»Das haben wir uns verdient!« Helena entkorkte geräuschvoll eine Sektflasche und füllte den Schaumwein in drei Gläser. »Dann mal Prost, Mädels!«

Ilva und Ute stießen mit ihr an. Es war bereits Abend und die Sonne im Begriff unterzugehen. Sie saßen unter dem Vordach des Gartenhäuschens mit Blick auf das Zelt, in dem das Turnier noch in vollem Gang war.

»Habt ihr gesehen, Ralle ist auch da. Ich habe vorhin kurz mit ihm gesprochen. Dass Susi noch in Untersuchungshaft sitzt, nimmt ihn sehr mit. Er macht sich große Vorwürfe und hatte gehofft, dass sein Geständnis einen größeren Einfluss auf Susis Situation hätte. Aber er sagte auch, er braucht jetzt dringend die Ablenkung, sonst würde er nur in seinem Hotelzimmer sitzen und vor sich hin grübeln«, erzählte Ute.

»Wer würde das nicht tun? In seiner Haut möchte ich nicht stecken. Er kannte Hotte, hat Susi vor ihm gewarnt und macht sich nun trotzdem Vorwürfe, dass er nicht vehementer war und sie davon abgehalten hat, mit ihm mitzugehen. Hotte hat sie bedrängt, und sie musste sich wehren. Er gibt sich die Schuld an dem, was passiert ist.« Helena trank etwas von dem Sekt. »Gibt es sonst noch interessante neue Beobachtungen?«

»Vielleicht.« Ilva stellte ihr Glas vor sich auf dem Tisch ab. »Berte hat vorhin etwas angedeutet, was ich nicht ganz verstanden habe. Sie sagte, sie wollte mit Hotte über ihr Haus sprechen. Ich wollte in diesem Moment nicht nachhaken, weil Rudi zeitgleich den Start des Turniertags verkündet hat, aber das muss ich unbedingt noch nachholen. Ich muss wissen, was Hotte mit ihrem Haus zu tun hatte.«

»Das ist ja spannend und gleichzeitig verwirrend. Meinst

du, es könnte einen Zusammenhang mit seinem Tod geben?«, hakte Ute nach.

»Ich bin mir nicht sicher, aber theoretisch halte ich alles für möglich. Ich denke, wir sollten herausfinden, worum genau es dabei ging. Hast du eigentlich noch einmal etwas von Jeskos Geschenken gehört?«, fragte Ilva, die sich in diesem Moment daran erinnerte.

»Die wird er morgen bekommen – also die aus der neuen Bestellung. Dieses Mal habe ich sie in meinem Bettkasten versteckt. Unter einem Berg Bettwäsche wird keines meiner Kinder etwas finden. Hätte ich das mal gleich so gemacht. Aber um deine Frage zu beantworten: Nein, von den eigentlichen Geschenken fehlt immer noch jegliche Spur. Keiner der Gäste hat sich deswegen bei mir gemeldet.«

»Dann lasst uns auf dein neues Versteck trinken«, sagte Ute.

Helena hob ihr Glas. »Auf das neue Versteck und darauf, dass wir das Geheimnis lösen werden und sich alles wieder normalisiert.«

»Prost!« Ilva leerte den Rest ihres Glases in einem Zug. Gegen Normalität hätte sie nichts einzuwenden, doch ihr Instinkt funkte, dass sie davon noch ein großes Stück entfernt waren.

Ernie und Fred beobachteten jeden Handgriff, mit dem ihr junger Kollege das Handy bearbeitete. Sie verstanden nicht ansatzweise, was Pannenbäcker da machte, waren aber trotzdem ziemlich beeindruckt.

»Gleich bin ich drin«, verkündete Pannenbäcker und

drehte kurz darauf das Handydisplay seinen Kollegen zu. »WhatsApp ist voller Nachrichten.«

»Zeigen Sie mal her.« Ernie nahm das Mobiltelefon an sich. Er arbeitete sich durch die Nachrichten. »Da ist der Chat von Hotte und Ralle.«

»Den kennen wir ja bereits«, erinnerte Fred ihn. »Sonst noch was von jemandem, der uns bekannt ist?«

Ernie scrollte weiter durch die Nachrichten. »Oh, Schorsch hat ihm eine Sprachnachricht geschickt. Aber die ist von letztem Jahr.« Er wollte gerade weiterwischen, als Fred nach dem Handy griff.

»Zeig mal her.« Fred tippte die Nachricht an, um sie abzuspielen.

»Du mieser dreckiger Hund«, erklang Schorschs erregte Stimme aus dem Handylautsprecher. »Machst du dich noch einmal an meine Frau ran, dann mache ich dich einen Kopf kürzer!«, wetterte der aufgebrachte Bayer. »Das ist keine Drohung, hörst du? Das ist ein Versprechen!« Die Sprachnachricht war abrupt zu Ende.

Pannenbäcker rieb sich nachdenklich das Kinn. »Von wann genau ist die Nachricht?«

»Letztes Jahr im August«, sagte Fred.

»Hm, das ist zwar eine ganze Weile her, aber man weiß nie, ob sich Streitigkeiten nicht doch länger halten. Wenn sie sich seitdem nicht gesehen haben, kann es sein, dass die Wut wegen dieses Vorfalls sich noch nicht verflüchtigt hat«, überlegte Ernie.

»Sehe ich auch so. Seit wann verjährt Eifersucht?«, hinterfragte Fred.

Ernie stöhnte auf. »So ein Mist!«

»Wir müssen diesen Schorsch verhören«, schlussfolgerte Pannenbäcker.

»Und das möglichst schnell«, ergänzte Fred.

»Was ist denn mit den anderen Nachrichten auf dem Handy?«, wollte Ernie wissen.

»Die analysiert Pannenbäcker bestimmt, während wir uns Schorsch zur Brust nehmen.« Fred nickte dem Kollegen zu und griff bereits nach den Autoschlüsseln. »Wir sollten keine Zeit verschwenden.«

Ernie setzte bereitwillig seine Polizeimütze auf und ging hinter Fred her. »In meinem nächsten Leben werde ich Krabbenfischer, da gehen einem wenigstens keine Mörder ins Netz.«

»Ich werde wohl in diesem Jahr bei den Spaß-Teilnehmern bleiben. Meine Pudel-Statistik kann sich sehen lassen.« Ilva nahm ihr Glas Wasser und leerte es in einem Zug.

»Der Erfolg kommt mit der Regelmäßigkeit«, sagte Berte, die zusammen mit Schorsch und Rita am Tisch saß und ein Pläuschchen gehalten hatte. »Ernie ist immer noch nicht da. Kommt er überhaupt noch?«

»Ich fürchte, nicht. Heike hat mich vorhin auf dem Handy angerufen. Er ist noch mit wichtigen Ermittlungen beschäftigt.« Sie setzte sich zu ihnen.

Berte schüttelte den Kopf. »Ich denke immer noch, gleich ertönt das Wolfsgeheul, und er kommt ins Zelt«, spielte sie auf Hottes akustisches Markenzeichen an, das er gerne bei den Wettbewerben hatte erklingen lassen.

»Das werden wir wohl nie wieder hören.« Ilva goss aus einer Flasche Sprudel in ihr Glas. »Aber sag mal, was hast du vorhin eigentlich damit gemeint, dass du mit Hotte über dein Haus sprechen wolltest?«

»Ach, weißt du, seit mein Mann nicht mehr lebt, hocke ich den ganzen Tag allein in dem großen Kasten im Ortsteil Dorf. Und dann noch der Pool im Garten. Da ich seit geraumer Zeit im Rollstuhl sitze, ist dort niemand mehr schwimmen gegangen, außer ein paar Möwen vielleicht. Kämen Torben und meine Putzhilfe nicht regelmäßig vorbei, dann täte das nur der Postbote. Oft fühle ich mich dort ein wenig verloren. Deswegen möchte ich mich verkleinern und das Haus verkaufen. Hotte stand ganz oben auf meiner Käuferliste, und eigentlich waren wir uns so gut wie einig gewesen. Ein paar Details hatten wir noch zu besprechen, bevor der Kaufvertrag aufgesetzt werden sollte. Aber das hat sich nun ja erledigt.«

Ilva nickte. So war das also. »Es wird sich bestimmt bald ein anderer Käufer finden. Immobilien in St. Peter sind doch sehr gefragt.«

»Da hast du sicherlich nicht unrecht. Doch ich möchte das Haus nicht um jeden Preis an den Höchstbietenden verkaufen, sondern in liebevolle Hände geben, an Menschen, die ich damit glücklich machen kann. Bei dem Gedanken, es an fremde Leute oder gar irgendwelche Investoren zu veräußern, wird mir komisch. Unfassbar, dass es ausgerechnet Hotte getroffen hat. Wir hatten das Geschäft schon per Handschlag besiegelt.«

Torben war zu ihnen gekommen und goss sich ebenfalls ein Getränk ein. Er setzte sich neben seine Tante.

Ilva bemerkte, wie Schorsch seine Frau fragend anschaute und die ihm schließlich zunickte. »Also, wenn das so ist: Bine und ich würden nichts lieber zu tun, als für Hotte als Käufer einzuspringen«, verkündete er. »Erst auf der Fahrt hierher haben wir darüber geredet, dass wir uns ein Häuschen im Ortsteil Dorf wünschen. Wir kommen seit vielen Jahren zum Kegelturnier nach St. Peter-Ording und fühlen uns hier mindestens so wohl wie zu Hause.«

Bine nickte. »Das stimmt. Wir träumen schon lange davon, irgendwann mal von Bayern nach St. Peter-Ording zu ziehen.«

»Ist das euer Ernst?« Berte Frings schien die Idee zu gefallen. »Von meiner Seite spricht nichts dagegen …«

»Das wäre eine Wucht! Oder, Schorsch?« Bine strahlte ihren Mann an.

Torben hingegen schaute nicht optimistisch. »Die Immobilienpreise sind in St. Peter bestimmt höher als in Bayern. Hier steht ja viel weniger Fläche zur Verfügung«, warf er ein.

»Na, sei mal nicht so pessimistisch.« Berte streichelte lächelnd mit einer Hand über die Wange ihres Neffen.

Ilva entging nicht, dass Torbens Lächeln aufgesetzt wirkte. »Wenn du das sagst.«

Rudi verkündete den nächsten Durchgang über das Mikrofon.

»Oh, es geht weiter!«, sagte Ilva und stand von ihrem Platz auf.

»Wir reden nachher weiter«, sagte Schorsch zu Berte und ging zusammen mit Bine ebenfalls zur Kegelbahn.

»Na, siehst du! So schnell kommt man an neue Interessenten.« Ilva lächelte die Dame im Rollstuhl an.

Berte nickte. »Das ging wirklich schneller als gedacht.«

»Da bin ich mal gespannt, ob Schorsch und Bine dir einen guten Preis zahlen können«, sagte Torben und machte sich wieder auf den Weg zu Rudi, bevor Berte etwas erwidern konnte.

Sie seufzte und lächelte dann Ilva an. »Für Torben ist mein Haus sein zweites Zuhause. Als Kind war er oft bei uns. Er hängt sehr daran«, erklärte sie.

»Bestimmt hat er viele schöne Erinnerungen an die Zeit«, meinte Ilva.

»Bestimmt sogar. In unserem Pool hat er schwimmen gelernt. Er wird sich schon an den Gedanken gewöhnen, dass ich das Haus verkaufe.«

»Aber sicher! Nun kegeln wir aber.« Ilva schob Berte zu den Bahnen. Sie fand Torbens Verhalten ein wenig unreif. Hätten Schüler von ihr so reagiert, hätte sie Verständnis dafür aufgebracht. Aber bei Torben? Immerhin war er kein kleiner Junge mehr und sollte in der Lage sein, bestimmte Dinge in seinem Leben loszulassen – Dinge, die noch dazu gar nicht ihm selbst gehörten.

20. Kapitel

Eine Viertelstunde später auf dem Parkplatz vor dem Landhaus Dircks in Ording, bei einsetzender Abenddämmerung und nur noch 15 Grad mit Westwind.

Helena öffnete den Kofferraum ihres Autos. »Stapelt ruhig jeweils zwei Kästen übereinander. Acht passen bestimmt rein, wenn sie eng zusammenstehen.«

Jesko und Lasse stellten zwei leere Wasserkästen in den Wagen, bevor sie wieder Richtung Haus verschwanden, um weitere zu holen.

Ilva und Ute hievten ebenfalls Kästen ins Auto.

»Leere Glasflaschen sind ganz schön schwer«, stöhnte Ute und rieb sich die Hände. »Aber dafür umweltfreundlicher als das Plastikzeugs.«

»Das hat man davon, wenn man sich freiwillig meldet, um mitzuhelfen. An Krafttraining kommt man nicht vorbei«, sagte Ilva.

Helena schob die Kästen noch ein paar Zentimeter weiter ins Auto rein. »Wenigstens scheint es den Jungs Spaß zu machen«, meinte sie.

Ilva drehte sich zur Einfahrt. Sie hatte Motorengeräusche vernommen. »Wer kommt denn jetzt noch?«

Scheinwerferlicht erhellte die Zufahrt zum Landhaus, und wenig später tauchte ein Fahrzeug auf, das langsam auf den Parkplatz fuhr.

»Oh, seltener Besuch! Dein Bruder kommt zum Kegeln«, sagte Helena. »Seinen Kollegen hat er auch mitgebracht.«

»Besser spät als nie, oder?« Ute löste den Pullover, den sie um ihre Taille gebunden hatte, und zog ihn über.

»Ich glaube, es hat einen anderen Grund, dass er hier ist. Zum Kegeln käme er nicht in Uniform und mit dem Dienstauto.« Ilva beobachtete, wie Fred den Peterwagen einparkte, und ging ihnen entgegen. »Ihr habt wohl keine Zeit mehr gehabt, euch umzuziehen, bevor ihr die Kegelbahn stürmt«, begrüßte sie sie lachend und sagte dann zu Ernie: »Unsere Eltern sind vor ungefähr einer halben Stunde mit Ingfried und Rita nach Hause gefahren.«

»Das macht nichts. Wir sind dienstlich unterwegs«, sagte Ernie mit gewichtiger Miene und zog dabei seinen Hosenbund ein wenig höher.

Ilva fasste sich mit einer Hand an die Wange. »Bitte sag nicht, dass es einen zweiten Mord gibt.«

»Zum Glück nicht!«

»Einer reicht uns völlig«, meinte Fred. »Wir suchen Schorsch. Weißt du zufällig, wo er ist?«

»Er ist beim Kegeln.« Ilva deutet auf das Zelt hinter sich und machte einen Schritt auf Ernie und Fred zu. »Was wollt ihr denn von ihm? Gibt es etwas Neues zum Mörder?«, fragte sie im Flüsterton.

Ernie nickte. »Die Autopsie hat neue Erkenntnisse gebracht, und mit etwas Glück hat sie Susi entlastet. Wir müssen sie noch einmal befragen. Dafür wird sie morgen von Husum zurück nach St. Peter-Ording gebracht, und wenn sich alles bestätigt, können wir sie wahrscheinlich wieder gehen lassen.«

Ilva atmete erleichtert auf. »Ich wusste es. Der Schlag auf den Kopf war also nicht die Todesursache. Und da ihr nicht Ralle, sondern Schorsch sucht, vermutlich auch nicht der Tritt von ihm?«

»Dann machen wir uns mal auf die Suche nach Schorsch«, meldete sich Fred zu Wort, bevor Ilva ihren Bruder weiter aushorchen konnte.

»Er und Bine müssten im Zelt sein. Jedenfalls waren sie es bis vorhin noch. Aber was wollt ihr denn nun von ihm?«, fragte sie.

»Wir hätten da was zu klären«, meinte Ernie kryptisch und wich Ilvas Blick aus.

Inzwischen hatten Lasse und Jesko weitere Kästen in den Wagen gestellt, bis kein Platz mehr im Laderaum war. Helena schloss geräuschvoll die Klappe des Kofferraums. Ernie und Fred gingen zu ihr, und Ute und Ilva folgten ihnen. »Die Besten kommen zum Schluss, oder wie heißt das Sprichwort?«, fragte sie.

»Moin, nicht ganz. Es wäre uns lieber, wir wären nicht hier! Könntest du uns dein Büro für eine kurze Befragung zur Verfügung stellen?«, fragte Ernie. »Wir möchten möglichst wenig Aufsehen erregen.«

»Ja, natürlich.« Helena blickte Ilva fragend an, doch die

zuckte bloß mit den Schultern. Auch Ute stand ein Fragezeichen ins Gesicht geschrieben.

»Ich gehe mit Helena ins Büro, kommst du dann nach?«, fragte Fred.

Ernie nickte und lief zum Zelt. Ilva und Ute blieben auf dem Parkplatz zurück.

»Was geht denn hier vor sich?«, wollte Ute wissen.

»Wenn ich das bloß wüsste.« Nachdenklich schaute Ilva ihrer Freundin und Fred nach.

Die meisten Leute kannten Ernie, deswegen wurde ihm auch in Polizeiuniform nur wenig Beachtung geschenkt, als er das Zelt betrat.

Schorsch und Bine saßen mit Berte an einem Tisch und unterhielten sich angeregt. Ernie gesellte sich zu ihnen und klopfte zur Begrüßung mit seinen Fingerknöcheln auf den Tisch. »N'Abend allerseits.«

»Ernie!« Berte strahlte ihn an. »Vorhin habe ich noch mit deinen Eltern über dich gesprochen. Schön, dass du doch noch gekommen bist.« Sie schaute an ihm vorbei. »Hast du deine Frau auch mitgebracht?«

»Nee, Heike ist zu Hause. Ich bin nicht in Zivil hier.« Ernie deutete an sich und damit an seiner Polizeiuniform hinunter.

»Ach, das habe ich glatt übersehen.« Berte blickte ihn erstaunt an.

»Vielleicht klappt es morgen mit dem Kegeln. Dann kommt Heike bestimmt auch mit«, sagte Ernie optimistisch.

»Ich müsste dich einmal unter vier Augen sprechen, Schorsch.«

»Mich?«, fragte der Bayer verwundert.

Ernie nickte.

Bine setzte sich aufrecht hin und sah ihren Mann alarmiert an. »Schorsch?«

Er zuckte nur mit den Schultern. »Um was geht es denn?«, wollte er von Ernie wissen.

»Das möchten Fred und ich lieber ungestört mit dir besprechen.«

Bine stand von ihrem Platz auf. »Ich komme mit«, sagte sie mit entschlossener Stimme.

Ernie deutete mit einer entschiedenen Handbewegung an, sich wieder zu setzen. »Wir müssen mit deinem Mann allein reden. Das ist reine Routine. Wir haben eine neue Spur, der wir nachgehen müssen, und Schorsch ist dafür ein entscheidendes Element.«

»Einverstanden«, sagte Schorsch schließlich und verließ zusammen mit Ernie das Zelt.

In Helenas Büro brannte Licht, und der Sichtschutz vor den Fenstern war hochgezogen worden. Ernie schloss die Tür hinter sich. Fred saß bereits an dem langen Tisch, auf dem ein Block und ein Stift bereitlagen. Ernies Blick fiel auf ein Bild. Es zeigte die typischen Pfahlbauten am Strand von St. Peter-Ording. Die Weite des Strandes war eindrucksvoll eingefangen. Man schien kilometerweit über den weißen Sand und das tosende Meer bis zum Horizont blicken zu können. Er riss sich von dem Anblick los und wandte sich seinem Kollegen und Schorsch zu.

»Setz dich bitte«, forderte Ernie den Bayer auf.

Schorsch nahm am Tisch Platz. »Könnt ihr mir verraten, was eigentlich los ist?«

»Wir haben auf Hottes Handy eine interessante Sprachnachricht von dir gefunden«, kam Fred direkt zum Thema. »Darin hast du ihm gedroht, du würdest ihn einen Kopf kürzer machen, wenn er sich nicht von deiner Ehefrau fernhält.«

Er überlegte einen Moment. »Die Nachricht habe ich ihm letztes Jahr im Sommer geschickt, nachdem er Bine begrapscht hat.«

»Der Zeitpunkt stimmt mit unseren Informationen überein«, bestätigte Fred.

»Ja, und jetzt?«

»Hast du ihn inzwischen einen Kopf kürzer gemacht?«, fragte Fred.

Schorsch sah ihn entgeistert an. »Wollt ihr mir etwa unterstellen, ich hätte Hotte umgebracht?«

»Unterstellen wollen wir dir gar nichts. Wir befragen dich nur, um eine Erklärung für die Nachricht zu bekommen. Wir haben das Datum überprüft. Du hast sie Hotte nach dem Turnier im letzten Jahr geschickt. Jetzt seid ihr wieder hier, und ich vermute, ihr habt euch in der Zwischenzeit nicht anderweitig getroffen und ausgesprochen.« Ernie machte sich ein paar Notizen.

»Das ist richtig, aber ich verstehe noch immer nicht, was das mit der Nachricht zu tun hat! Ja, ich fand Hotte hochgradig unsympathisch, das gebe ich zu. Meine Abneigung ihm gegenüber hat er sich im Laufe der Jahre allerdings hart erarbeitet, sowie bei vielen anderen Keglern auch. Er stand auf der allgemeinen Beliebtheitsskala nicht auf den oberen Plätzen. Oft hat er Streits provoziert, damit er Leute beleidigen und ihnen zeigen konnte, wie cool er doch über allem steht. Er hat immer schon blöde Sprüche fallen lassen, aber letztes Jahr hat er den Bogen bei Bine eindeutig überspannt. Da musste ich einschreiten. Schließlich ist eine Frau kein Freiwild und meine schon gar nicht. Ich weiß, dass sie sich selbst wehren kann, aber sein Verhalten hat mich so wütend gemacht, dass ich ihm diese Nachricht geschickt habe, um deutlich Grenzen aufzuzeigen.«

»Gab es darauf irgendeine Reaktion von ihm?«, wollte Fred wissen.

»Natürlich nicht. Solche Dinge hat er jedes Mal geflissentlich ignoriert, weil er glaubte, darüber erhaben zu sein. Ich habe ihm nur diese eine Nachricht geschickt, das hat schon den Großteil meiner Wut verrauchen lassen, und als keine Antwort von ihm kam, habe ich die Sache ad acta gelegt.«

Ernie und Fred tauschten einen Blick aus. »Wusste Bine davon, dass du Hotte eine Sprachnachricht geschickt hast?«, übernahm Ernie die Befragung.

»Freilich wusste sie es! Ich habe keine Geheimnisse vor meiner Frau. Allerdings war sie nicht sonderlich begeistert von der Idee und wollte mich davon abhalten. In ihren Augen war es eine unnötige Aktion, da wir Hotte bloß einmal im Jahr beim Turnier sehen.«

»Und, ist der Streit dieses Jahr, als ihr euch persönlich

gegenüberstandet, wieder aufgeflammt? Ich muss dich das jetzt fragen: Hast du irgendetwas mit Hottes Tod zu tun?«

Schorsch schnappte nach Luft. »Natürlich nicht, Ernie! Der Streit liegt ein Jahr zurück. Ich war wütend und habe in dem, was ich gesagt habe, maßlos übertrieben. Seitdem hatte ich jede Menge Zeit, um meine Wut verrauchen zu lassen. Außerdem haben Bine und ich für dieses Jahr die Vereinbarung getroffen, Hotte aus dem Weg zu gehen, um ihm keinen Anlass für weitere Konflikte zu bieten. Daran haben wir uns gehalten.«

»Das hört sich ziemlich vernünftig an«, fand Fred. »Wir werden uns noch einmal kurz bei deiner Frau rückversichern, dass du die Wahrheit sagst, aber ich denke, damit sind wir mit unserer Befragung fertig. Oder hast du noch Klärungsbedarf, Ernie?«

»Nein, von meiner Seite sind alle Fragen beantwortet worden. Danke, dass du uns alles erzählt hast.«

»Schon gut, ihr macht ja auch nur euren Job, und bei jemandem wie Hotte, der sich wahrlich nicht nur Freunde gemacht hat, ist das bestimmt nicht ganz einfach«, beschwichtigte Schorsch.

»So sieht es aus. Dabei dürfen wir keine Unterschiede zwischen Fremden und Bekannten machen«, ergänzte Ernie.

»Na, denn ... Pfiati!«, verabschiedete sich der Bayer und verließ strammen Schrittes das Büro. Ernie folgte ihm, um direkt auch mit Bine zu sprechen.

Als Schorsch vor Ernie aus dem Landhaus trat, wirkte er angespannt. Er stapfte an Ilva, Helena und Ute vorbei, als wären sie nicht vorhanden.

»Mit was für Anschuldigungen Ernie und Fred ihn wohl konfrontiert haben?«

»Was immer es auch war, es hat nicht ausgereicht, damit mein Bruder ihn festnehmen konnte«, verkündete Ilva und beobachtete, wie Ernie nun Bine bat, ihm zu folgen.

»Das klingt fast nach einem Erfolg, so wie du es sagst«, meinte Ute.

»Ist es das nicht? Jeder von uns, der unschuldig ist, ist doch ein Triumph.« Die Frauen beobachteten, wie Bine ebenfalls mit Ernie in Helenas Büro verschwand, jedoch schon wenige Minuten später wieder heraustrat. Im Gegensatz zu ihrem Mann wirkte sie völlig entspannt und lächelte Ilva und ihren Freundinnen zu.

Als Ernie und Fred endlich ebenfalls aus dem Büro kamen, war es an den Kegelbahnen bereits ruhiger geworden. Die meisten Kegler hatten sich in ihre Wohnwagen, Zimmer oder Ferienwohnungen zurückgezogen, und nur noch ein paar Einheimische saßen beieinander. Die Männer blieben neben Helena stehen.

»Danke noch mal, dass wir dein Büro nutzen durften«, sagte Ernie.

»Da nicht für«, winkte Helena ab. »Hoffentlich hattet ihr Erfolg.«

»Wie man's nimmt.« Fred warf Ernie einen Blick zu, der Bände sprach. In seinem Gesicht war ein leichter Anflug von Frustration erkennbar. Offenbar liefen die Ermittlungen nicht so rund wie erhofft. »Schorschs Aussage war plausibel und stimmte mit der seiner Frau überein. Da ihrer beider Überraschung darüber, dass wir sie überhaupt befragen, mir ehrlich erschien, müssen wir sie wohl als mögliche Täter ausschließen.«

Ilva sah ihren Bruder prüfend an. »Schorsch schien aber trotzdem etwas nervös zu sein, als er das Büro verließ. Was genau habt ihr ihm vorgeworfen?«

»Das können wir euch wirklich nicht sagen, aber ich hatte nicht das Gefühl, dass etwas nicht stimmte. Er sagte, er verstehe, dass wir bei unseren Ermittlungen nicht auf persönliche Bekanntschaften Rücksicht nehmen können. Das klingt für mich mehr als einsichtig.«

»Hm«, machte Ilva und fragte dann: »Habt ihr jetzt Feierabend?«

Fred warf den Autoschlüssel in die Luft und fing ihn sicher mit einer Hand. »Noch einmal zu Wache, aber dann ist Schluss für heute.«

»Dein Wort in Gottes Ohr.«

»Alter Skeptiker.« Ilva knuffte ihrem Bruder aufmunternd in die Seite.

»Einen schönen Abend, die Damen.« Fred machte eine drehende Handbewegung in der Luft und schlenderte mit Ernie zum Peterwagen, der kurz darauf vom Grundstück fuhr.

Neben dem Schotterplatz stand eine Gestalt. Als Ilva in ihre Richtung blickte, winkte sie ihr zu. Ein Lächeln stahl sich auf Ilvas Gesicht. »So, ihr Hübschen. Auch für mich ist es für heute genug, und ich verabschiede mich. Eike holt mich ab.« Sie nahm ihre Sweatshirtjacke von der Stuhllehne und zog sie über. Leichtfüßig lief sie auf Eike zu. Im dämmrigen Licht des Abends konnte sie erkennen, dass auch er lächelte. Es war dieses unvergleichliche charmante Eike-Lächeln, in das sie sich schon damals als Teenager verguckt und das bis heute nichts von seiner Wirkung eingebüßt hatte.

»Wie war deine Abendführung?« Sie schlang ihre Arme um seinen Hals und gab ihm einen Kuss, ohne die Antwort abzuwarten.

»Entspannt und ohne besondere Vorkommnisse.« Er nahm ihre Hand und ging mit ihr die Utholmer Straße Richtung Strand entlang. Eike bewohnte eine Wohnung direkt am Deich. »Morgen bringen ein paar Leute vom Freiwilligendienst den Kühlschrank vorbei.«

»Super! Den können wir im Zelt gut gebrauchen. Die ewige Schlepperei vom Haus aus ist ziemlich nervend.« »Was macht deine Mörderjagd?«

»Frag lieber nicht.« Sie seufzte. »Für heute habe ich die Nase voll von Verdächtigen und deren Verstrickungen. Je tiefer ich in die Kegelszene eintauche, desto verwirrender wird es.«

Eike legte einen Arm um Ilvas Schultern. »Wie wäre es denn, wenn du dich ausnahmsweise mal aus der Ermittlungsarbeit heraushalten und deinen Bruder seinen Job machen lassen würdest?«

»Machst du Witze? Dann wird der Täter doch nie geschnappt – oder der falsche. Erinnere dich an letztes Mal. Wer weiß, ob ich jetzt mit dir hier wäre, wenn ich mich nicht voller Tatendrang für dich eingesetzt und die Wahrheit ans

Licht gebracht hätte. Überleg dir das mal!« Sie kamen an der Strandperle vorbei und bogen rechts in den Norderdeich ein.

»Theoretisch kann jeder der Mörder sein«, meinte Eike. »Ich finde es richtig, dass Ernie und Fred bei ihren Ermittlungen niemanden kategorisch ausschließen. Susi hat Hotte niedergeschlagen, und auch wenn sie es nicht wollte: Wenn sie damit seinen Tod verschuldet hat, dann muss sie dafür geradestehen.«

»Ja, schon … Der Schlag hat Hotte aber nicht umgebracht. Das hat die Autopsie ergeben.«

»Die Ergebnisse sind schon da?«

Ilva nickte. »Wahrscheinlich hat die Gerichtsmedizin ein Sommerloch.«

»Was haben sie denn herausgefunden?«

»Ich weiß nichts Konkretes, aber Ernie meint, dass Susi wahrscheinlich entlastet wird, wenn ihre Aussage und die neuesten Erkenntnisse zusammenpassen. Aber Ernie und Fred haben vorhin Schorsch verhört.«

»Hilfe! Da kriegt man ja ein Schleudertrauma!«

»Ja, und ich muss gestehen, etwas an Schorschs Blick, als er aus dem Verhör kam, macht mich skeptisch. Da ist etwas, dem ich nachgehen muss. Ich kann nur noch nicht greifen, was es ist.«

Sie waren vor dem Friesenhaus angekommen, in dem sich Eikes Wohnung befand. Er steckte den Schlüssel ins Schloss. »Lass uns heute nicht mehr über Mörder, Verdächtige oder andere suspekte Gestalten reden, ja?«

Ilva seufzte. »Einverstanden.«

Eike drückte die Tür auf und ließ Ilva eintreten. »Ich habe noch eine Flasche leckeren italienischen Rotwein. Wie wäre es, wenn wir den köpfen?«

»Mit dem größten Vergnügen.« Ilva stieg hinter Eike die Treppenstufen hoch. Sie sehnte sich nach etwas Entspannung und einem gemütlichen Abend mit ihrem Freund. In Eikes Gegenwart würde sie schnell vergessen, dass sie bei der Lösung des Falls im Dunkeln tappte – ebenso wie ihr Bruder und Fred.

21. Kapitel

Um kurz vor Mitternacht auf dem verlassenen Deich in Ording, vereinzelt ziehen Wolken vor den Mond, und es weht eine leichte Brise bei 12 Grad.

Ich blickte in die Ferne. Meine Lungen füllten sich mit salziger Luft, die meine Sinne klärte und mir dabei half, meine Gedanken zu ordnen. Auf der Meeresoberfläche spiegelte sich das helle Mondlicht. Der Wind trug leise Musik an meine Ohren, die aus der Bar des *Beach Motels* kam. Ich genoss die friedliche Atmosphäre der Nacht, wenn kaum noch jemand auf der Straße unterwegs war und sogar die Schreie der Möwen bis zum nächsten Morgen verklungen waren. Dies war die Zeit, in der ich mich am lebendigsten fühlte.

Es lief alles viel besser, als ich gedacht hatte. Trotz einiger anfangs vielversprechender Spuren tappte die Polizei im dichten Nebel. Verdächtige wurden wieder zu Unverdächtigen erklärt, und weitere Fährten verliefen im Sand. Die Ermittlungen steckten fest. So konnte es weitergehen.

Niemand würde für den Mord an Hotte jemals ins Gefängnis kommen. Dafür hatte ich gesorgt. Dafür hatte ich alle relevanten Spuren verwischt und falsche Fährten gelegt. Es war ein Mord wie aus dem Lehrbuch, bei dem jeder Beteiligte seine weiße Weste behielt und am Ende bloß ein großes Fragezeichen stehen würde.

Letztendlich würde der Fall irgendwann geschlossen werden, aus Mangel an Beweisen. Die Akte würde schnell Staub ansetzen, und bald würde genügend Gras darüber gewachsen sein. Es würde ein Mord ohne Mörder bleiben, obwohl es Hotte nicht an Feinden gemangelt hatte, da war ich mir sicher.

Das Kegelturnier würde ohne ihn ein Besseres sein, und nach ein paar Jahren würde er gänzlich in Vergessenheit geraten. Kein Hahn würde mehr nach Hotte krähen. Im Nachhinein wäre dies wahrscheinlich die größte Strafe für ihn.

Der Gedanke, dass Hotte in der Bedeutungslosigkeit versinken würde, gefiel mir äußerst gut. Ich griff nach dem silbernen Flachmann in meiner Hosentasche. »Auf dich, Hotte! Auf dich und deine Bedeutungslosigkeit!« Ich prostete dem Meer zu. Dann gönnte ich mir einen großen Schluck.

Nur eine Sache machte mir zu schaffen. Heute hatte die Polizei mit jemandem gesprochen, der mir gefährlich werden konnte. War mein wunderbarer Plan in Gefahr?

22. Kapitel

Am nächsten Mittag um kurz nach zwölf in der Nordseeschule. Der Himmel ist bewölkt, und zeitweise fällt Regen bei frischen 14 Grad.

Ilva stand vor dem Pult und gab ihrem Kurs abschließende Anweisungen für die Hausaufgabe. »Schreibt bis morgen bitte den Aufsatz zu Ende. Ich sammle ihn ein und schreibe euch dann eine kurze Leistungseinschätzung dazu, damit ihr wisst, an welchen Themen ihr noch arbeiten müsst. Und bitte nicht ausschließlich das Vokabular der Unterstufe verwenden. Achtet auch darauf, dass ihr die geforderte Anzahl der Wörter nicht unterschreitet. Mehr könnt ihr natürlich gerne schreiben.«

Die Klasse quittierte ihren letzten Satz mit lautem Stöhnen.

»Während der Ferien in die Schule zu gehen ist ja schon Hardcore, aber dann auch noch ausführliche Aufsätze auf Englisch zu schreiben …« Lasse verzog seinen Mund und packte Stifte und Mappe in seinen Rucksack.

»Ganz meine Meinung!«, stimmte ihm sein Sitznachbar

Keno zu. »Finden Sie nicht, dass Sie es etwas übertreiben, Frau Feddersen?«

Ilva verkniff sich ein Lächeln. »Deine zukünftige gute Note in Englisch ist mir jede Übertreibung wert, Keno. Aber weil Ferien sind und ihr sie auch ein wenig genießen sollt, gibt es ausnahmsweise einen kleinen Tipp von mir: Wenn ihr darauf achtet, alle Verben in der Langform zu schreiben, habt ihr automatisch mehr Wörter und könnt euren Fehlerquotienten drücken.«

»Alles klar, Frau Feddersen, danke« erwiderte Lasse.

Sie lächelte die beiden an. »Na dann, vielleicht bis später in Ording.«

»Ja, vielleicht.« Lasse warf sich seinen Rucksack über die Schulter und verließ mit seinem Freund den Raum.

Ilva beeilte sich, das Whiteboard zu reinigen, und ging dann zu ihrem Fahrrad. In ihrer Tasche hatte sie noch zwei Briefe ihrer Mutter, die sie versprochen hatte einzuwerfen. Auf dem Hinweg zur Schule hatte sie es nicht geschafft, weil sie über Nacht bei Eike geblieben und heute Morgen spät dran gewesen war.

Auf der Höhe vom Sandkamp stieg Ilva vom Fahrrad und warf die beiden adressierten und frankierten Umschläge in den gelben Kasten, der dort am Straßenrand stand. Bevor sie weiterfuhr, sah sie sich noch einmal nach dem Verkehr auf der Straße um. Dabei blieb ihr Blick an einer Frau auf der gegenüberliegenden Straßenseite hängen, die zu Fuß den Bürgersteig entlangging. War das Susi?

»Susi!«, rief sie.

Die Frau blieb stehen und sah sich um. Als sie Ilva entdeckte, winkte sie ihr zu. Ilva fuhr ihr langsam mit dem Rad entgegen. »Mensch, Susi! Du bist wieder da, Gott sei Dank.« Sie hatte recht gehabt, Susi war unschuldig.

»Ja. Ich war eben noch einmal in der Polizeistation. Man glaubt mir, und da die Todesursache nicht der Schlag auf den Kopf war, trage ich wohl keine Schuld«, sagte sie verhalten.

»Du machst vielleicht Sachen!«

Susi blickte betreten auf ihre Füße. »Ich weiß … es ist alles aus dem Ruder gelaufen.«

»Ich bin so froh, dass du zurück in St. Peter bist.«

Susi schaute sie an. »Wirklich?«

»Selbstverständlich. Wir haben uns doch Sorgen um dich gemacht. Warst du schon am Landhaus?«

Susi schüttelte den Kopf. »Ich habe mich noch nicht getraut.«

»Wieso das denn?«

»Ich schäme mich. Für mein Verhalten und für die Dinge, die ich getan habe.« Sie wandte den Blick ab. »So kann ich mich doch unmöglich wieder auf dem Kegelturnier blicken lassen. Ich möchte nicht wissen, was die anderen über mich denken.«

»Blödsinn! Niemand denkt irgendetwas von dir«, widersprach Ilva ihr. »Zu erleben, von einem Mann bedrängt zu werden, der nicht auf das Nein reagiert, ist schon schlimm genug. Dass du dann auch noch keinen anderen Ausweg gesehen hast, als ihn niederzuschlagen, das ist doch traumatisierend. Es war nicht dein Fehler, dass du ihm vertraut hast.

Er hat sich falsch verhalten, und du hast dich dagegen gewehrt. Wie geht es dir jetzt?«

»Besser als gestern. Aber wegen dem Kegelturnier … vielleicht reise ich einfach ab.«

»So ein Blödsinn! Ralle würde sich ganz bestimmt freuen, dich zu sehen. Und die anderen auch!«

»Meinst du?« Susi wirkte wenig überzeugt. »Ich habe mir Gedanken gemacht. Ralle hat mich gewarnt, und ich habe nicht auf ihn gehört. Ich hätte nie mit Hotte mitgehen sollen, aber er hat mich so neugierig auf das Wohnmobil gemacht. Ich mit meinem uralten Camper wollte einfach mal etwas Moderneres von innen betrachten. Aber das weiß Ralle natürlich nicht. Was wird er wohl von mir denken? Ich habe mich wirklich schäbig benommen.«

»Wie gesagt, das war nicht dein Fehler, und Ralle weiß das. Und das ist ganz sicher kein Grund, dass du dich nicht mehr zum Kegelturnier trauen kannst. Du gehörst doch dazu. Niemand wird dir irgendetwas nachtragen. Da bin ich mir sicher!«

»Meinst du wirklich?«

»Aber ja! Ich weiß nicht, ob man dir das erzählt hat, aber Ralle hat sich für dich eingesetzt und sich selbst beschuldigt, um dich vor der Untersuchungshaft zu bewahren. Und falls es dir irgendwie hilft, dann können wir nachher gerne zusammen im Zelt aufschlagen. Ab 16 Uhr hätte ich Zeit.« In Susis Augen flackerte ein Hoffnungsschimmer auf. »Ich könnte dich an deinem Camper abholen.«

»Abgemacht! Vielen Dank für deine Hilfe!« Susi blickte sie voller Dankbarkeit an.

»Also, dann bis um vier«, sagte Ilva und schwang sich auf ihr Rad.

»Bis nachher«, rief Susi ihr hinterher.

Susi war unschuldig, jetzt war es bewiesen. Doch wer war dann Hottes Mörder? Konnte es wirklich Schorsch sein? Der brummige Bayer hatte zwar eine raue Schale, aber im Grunde genommen war er ein gutmütiger Vertreter. Schorsch gehörte zu jenen Typen, die auch ungefragt anpackten und in der Vergangenheit so manchen Streit geschlichtet hatten. Ihm traute sie ein Tötungsdelikt ebenso wenig zu wie Susi oder Ralle. Auf der Suche nach dem Täter mussten entscheidende Details bisher übersehen worden sein, da war sich Ilva sicher.

Susi wartete schon auf Ilva, als diese an die Wohnwagentür klopfte.

»Dann mal auf in den Kampf«, begrüßte sie Ilva, trat heraus und schloss die Tür hinter sich.

»Wird schon nicht so wild werden«, versuchte Ilva, sie zu beruhigen.

»Wie ist denn der aktuelle Stand der Ermittlungen? Gibt es einen weiteren Verdächtigen? Ich weiß ja nur, dass ich es nicht gewesen bin.«

»Ich glaube nicht. Jedenfalls wurde niemand verhaftet.«

Als sie am Landhaus Dircks eintrafen, war der Parkplatz bis auf die letzte Parkmöglichkeit belegt. So voll war es in den letzten Tagen nicht gewesen. Gemeinsam gingen sie den Weg zur Wiese entlang. Schon von Weitem vernahmen sie aufgeregte Stimmen. Vor dem Zelt mit den Kegelbahnen standen sich Schorsch und seine Frau gegenüber. Er hielt den Hund Maxl an einer Leine, und sie gestikulierte wild in der Luft herum.

»Wie dumm kann man auch sein, sich auf so ein idiotisches Verhalten einzulassen!«, keifte sie. »Du bist doch selbst an der Situation schuld!«

»Hätte ich dich etwa dem Grapscher überlassen sollen?«, schrie Schorsch zurück. »Das kannst du doch nicht wirklich wollen!«

»Ich will keinen Mann, der sich auf die Spielchen von Idioten einlässt, und das habe ich dir auch letztes Jahr schon gesagt! Ich kann auf mich selbst aufpassen und brauche keinen Ritter in goldener Rüstung, der meine Ehre verteidigt.«

Schorsch schnappte nach Luft. Das war zu viel für ihn. »Du kannst mich doch mal kreuzweise!« Ohne ein weiteres Wort drückte er seiner Frau die Hundeleine in die Hand, griff zu einer geöffneten Bierflasche, die auf einem Tisch stand, und stapfte wutentbrannt davon.

»Ja, hau doch ab, du Idiot!« Bine war den Tränen nahe.

Ilva schaute Schorsch hinterher und ging dann zu seiner Frau. Susi folgte ihr etwas unsicher. »Geht's dir gut?«

»Mein Mann ist saudumm«, sagte sie, statt Ilvas Frage zu beantworten.

»Warum habt ihr euch denn gestritten?«

»Hallo erst mal, Susi. Schön, dass du wieder da bist. Was für eine schreckliche Begrüßung, aber er treibt mich in den Wahnsinn. Wegen Hotte haben wir gestritten!« Die drei Frauen setzten sich auf Stühle, die neben dem Zelt standen.

Der Hund legte sich brav zu Bines Füßen und ließ sich von Ilva kraulen.

»Wegen eines Toten solltet ihr euch aber nicht so in die Haare kriegen.«

»Du hast ja recht. Schorsch hat Hotte letztes Jahr eine Drohnachricht geschickt, weil er mich angebaggert hat. Ich habe Schorsch gleich gesagt, dass das eine Schnapsidee ist und er es bleiben lassen soll. Aber nein, er hat ja nicht auf mich gehört.«

Ilva verstand. »Deswegen haben Ernie und Fred gestern mit euch gesprochen?«

»Sie haben natürlich die Nachricht auf Hottes Handy gefunden, und jetzt haben wir den Salat! Wenn es schlecht läuft, dann muss Schorsch womöglich ins Gefängnis!«, schluchzte Bine. »Auch wenn er nicht der Mörder ist. Wer soll ihm seine Unschuld glauben, nach so einer unüberlegten Drohung?«

Ilva legte tröstend einen Arm um sie. »So schnell wird niemand verknackt. Da müssen schon handfeste Beweise für die Tat vorliegen, und eine einzelne SMS reicht dafür niemals aus. Schau dir doch Susi an. Sie haben sie auch verdächtigt. Aber du siehst ja, sie ist frei, und es ist nichts passiert, weil sie nicht die Schuld an seinem Tod trägt. Mach dir keine Sorgen! Es wird alles gut.«

Bine nickte tapfer. »Du hast ja recht. Geht schon wieder, und Schorsch wird sich auch wieder beruhigen«, entgegnete sie tapfer. »Schön, dass du wieder da bist, Susi. Dann kannst du ja heute richtig mit einsteigen.«

»Nett, dass du das sagst, und ich freue mich wirklich

schon aufs Kegeln. Lasst uns loslegen!« Auf Susis Gesicht erschien der Anflug eines Lächelns.

Fred legte den Hörer auf und schaute seine Kollegen an. »Wir entsiegeln den Camper noch mal. Die Knurrhahn und Pedersen machen sich auf die Socken und bringen ein Team mit Bus für die DNA-Entnahme mit. Sie wollen wegen der Obduktionsergebnisse nun doch alles auf den Kopf stellen und nach Spuren suchen, die bisher möglicherweise übersehen wurden. Und wir befragen noch mal alle, die zum Tatzeitpunkt anwesend waren. Jetzt scheint es richtig loszugehen.«

Ernie stöhnte auf und schleuderte einen Kugelschreiber über die Holzplatte seines Schreibtischs. »Nicht schon wieder!«

»Gibt's dafür einen richterlichen Beschluss?«, fragte Pannenbäcker.

»Den bringt die Knurrhahn mit«, sagte Fred und leerte den Rest seiner Kaffeetasse.

»Das bedeutet Verhöre von den Campern und allen anderen Teilnehmern des Turniers«, stellte Ernie wenig begeistert fest. »Damit dürfte unsere Beliebtheit in astronomische Höhen steigen.«

»Tja, irgendwie müssen wir ja vorwärtskommen«, meinte Fred achselzuckend.

»Solange der Mörder auf freiem Fuß ist, müssen wir alle möglichen Maßnahmen ergreifen«, merkte Pannenbäcker an. »Dieser Hotte scheint mir ein ganz fieser Typ gewesen zu sein. Der Großteil der Nachrichten auf seinem Handy ist voll mit Beleidigungen und Drohungen. Es grenzt fast an ein Wunder, dass ihm erst jetzt was zugestoßen ist«, fuhr Pannenbäcker fort.

»Und dann ausgerechnet in St. Peter-Ording, wo wir nun die ganze Arbeit haben.« Ernie blickte enttäuscht zum Kegelset, das in einer Ecke des Büros stand. »Dafür habe ich mich auf das Turnier vorbereitet. Bis jetzt konnte ich noch keinen einzigen Wurf machen.«

»Morgen klappt es bestimmt«, versuchte Fred, ihn aufzuheitern. »Und falls nicht, hast du ein ganzes Jahr Zeit zum Trainieren.«

»Ein Jahr ... wenigstens verteidigen meine Eltern die Ehre der Familie Feddersen«, brummelte er. »Für wann haben sich die Knurrhahn und Pedersen angekündigt?«

»Später Nachmittag.«

»Immerhin. Das reicht für einen Stopp beim lütten *Gosch* und ein Fischbrötchen. Auf leeren Magen hält man das ja nicht aus.«

23. Kapitel

Zur selben Zeit am Hundestrand in Ording. Am Horizont ziehen sich Wolken zusammen, und in der Ferne blinkt das Signal des Westerhever Leuchtturms.

Als ich durch die Dünen schritt und sich schließlich der weite Strand vor mir öffnete, blieb ich stehen. Einen Augenblick ließ ich die Eindrücke auf mich wirken und genoss das unglaubliche Wunder der Natur mit all meinen Sinnen. Der böige Wind strich raschelnd durch den Strandhafer und über mein Gesicht, wirbelte Sand auf, der auf meiner Haut und an meiner Kleidung haften blieb. Ich hörte ein fernes Brausen und Rauschen, konnte sehen, wie die Möwen sich in luftigen Höhen vom Wind treiben ließen, und hatte eine Duftmischung aus Algen und Meersalz in der Nase. Auf meiner Zunge lag ebenfalls der salzige Geschmack der Nordsee.

Langsam ging ich weiter und hielt die Augen offen. Nahe bei der Wasserkante entdeckte ich ihn. Reglos stand er da und schaute auf das Meer. Außer ihm war weit und breit keine Menschenseele auf dem abgelegenen Strand zu sehen. Ich stapfte weiter durch den Sand. Es dauerte ein paar Minuten, bis ich bei ihm angekommen war. Er rührte sich nicht, wirkte fast wie erstarrt.

»Da bist du ja«, sagte ich zu ihm.

Er wandte mir sein Gesicht zu. »Wie hast du mich gefunden?«

»Du kommst hierher, wenn du allein sein willst. Ich habe gehört, wie du das jemandem erzählt hast.«

Er nickte und blickte wieder raus aufs Meer. »Du musst endlich die Wahrheit sagen«, meinte er nach einer Weile.

»Was sollte das bringen?«

»Ich werde verdächtigt. Gestern wurde ich verhört.«

»Ich weiß. Und? Dir ist doch nichts passiert.«

»Was soll auch passieren? Ich war es nicht. Sie können mir nichts beweisen.«

»Dann entspann dich doch, und lass Gras über die Sache wachsen.«

Er lachte auf. »Deinetwegen habe ich Krach mit meiner Frau. Und ich lüge die Polizei an.«

»Meinetwegen? Hab ich Hotte die Nachricht geschickt oder du?«

Wieder lachte er. »Du weißt, was ich meine. Mach reinen Tisch, und sag die Wahrheit. Ich fühle mich in der Rolle des Mitwissers nicht wohl.«

»Willst du mich erpressen?«

»Nein. Ich will bloß ein reines Gewissen haben und dich nicht decken müssen.«

»Hättest du mir nicht nachspioniert, hättest du dieses Problem nicht.«

»Ich will nur meine Ruhe haben und bis an mein Lebensende diesen Blick genießen.«

»Das will ich auch.« Ich zog zwei Bierflaschen aus meinen Hosentaschen. Die aus der rechten Tasche war für ihn. »Es ist nicht die Zeit, um Probleme zu wälzen.« Ich öffnete den Bügelverschluss und bot ihm die Flasche an. In seiner Hosentasche entdeckte ich eine weitere Flasche, die leer aussah. »Lass uns lieber zusammen Bier trinken.«

Er schüttelte den Kopf, nahm aber die Flasche an. »Für dich ist alles ein Spiel.«

»Nur wer weiß, wie das Spiel gespielt wird, wird am Ende gewinnen.« Ich drückte gegen den Metallbügel an meiner Flasche, woraufhin ein sattes Plopp-Geräusch erklang. »Vergiss nicht, dass ich damit auch dir einen Gefallen getan habe«, erinnerte ich ihn.

»Einen Gefallen ...« Er machte einen Schritt zurück. Die heranrauschende Flut hatte uns erreicht.

»Auf die Zukunft und die Geheimnisse, die wir teilen.« Ich hielt ihm meine Flasche hin.

Er zögerte, doch stieß dann mit mir an. In seinen Augen konnte ich seine Zweifel ablesen. Früher oder später würde er ihnen alles sagen, das wusste ich. Ich beobachtete, wie er die Flasche in einem Zug halb leer trank. Es war gut, dass ich vorgesorgt hatte. Unser Geheimnis würde für immer unter uns bleiben.

24. Kapitel

Eineinhalb Stunden später auf dem Campingplatz Strandperle. *Der Wind weht kräftig vom Meer aufs Festland, und es herrscht Hochwasser.*

Die Spurensicherung hatte den Bereich um den Tatort weiträumig abgesperrt und gegen Schaulustige abgeschirmt. Fred führte Gespräche mit allen Campern, die zum Tatzeitpunkt vor Ort gewesen waren. Derweil untersuchte der Kriminaltechniker Morten Pedersen mit zwei seiner Kollegen das Wohnmobil von Theo Winkler auf relevante Spuren. Die drei Männer trugen Schutzanzüge, Hauben und Handschuhe.

Neben dem Camper stand die Staatsanwältin Dr. Helga Knurrhahn aus Kiel. Mit mürrischem Gesichtsausdruck studierte sie die Akte mit den Ergebnissen der Autopsie. Zwischendurch trank sie aus einem Becher, den sie in der anderen Hand hielt, einen Schluck Kaffee. Ihr Kleidungsstil war wie gewohnt elegant. Sie trug einen klassischen dunklen Hosenanzug und Schuhe mit Absätzen. Frau Dr. Knurrhahn verlor nie viele Worte und war in Ermittlerkreisen für ihre spröde norddeutsche Art bekannt.

»Die Gerichtsmedizin hat flott gearbeitet«, stellte sie abschließend fest und klappte die Akte zu.

»Wir waren auch überrascht, dass die Ergebnisse so schnell vorlagen. Normalerweise dauert das ja eine Weile«, sagte Ernie.

»Ich habe den Eindruck, im Sommerurlaub sterben weniger Leute, und es geht erst wieder los, wenn der erste Arbeitstag naht«, verkündete die Staatsanwältin.

»Vielleicht ging es deswegen so flugs – selbst der Tod macht also vor dem Sommerloch nicht halt«, sagte Ernie.

Fred kam unter dem Absperrband durch und auf sie zu.

»Von den Campern, die ich namentlich erfasst und befragt habe, haben alle behauptet, nicht im Wohnmobil von Theo Winkler gewesen zu sein. Die Spuren am Tatort sollten sich also in Grenzen halten.«

»Das werden wir sehen«, sagte Frau Dr. Knurrhahn knapp. »Ihre Spuren wird Pedersen sicherlich finden.«

»Das sind berufliche Spuren. Freiwillig hätte ich ihn auch nicht besucht«, rutschte es Ernie heraus. Die Staatsanwältin sah ihn fragend an. »Herr Winkler war nicht sonderlich beliebt«, fügte Ernie erklärend hinzu.

»Beliebtheit ist nicht alles im Leben. Ich brauche noch einen Kaffee.« Frau Dr. Knurrhahn beugte sich unter dem Absperrband hindurch und schlug den Weg zum Bistro *Miesmuschel* ein. Dort gab es neben deftigen Gerichten auch Kaffeespezialitäten und Süßspeisen wie Milchreis mit Roter Grütze.

»Die Knurrhahn ist ja mal wieder drauf … gegen die ist jede Beerdigung das reinste Volksfest«, meinte Fred. »Kann die eigentlich auch lachen?«

Ernie überlegte einen Moment. »Ich glaube nicht. Aber im Kaffeetrinken schlägt sie uns locker. Sie holt sich gerade die dritte Tasse – innerhalb einer Stunde. Ich glaube, sie ist angefressen, weil sich der Fall etwas zieht und nicht gleich klar war, dass Hotte ermordet wurde.«

»Sie wird es überleben«, meinte Fred.

Pedersen kam aus dem Wohnmobil und nickte ihnen zu. Er entnahm einem Einsatzkoffer eine Kunststoffdose mit Deckel.

»Haben Sie schon was gefunden?«, fragte Fred.

»Ein paar Spuren, aber im übersichtlichen Rahmen«, antwortete er.

Fred fühlte sich in seiner Einschätzung bestätigt. »Das kann hilfreich sein. So können wir den Täterkreis stark eingrenzen.«

»Immerhin etwas«, sagte Ernie.

»Brauchen Sie uns hier noch?«, erkundigte sich Fred bei Pedersen. »Ansonsten gehen wir rüber zum Landhaus Dircks und beginnen dort mit der Erfassung und Befragung der Anwesenden.«

Der Kriminaltechniker winkte ab. »Gehen Sie ruhig. Wir machen unsere Arbeit, auch ohne dass Sie hier rumstehen.« Er verschwand wieder im Wohnmobil.

Sybille Feddersen nahm Anlauf und warf die Kugel auf die Bahn. Ein paar Sekunden später prallte sie gegen die Kegel und brachte acht von ihnen zu Fall. »Fast alle neune«, jubelte sie. Ilvas Mutter führte nach fast einer Woche die Liste der Besten an. Sie, Berte und auch der Bürgermeister schlugen sich wacker beim Wettbewerb. Da Berte aber als Sponsorin außer Konkurrenz startete, spielte sich das eigentliche Duell zwischen ihr und Brodersen ab.

»Du liegst gut im Rennen, Muddi«, rief Ilva ihr von einem Beobachtungsposten zu. Mit ihrer Mutter konnte sie nicht mithalten. Für sie war es schon ein Erfolgserlebnis, wenn die Kugel auf der Bahn blieb und sie keinen Pudel warf. »Das Kegeltalent habe ich nicht von meiner Mutter geerbt«, sagte sie zu Helena, die mit Ute neben ihr stand.

»Dafür kannst du besser Englisch als sie. Aber seht euch mal unser neues Kleeblatt an.« Helena zeigte auf Susi, Bine und Ralle, die einträchtig zusammen am Schiedsrichterpult standen. Ralle hatte Rudi abgelöst. Ihm machte die Aufgabe des Schiedsrichters sichtlich Spaß.

»Seitdem Ralle und Susi sich vorhin unterhalten haben, kleben die ja förmlich aneinander«, meinte Ute.

»Und mit Bine als Dritte im Bunde bilden sie nun eine Leidensgemeinschaft. Wer hätte gedacht, dass Hotte am Ende die Menschen doch noch verbindet.« Ilva blickte auf die Zeitanzeige ihres Handys. »Schorsch ist noch nicht wieder aufgetaucht. Er ist bestimmt schon zwei Stunden weg.«

»Darüber freut sich Jesko. Er spielt so gerne mit Maxl. Vorhin hat er gefragt, ob wir uns nicht wieder einen Hund zulegen können.«

»Und?«

Helena zog die Nase kraus. »Ich denke drüber nach. Ein Hund wäre auf jeden Fall eine gute Abschreckung für Einbrecher. Außerdem fördert es das Verantwortungsgefühl von Kindern.«

Berte fuhr mit ihrem Rollstuhl an ihnen vorbei. »Meine Eltern nehmen Berte übrigens nachher mit zurück nach St. Peter«, sagte Ilva. »Sie wohnt ja bloß ein paar Häuser weiter.«

»Ich habe mich gewundert, als sie vorhin mit einem Taxi ankam. Aber sie sagte, Torben hat heute Schicht im Hotel.«

»Glaubst du das, Helena?«, fragte Ute.

»Es kann natürlich Zufall sein, dass seine Arbeitszeit so unglücklich liegt, dass es ihm nicht möglich war, sie zu bringen. Merkwürdig kommt es mir trotzdem vor, zumal das Turnier ja nicht erst seit gestern in ihrem Terminkalender steht. Und auch bei ihm klang es Anfang der Woche noch so, als wäre er auf jeden Fall die ganze Zeit dabei.«

»Ich wundere mich über nichts mehr. Hotte könnte jetzt quietschfidel auf zwei Beinen ins Zelt kommen, und es würde mich in keinster Weise umhauen«, verkündete Ilva.

Ute schaute an ihr vorbei zum Eingang des Zeltes. »Hotte ist es zwar nicht, aber dafür dein Bruder und Fred. Beide in Uniform.«

Ilva rollte mit den Augen. »Was kommt denn jetzt wieder?«

Ernie und Fred bahnten sich ihren Weg durch die Kegler, bis sie am Schiedsrichterpult angekommen waren. Ilvas Bruder sprach mit Ralle, woraufhin er die Musik abstellte und Ernie das Mikrofon übergab. Ein heller Pfeifton erklang, der die Aufmerksamkeit der Anwesenden auf Ernie lenkte. Er tippte mit einem Finger mehrmals gegen das Mikrofon, bevor er sprach.

»Moin! Ich störe euch nur ungern, aber ich, also die Polizei, braucht eure Hilfe«, verkündete er etwas ungelenk. Ansprachen lagen ihm nicht besonders. »Es ist wichtig, dass wir jeden von euch noch einmal befragen, um den Mord an Hotte aufklären zu können. Wer nichts verbrochen hat, braucht sich keine Sorgen zu machen. Wir haben draußen vor dem Zelt einen Bus bereitgestellt, in dem es wirklich gemütlich ist, und Kaffee gibt es auch. Wir werden ganz knapp einmal eure Personalien aufnehmen. Anschließend könnt ihr fleißig weiterkegeln. Danke für eure Aufmerksamkeit und eure Hilfe.« Er gab das Mikrofon an Ralle zurück. Kurz darauf erklang wieder Musik aus den Boxen. Die Leute tuschelten untereinander, und ein paar von ihnen bewegten sich langsam aus dem Zelt.

Draußen war es dunkler als sonst um diese Uhrzeit. Eine dichte graue Wolkendecke hatte sich zusammengezogen und der Wind sich inzwischen zu einem kleinen Sturm gesteigert. Kräftige Böen rissen geräuschvoll an der Plane des Zeltes, und über dem Meer waren einige Blitze erkennbar. Als Ilva ihre Daten und ihre Sicht vom Ablauf des Abends von Hottes Tod abgegeben hatte, ging sie zu Helena und Ute, die die Prozedur ebenfalls bereits hinter sich hatten.

»Das sieht nach Schlechtwetter aus«, sagte sie mit Blick zum Himmel.

»Von wegen weiterkegeln. Ich würde sagen, der Rest des Turniertags fällt damit buchstäblich ins Wasser«, bestätigte Ute ihre Beobachtung. »Wenn das ein ausgewachsenes Gewitter wird, sollten wir uns nicht auf die Sicherheit des Zeltes verlassen und die Leute für heute lieber nach Hause schicken.«

Ohnehin hatte es vielen von ihnen die Stimmung verhagelt. Die meisten Kegler verabschiedeten sich, nachdem sie aus dem Bus kamen. Das ungemütliche Wetter trieb sie nach Hause, in ihre Ferienunterkünfte oder Wohnwagen.

»Wir hauen auch mal lieber ab und nehmen Berte mit.« Sybille Feddersen war zu den drei Freundinnen getreten. »Willst du mitkommen? Es sieht nach einem heftigen Wolkenbruch aus.«

»Ich bleibe noch hier, Muddi. Ich werde Helena helfen, alles unwettersicher zu machen, und stelle mich dann erst mal bei ihr unter. Bis nachher«, verabschiedete sie sich von ihrer Mutter und winkte auch Berte und ihrem Vater zu, die bereits am Auto angekommen waren.

Maxl sprang nervös an Bines Bein hoch. Sie war hinter Ilvas Mutter aus dem Bus getreten und ihr zu der kleinen Damenrunde gefolgt. »Unser Hund hasst stürmisches Wetter. Bei Gewitter ist er eine richtige Schissbuchse. Jedes Mal versteckt er sich unter dem Bett. Wo bleibt Schorsch nur? Langsam müsste er sich doch wieder abgeregt haben.«

»Hat er bestimmt auch. Ich tippe darauf, dass er schön im Trocknen in einem Café sitzt und auf besseres Wetter wartet – nicht nur in Bezug auf euren Streit«, vermutete Helena und zwinkerte Bine aufmunternd zu.

Bine nickte. »Ich habe vorhin auf seinem Handy angerufen, aber dann festgestellt, dass es in unserer Ferienwohnung auf dem Bett liegt. Sonst nimmt er es immer mit.«

Jetzt trat Fred auf sie zu, eine Liste in der Hand. Er sah Helena an. »Ich suche Torben und Schorsch. Ihre Angaben, wo sie sich zum Zeitpunkt der Tat aufgehalten haben, fehlen noch.«

»Torben ist heute nicht hier gewesen. Laut Berte hat er Dienst im Hotel«, gab Helena bereitwillig Auskunft.

»Mein Mann ist noch unterwegs, eine Runde drehen«, sagte Bine. Maxl schlabberte ihre Hand ab. »Ich kann ihn aber nicht erreichen, weil er sein Handy nicht dabeihat.«

»Bei dem Wetter geht er spazieren?« Fred schüttelte den Kopf. Ilva sah ihm an, dass ihm das befremdlich erschien.

»Als er losgegangen ist, war es noch nicht so stürmisch. Da wehte bloß ein etwas kräftigerer Wind.«

»Wohin wollte er denn?«

»Das hat er nicht gesagt. Wir haben uns wegen dieser blöden Nachricht gestritten, die er Hotte geschickt hat, und jetzt mache ich mir Sorgen um ihn.«

»Nicht doch. Er taucht schon wieder auf«, meinte Ilva zuversichtlich.

Auch Erika und Rudi gesellten sich nun zu ihnen. »Die Kegelsause ist für heute wohl beendet«, meinte Erika. »Schade, dabei hatte ich so einen guten Lauf.«

»Morgen ist auch noch ein Tag«, meinte Helena und setzte gerade an weiterzusprechen, als Ernie angelaufen kam. »Wir sind mit den Befragungen fast durch.«

»Torben und Schorsch sind abwesend«, informierte Fred ihn.

Ernie rückte seine Polizeimütze zurecht. »Es wäre auch zu schön gewesen, wenn wir gleich alle erwischt hätten, die zum Tatzeitpunkt vor Ort waren.«

»Torben arbeitet, und Schorsch ist spazieren«, ergänzte Fred die Information.

»Bei dem Wetter geht Schorsch spazieren?«, wunderte sich Ernie ebenfalls.

»Das habe ich auch gesagt.« Fred klemmte einen Stift an eine Brusttasche seiner Uniform.

»Ich habe ihn vorhin noch gesehen, als er weggegangen ist«, sagte Rudi. »Er kam mir mit einer Bierflasche in der Hand auf der Utholmer Straße entgegen.«

»Hat er etwas zu dir gesagt?«, fragte Bine mit hoffnungsvoller Stimme.

»*Servus* hat er gesagt und ist dann weiter Richtung Deich marschiert.«

»Solange er bei einsetzender Flut keinen Spaziergang im Watt gemacht hat, ist ja alles okay«, sagte Fred leichthin.

»Ich weiß nicht, wohin er gegangen ist. Jetzt, wo ich so darüber nachdenke, schien er irgendwie merkwürdiger Stimmung zu sein.« Rudi blickte grübelnd auf den Boden vor sich und sah, als er weitersprach, Bine an. »Sonst ist er nicht so wortkarg.«

»Wir hatten eine kleine Auseinandersetzung«, gab Bine kleinlaut zu. »Wahrscheinlich war er sauer und hat deswegen nicht die Zähne auseinanderbekommen.«

Rudi schüttelte den Kopf. »Wütend hat er nicht auf mich gewirkt. Eher abwesend.«

»Was du erzählst, beunruhigt mich.« Bine zog Maxl näher an sich heran. »Ob er nicht doch an den Strand gegangen ist?«

»Nicht gleich den Teufel an die Wand malen«, versuchte Ernie, sie zu beruhigen. »Nur weil er in Richtung des Deichs unterwegs gewesen ist, heißt das noch lange nicht, dass er automatisch in die Flut gelaufen ist. Schließlich ist Schorsch nicht das erste Mal in St. Peter-Ording. Er weiß, wie weit er sich hinauswagen kann, ohne dass es gefährlich wird. Außerdem gibt es auf dem Deich auch Bänke, auf denen man gemütlich ein Bier trinken und die Aussicht genießen kann.«

Erste dicke Regentropfen klatschten auf den Boden, sodass sie sich unter das Vordach vom Landhaus Dircks ins Trockene flüchteten. Einige Helfer hatten derweil das Zelt wetterfest gemacht und traten nun auch den Rückzug an.

»Aber zurückgekommen ist er bis jetzt auch nicht«, entgegnete Bine leicht panisch.

Fred legte beruhigend eine Hand auf ihre Schulter. »Lass uns noch eine Stunde warten, wenn er dann noch nicht wieder zurück ist, machen wir uns auf die Suche, okay?«

Bine nickte. Sie war sichtlich darum bemüht, tapfer zu sein, kämpfte aber mit den Tränen.

Auch eine Stunde später war nichts von Schorsch zu sehen. Ernie und Fred waren vor Ort im Landhaus Dircks geblieben. Als das Wetter sich weiter verschlechtert hatte, waren sie in den Frühstücksraum gegangen. Dort gab es Tische und Stühle sowie einen Kaffeeautomaten. Außerdem hatte man durch die Fenster einen direkten Blick auf die Zufahrt zum Landhaus. Wäre Schorsch zurückgekehrt, hätte man ihn nicht übersehen können. Mittlerweile peitschte der Sturm die prasselnden Regentropfen gegen die Fensterscheiben, und die Äste der Bäume bogen sich unter der Naturgewalt.

»Er hätte sich bei dem Wetter auch ein Taxi zurück nehmen können«, sagte Bine mit zitternder Stimme. Als es draußen dumpf donnerte, jaulte Maxl gequält auf und verkroch sich unter einen Tisch.

Ernie erhob sich von seinem Stuhl. »Okay, wir verständigen die Küstenwache und fahren durch die Straßen, um Ausschau nach ihm zu halten.«

»Kann ich mitkommen?« Bine sprang von ihrem Platz auf.

»Auf gar keinen Fall!«, wiegelte Ernie ab. »Alle bleiben hier. Ich bitte euch: Startet bei diesem Wetter keine eigenmächtige Suchaktion. Drinnen ist man am sichersten.«

Fred zog den Reißverschluss seiner Jacke hoch. »Außerdem brauchen wir euch hier, sollte Schorsch zwischenzeitlich eintrudeln. Dann macht ihr bitte sofort Meldung in der Polizeiwache.«

Geduckt liefen sie durch den Regen zum Polizeiauto.

»Ein verschollener Urlauber im Sturm. Das hat mir auch noch gefehlt«, fluchte Ernie leise, als er sich auf dem Beifahrersitz anschnallte.

Fred legte den Rückwärtsgang ein. »Eins ist sicher, St. Peter-Ording entwickelt sich langsam zum heißen Pflaster.«

»Darauf kann ich gut verzichten. Dein Sohn weiß schon, warum er zur Feuerwehr will. Da hat er garantiert ein ruhigeres Leben als wir bei der Polizei.«

»Das halte ich für ein Gerücht«, fand Fred. »Weißt du denn, wie viele Brände es durchschnittlich auf Eiderstedt gibt? Und denk mal an die ganzen Unfälle mit den Rasern, die aus ihren Autos rausgeschnitten werden müssen.« Er verzog angewidert das Gesicht. »Nee, lass mal!«

Sie fuhren an der *Strandperle* vorbei. »Die SpuSi ist noch da«, stellte Ernie mit einem Blick auf den Parkplatz des Campingplatzes fest, wo er den Dienstwagen von Frau Dr. Knurrhahn ausmachte.

»Und der Kaffee mittlerweile alle.«

»Setz doch noch mal zurück. Nicht, dass Schorsch in der *Miesmuschel* hockt und mit der Knurrhahn einen Kuchentratsch abhält, während wir die Pferde scheu machen.«

»Wohl kaum.« Fred setzte trotzdem mit dem Wagen zurück.

Ernie reckte den Hals, um ins Bistro schauen zu können. »Kein Schorsch. Und keine Knurrhahn.«

»Sag ich doch!« Fred rollte rückwärts auf die Uthlmer Straße zurück und fuhr dann auf Am Deich weiter. »Meinst du, dem Kegelkollegen ist wirklich was zugestoßen?«

»Weiß nicht. Schorsch war mit den Gezeiten vertraut.« Ernie runzelte die Stirn. »Die Brise ist schon fies. Könnten einige Bäume entwurzelt werden, und wenn man Pech hat und druntersteht ... aber auf dem Deich stehen ja keine.« Er schaute zum menschenleeren Seedamm empor.

»Wir wissen doch gar nicht, ob Schorsch überhaupt zum

Deich gegangen ist. Theoretisch könnte er auch an der Haltestelle in den Ortsbus gestiegen sein und einen Ausflug nach Böhl gemacht haben«, gab Fred zu bedenken.

»Was soll Schorsch denn in Böhl?«

»Keine Ahnung. Vielleicht wollte er dem kleinen Leuchtturm einen Besuch abstatten.«

»Hm«, machte Ernie wenig überzeugt. Sein Handy klingelte. »Meine Schwester«, sagte er nach einem Blick auf das Display und ging ran. »Ja, Ilva? Ist Schorsch wieder da?«

»Nein, ich wollte fragen, ob ihr schon eine Spur habt«, erklang ihre Stimme.

»Wir sind doch gerade erst los. Nein, wir haben noch nichts. Ich melde mich, wenn es was Neues gibt. Und du dich bitte auch erst dann wieder. Tschüss!« Er beendete das Gespräch. »Geduld war noch nie ihre Stärke.«

Sie kamen im Ortsteil Bad an. Regen schlug Blasen auf dem Asphalt, und die Straßen waren wie leer gefegt. Die Menschen hatte es bei der ungemütlichen Witterung in die umliegenden Restaurants und Cafés getrieben. Keiner hielt sich freiwillig im Freien auf. Fred brachte den Peterwagen auf dem Parkplatz vor der *Dünen-Therme* zum Stehen. »Am besten, wir klappern systematisch sämtliche Gastros ab. So spüren wir den Kollegen am schnellsten auf.«

»Bei dem Wetter jagt man keinen Hund vor die Tür.« Widerwillig stieg Ernie aus dem Auto und schlug den Kragen seiner Jacke hoch. Sein Handy klingelte wieder.

Fred verriegelte den Wagen und zog sich seine Mütze tief ins Gesicht. »Sollte Schorsch hier irgendwo gemütlich Teatime machen, kann er was von mir erleben.« Er blickte über das Autodach, auf dessen anderer Seite Ilvas Bruder stand.

Wortlos und mit versteinerter Miene hielt sich Ernie das Handy ans Ohr. Vom Rand seiner Polizeimütze tropfte der Regen. »Ist gut«, sagte er schließlich und steckte das Mobiltelefon in eine Jackentasche.

»Gehen wir?«, fragte Fred, als Ernie sich nicht rührte.

Er blickte seinen Kollegen an. »Kerle Kiste, Fred! Das war Pannenbäcker. Man hat Schorsch gefunden!«

25. Kapitel

Eine halbe Stunde später auf dem Strandabschnitt der Hundeauslauffläche in Ording. Der Sturm hält an und wirbelt Sand auf. Graue Wellen rollen tosend mit Schaumkronen ans Festland. Der Regen scheint von allen Seiten zu kommen, es sind kühle 13 Grad.

Als Ernie und Fred am Norderdeich ankamen, stand vor dem Zugang zum Seedamm bereits ein Rettungswagen mit Blaulicht. Daneben hatte Frau Dr. Knurrhahn ihren Dienstwagen geparkt. Fred stellte den Peterwagen ein paar Meter weiter ab. »Wie praktisch für die Knurrhahn und Pedersen, dass sie schon vor Ort waren. So haben sie sich eine Fahrt gespart«, bemerkte Fred.

»Um die Knurrhahn und ihr Gefolge mache ich mir gerade am allerwenigsten Gedanken«, konterte Ernie.

Sie stiegen aus und gingen die Stufen zum Deich hoch.

»Wer von den Jungs der Küstenwache hat ihn eigentlich gefunden?«

»Frithjof Bommes. Mit seinem Hund und sogar völlig unfreiwillig. Er war privat mit Asmo spazieren und wusste gar nicht, dass jemand vermisst wird.«

»Das ist ja Glück im Unglück. Stell dir mal vor, ein Tourist hätte ihn gefunden. Der hätte wahrscheinlich einen Herzinfarkt bekommen und sich gleich neben Schorsch gelegt.«

»Bei Sturm sind in der Regel kaum Urlauber am Strand unterwegs. Aber Frithjof ist bei Wind und Wetter mit Asmo auf Achse. Der Hund braucht Auslauf. Da kennt er nichts.«

Als Ernie und Fred sich den Weg durch die Dünen an den Strand gebahnt hatten, fiel ihnen gleich die kleine Menschenansammlung ins Auge, die sich in einiger Entfernung in einem Halbkreis aufgestellt hatte. Sie beeilten sich, zum Fundort zu kommen. Als sie eintrafen, kniete der Gerichtsmediziner Doktor Widmann vor Schorschs leblosem Körper im Spülsaum. Morten Pedersen leuchtete mit einer Taschenlampe, und Frau Dr. Knurrhahn schaute dem Arzt interessiert bei seiner Arbeit zu. Zwei Sanitäter und Frithjof Bommes standen ein wenig abseits. Zu Frithjofs Füßen saß artig sein Broholmer und spitzte aufmerksam die Ohren.

Doktor Widmann zog die Oliven seines Stethoskops aus den Ohren. Dann schüttelte er den Kopf. »Ich kann keine Vitalfunktionen mehr feststellen. Es tut mir leid, es ist keine Hilfe mehr möglich.« Er erhob sich und nickte Ernie und Fred zu.

»Kann man schon was zur möglichen Todesursache sagen?«, erkundigte sich Ernie.

Doktor Widmann packte das Stethoskop in seine schwarze Arzttasche. »Wahrscheinlich ist der ertrunken, aber eine fachliche Aussage dazu kann ich erst machen, wenn ich die Ergebnisse der Obduktion habe.«

Fred griff zum Handy. »Ich fordere den Bestatter an.«

»Was für ein schrecklicher Unfall!« Ernie betrachtete betroffen Schorschs lebloses Gesicht, die nasse Kleidung.

»Es wird sich noch herausstellen, ob es ein Unfall war.« Frau Dr. Knurrhahn nahm Schorsch näher ins Visier. »Den Toten möchte ich sicherheitshalber von der Gerichtsmedizin untersuchen lassen. Gleich zwei Tote unter den Kegelbrüdern in St. Peter-Ording erscheinen mir höchst suspekt.« Sie trat einen Schritt zurück und überließ Pedersen das Feld. Der Kriminaltechniker machte Aufnahmen von Schorsch und vom Fundort.

»Dabei wollte ich bei dem Schietwetter nur eine kleine Runde am Deich drehen, aber Asmo hat mich regelrecht zum Strand gezerrt, als hätte er gewusst, dass hier jemand liegt«, sagte Frithjof Bommes kopfschüttelnd.

»Hast du ihn von allein gefunden?«, fragte Ernie, der den Mann von der Küstenwache gut kannte.

»Nein, das war mein Hund. Er ist wie ein Blitz zur Flutkante geschossen und ich natürlich hinterher. Ich hatte eine Robbe vermutet, aber dann habe ich den Toten entdeckt. Er hat mich direkt zu ihm geführt.«

Fred beendete sein Gespräch. »Petter Grube ist gleich da.« Er wandte sich vom Tatgeschehen ab und zog Ernie am Arm mit sich. »Sag mal, hast du mir nicht erzählt, dass Schorsch sich mit den Gezeiten auskannte?«, wollte er wissen.

Ernie nickte. »Vor zwei Jahren haben wir uns mal über Ebbe und Flut unterhalten.«

»Und warum rennt Schorsch dann angeblich sehenden

Auges in das auflaufende Wasser? Ein bisschen merkwürdig, oder?« Fred zog die Augenbrauen hoch.

Ernie zuckte resigniert mit den Schultern. »So was ist auch schon Einheimischen passiert. Vielleicht hat ihn der Knatsch mit Bine so mitgenommen, dass er nicht klar denken konnte. Rudi hat doch erwähnt, dass er irgendwie abwesend gewirkt hat.«

»Mag sein. Aber logisch ist es nicht.«

Frithjof kam zu ihnen. »Können Asmo und ich jetzt gehen?«

»Natürlich kannst du gehen. Komm aber morgen im Laufe des Tages in der Polizeistation vorbei, damit wir deine Aussage zu Protokoll nehmen können.« Ernie tätschelte den Kopf des Hundes.

Als Frithjof weg war, war auch Pedersen mit seiner Arbeit fertig. Die Sanitäter und der Notarzt zogen ab, und kurz darauf erschien der Bestatter mit einem Gehilfen und seiner Lebensgefährtin, die ihm bei jedem Todesfall zuverlässig zur Seite stand. Nachdem Frau Doktor Knurrhahn Petter Grube Anweisungen zur Überführung gegeben hatte und der Leichnam abtransportiert worden war, wandte sie sich an Fred. »Der Tote kommt in die Gerichtsmedizin. Verständigen Sie bitte die Angehörigen?« Ohne eine Antwort abzuwarten, folgte sie Pedersen, der bereits den Rückweg zum Deich angetreten hatte.

Fred stellte den Motor ab und blieb einen Moment schweigend im Auto sitzen. »Daran werde ich mich nie gewöhnen.«

»Ich mich auch nicht.«

»Wie oft musstest du schon?«

Ernie überlegte und zählte was an seinen Händen ab. »Sechsmal. Und du?«

»Weiß nicht. In Gelsenkirchen war viel los. Oft auch Unfälle auf der Autobahn. Aber es waren glücklicherweise nie Bekannte.«

»So wie jetzt«, sagte Ernie betroffen.

»Was sagt man da am besten?«

»Ich weiß nicht.« Ernie wirkte ratlos. »Vielleicht das, was wir immer sagen und hoffen, dass es das Richtige ist.«

»In so einer Situation kann man nichts Richtiges sagen. An einem plötzlichen Tod kann für die Angehörigen nie etwas richtig sein.«

»Damit hast du wohl recht. Trotzdem müssen wir da jetzt irgendwie durch«, sagte Ernie und schluckte.

Fred fasste sich ein Herz. »Dann los.«

Sie schnallten sich ab und gingen zum Haus. Das Licht im Frühstücksraum brannte. Bine und Ilva standen am Fenster. Ernies Schwester hatte einen Arm um Schorschs Ehefrau gelegt. Sie sahen sie kommen, und Ernie nickte seiner Schwester kurz zu. Bines Miene war ausdruckslos, als wäre sie einer Ohnmacht nahe. Er kannte das. Oft spürten die Menschen, was als Nächstes kommen würde. Ernie sah ihr an, dass sie ahnte, dass ihr Mann nicht mehr zu ihr zurückkehren würde.

26. Kapitel

Mitten in der Nacht auf der Höhe des Ordinger Sielzugs. Der Sturm hat sich gelegt, und es weht ein mäßiger Wind. Nur noch vereinzelt fallen Regentropfen bei 12 Grad. Ab und zu dringt Mondschein durch einige Wolkenlücken.

Ich hatte nicht schlafen können, was nach den Ereignissen kaum verwunderlich war. Durch jede meiner Körperzellen floss Adrenalin. Ich fühlte mich absolut wach und schien wie auf Wolken zu laufen. Es hatte funktioniert, und ich konnte nun sicher sein, dass mir niemand mehr auf die Schliche kommen würde. Alle Beweise waren vernichtet. Es gab keine Zeugen. Ich war frei, hatte für meine Ziele gekämpft und diejenigen verteidigt, die ich liebte. Ich hatte dafür gesorgt, dass Hotte seine gerechte Strafe erhalten hatte.

Um Schorsch tat es mir aufrichtig leid. Im Grunde genommen war er ein feiner Kerl gewesen, der sich nahezu grenzenlos loyal seinen Freunden gegenüber verhalten hatte. Er war eine ehrliche Haut gewesen, doch darin hatte auch die große Gefahr bestanden. Er hatte mir keine andere Wahl gelassen, als zu handeln. Ich wusste, ich konnte ihm nicht blind vertrauen, dass er unser kleines Geheimnis für sich behielt. Es war eine Last für ihn gewesen, und er hatte kurz davorgestanden, unter ihr zusammenzubrechen. Ich war kein eiskalter Killer, ich hatte das nicht gewollt, aber es war nötig gewesen. Ich fühlte trotz der Berechtigung meines Handelns ein schlechtes Gewissen. Vor allem Bine gegenüber. Sie war jetzt allein. Unverschuldet allein. Sie konnte nichts für all die Dinge, die geschehen waren. Die Tragödie wäre vermeidbar gewesen. Hätte sich Schorsch doch niemals in Dinge eingemischt, die ihn nichts angingen. Doch so war er all die Jahre gewesen, die wir uns gekannt hatten. Immer hatte er sich für das »Richtige« eingesetzt und hatte dabei seine moralischen Ansprüche für alle geltend machen wollen. Sicherlich hatte er damit bloß die besten Absichten verfolgt, welche sich am Ende für mich als das Schlechteste herausgestellt hätten. Ich hatte nur meine eigene Haut gerettet.

Im Grunde war es Notwehr gewesen. Was hätte ich sonst tun sollen? Ich atmete die kühle Nachtluft ein, sie roch wie einmal frisch gewaschen. Über Ording lag eine erdrückende Stille. Meine Gedanken hingegen schienen so laut zu sein, dass ich befürchtete, jemand könnte sie hören.

27. Kapitel

Ein paar Tage später um die Mittagszeit in der Polizeistation im Deichgrafenweg in St. Peter-Ording. Die Sonne strahlt von einem knallblauen Himmel bei 25 Grad. Zwei Möwen haben sich vor einem der Bürofenster niedergelassen und schauen neugierig in die Wache.

Ernie blickte vom Computer auf und dann zur Bürotür. Er fühlte sich beobachtet, konnte aber nicht sagen, woher die Empfindung kam. Fred und Pannenbäcker rumorten hinter der Anmeldung herum, wo sie einen neuen ergonomischen Bürostuhl zusammenbauten. Das Faxgerät am Empfang klingelte. Ernie schnappte sich seine leere Kaffeetasse und ging zu den beiden Kollegen. Er beugte sich über den Tresen. Auf dem Boden lagen weiße Zettel mit Montageanleitungen. »Na, wie läuft's mit dem Teil?«

»Super«, meinte Fred mit hochrotem Kopf. »Wenn du mir sagst, dass du Chinesisch kannst, dann noch viel besser.« Er hielt Ernie eine der Anleitungen unter die Nase.

»Ich versteh nur Bahnhof«, sagte Ernie.

Fred nickte. »Dann sind wir schon zu zweit.«

»Wir haben uns schon gewundert, warum der Stuhl im

Onlineshop so günstig gewesen ist«, meinte Pannenbäcker. »Da fehlte der Hinweis, dass der Stuhl nur für Muttersprachler des Erzeugerlandes geeignet ist.«

»Nächstes Mal kaufen wir nicht nur einen Stuhl, sondern buchen den passenden Übersetzer gleich mit dazu.« Fred faltete aus einer der Montageanleitungen eine Papierschwalbe und ließ sie durch den Raum segeln.

»Guck doch mal eben, was da per Fax reingekommen ist.« Ernie deutete auf das Gerät hinter Fred.

Fred nahm zwei bedruckte Blätter in die Hand. »Oh! Das sind die Ergebnisse von Schorschs gerichtsmedizinischer Untersuchung.«

»Wirklich?« Ernie stellte sich gerader hin. »Da bin ich aber gespannt.«

Pannenbäcker trat neben Fred, um mitlesen zu können.

»Georg Hubers allgemeiner Zustand war gut. Er hatte keine Schäden an Organen oder sonstige gravierende Beeinträchtigungen. In seinem Blut wurde Alkohol nachgewiesen, allerdings in sehr überschaubaren Mengen, und eine Überdosierung eines starken Beruhigungsmittels. Nichts davon war allerdings die Todesursache. Er ist ertrunken.« Fred legte das Fax vor Ernie auf den Tresen.

»Das bestätigt doch exakt Rudis Aussage«, fand Ernie.

Fred kam um die Anmeldung herum. »Stimmt. Die Bierflasche und der abwesende Eindruck.«

»Bedeutet das also, dass der Streit mit Bine ihn so sehr mitgenommen hat, dass er Beruhigungsmittel eingenommen hat?«

»Und zwar richtige Klopper«, fügte Pannenbäcker hinzu. »Die beamen einen weg.«

Ernie nickte Pannenbäcker zu. »Möglicherweise. Daraus resultieren die Fragen: Wann hat er das Beruhigungsmittel eingenommen? Und woher hatte er es? Erst wenn wir das wissen, können wir Rückschlüsse auf die Gründe ziehen.«

»Das kann uns vielleicht Bine beantworten. Sollte er das Medikament auf Rezept verschrieben bekommen haben, müsste sie als Ehefrau doch Bescheid wissen. Wir müssen sie also noch einmal befragen.« Fred wirkte wenig begeistert.

»Ich mache das auch nicht gerne, aber daran kommen wir nicht vorbei.«

»Lass uns am besten gleich nach Ording fahren und es erledigen.«

»Okay, ich hole nur eben meine Mütze.« Ernie ging zurück ins Büro, nahm die Kopfbedeckung von der Fensterbank – hielt dann in der Bewegung inne. Er blickte geradewegs in ein Paar Möwenaugen, die ihn unverhohlen anstarrten. Er hatte es doch gewusst, dass jemand ihn beobachtete! Mit Schwung zog er einen Vorhang zu. Von draußen erklangen Flügelschläge, und kurz darauf folgte lautes Kreischen.

Ilva, Bine und Helena saßen wieder einmal unter dem Dach des Gartenhauses auf der Wiese hinter den Kegelzelten. Maxl döste im Schatten, neben ihm stand ein Trinknapf mit Wasser. Im Zelt lief das Kegelturnier weiter, und Jesko spielte mit Lasse Fußball. Dadurch, dass Lasse beim Kegelturnier mithalf und in den letzten Tagen viel Zeit am Landhaus Dircks verbrachte, hatten sich die Jungs trotz ihres Altersunterschieds angefreundet. Jesko trug sein neues Bayern-Trikot, das er Fred stolz präsentierte, als er und Ernie an ihm vorbeigingen. »Das kann man bestimmt noch umtauschen«, knurrte Fred, woraufhin ihm Jesko lachend die Zunge rausstreckte.

Ernie hatte kurz vorher ihren Besuch angekündigt, damit Bine sich nicht von ihnen überfahren fühlte. Schorschs Frau wirkte relativ gefasst. Mittlerweile lag der Tod ihres Mannes ein paar Tage zurück, und sie schaffte es, sich den Fragen durch die Polizei zu stellen. Nachdem Bine ausdrücklich versichert hatte, dass Ilva und Helena bei der Befragung anwesend sein dürften, informierte Fred sie über die Ergebnisse der Autopsie.

»Was denn für Beruhigungsmittel?«, fragte Bine perplex.

»Deswegen sind wir hier. Wir dachten, du könntest Licht in die Angelegenheit bringen.«

»Hat Schorsch irgendwelche Medikamente genommen?«, fragte Fred.

»Nein. Kein einziges. Er war noch nie ein Freund von Tabletten gewesen und bloß selten beim Arzt. Nur im äußersten Notfall hat er Medikamente genommen – auch dann nur unter Protest. Zu Beruhigungsmitteln hätte er unter keinen Umständen gegriffen. Das klingt überhaupt nicht nach meinem Mann.«

»Bist du dir ganz sicher? Immerhin hat die Gerichtsmedizin eine extrem hohe Dosis in seinem Blut festgestellt.«

»Absolut sicher. Vielleicht sind die Ergebnisse vertauscht worden?«, vermutete Bine.

»Davon gehen wir nicht aus«, sagte Ernie. »Es bliebe noch die Möglichkeit, dass ihm jemand das Beruhigungsmittel untergejubelt hat.«

»Aber das ist doch absurd.« Bine schüttelte heftig den Kopf. »Warum sollte das jemand tun?«

»Das wissen wir nicht.«

»Noch nicht«, betonte Fred. »Aber das werden wir herausbekommen und auch, warum Schorsch ins Watt gelaufen ist.«

Ernie nickte seinem Kollegen entschlossen zu. »So ist es.«

Nachdem Ilvas Bruder und Fred wieder zur Polizeistation aufgebrochen waren, organisierte Helena für jede von ihnen ein Eis am Stiel. »Für die Nerven.«

»Ich bin hochgradig irritiert.« Bine stand die Ratlosigkeit buchstäblich ins Gesicht geschrieben. »Mein Mann hat keine Medikamente genommen, das steht für mich fest«, wiederholte sie.

»Das glauben wir dir«, versicherte Ilva. »Die Idee, dass Schorsch eventuell etwas untergejubelt wurde, sollte man trotzdem im Hinterkopf behalten.«

»Daran kann ich nicht glauben«, beharrte Bine. »Schorsch ist immer äußert aufmerksam gewesen, bei allem, was er getan hat. So leicht hätte ihm niemand irgendetwas verabreichen können, ohne dass er es gemerkt hätte.«

»Lass Ernie und Fred mal ihren Job machen. Sie werden bestimmt des Rätsels Lösung finden«, war sich Helena sicher. »Guckt mal, da kommt Ute.«

»Moin!« Ute trug ein quietschgelbes Sommerkleid, das mit ihren roten Haaren um die Wette leuchtete. In einer Hand trug sie eine Strandtasche, in der anderen hielt sie eine Sonnenbrille. »Ich wollte fragen, ob ihr mit ans Meer kommt? Heute ist so ein traumhaftes Wetter.«

»Warum nicht? Was meint ihr?« Ilva schaute Helena und Bine fragend an.

»Ich weiß nicht«, sagte Bine zögerlich.

Ilva legte eine Hand auf Bines. »Ein bisschen Entspannung im Strandkorb tut dir bestimmt ganz gut und bringt dich auf andere Gedanken.«

»Was mache ich denn währenddessen mit meinem Hund?«, fragte sie.

»Jesko und Lasse könnten mit Maxl spazieren gehen und ihn beschäftigen«, schlug Helena vor.

»Na ja, gut. Wahrscheinlich habt ihr recht. Das Rumsitzen und Auf-Erklärungen-Warten machen am Ende nichts besser.« Bine stand von der Bank auf. »Ich packe nur schnell eine Tasche und bin gleich wieder zurück.«

»Und ich gebe Jesko und Lasse Bescheid, dass sie mit Maxl eine ausgiebige Runde drehen sollen«, sagte Helena und ging zu den Jungs.

»Gibt's Neuigkeiten im Fall Schorsch?«, fragte Ute, als Bine im Haus verschwunden war.

»Die Autopsie hat ergeben, dass er unter starken Beruhigungsmitteln gestanden hat. Bine sagt jedoch, dass das nicht sein kann, weil Schorsch keine Medikamente genommen hat«, berichtete Ilva. »Es besteht die Möglichkeit, dass ihm jemand das Mittel ohne sein Wissen verabreicht hat.«

Ute kratzte sich mit einer Hand am Hinterkopf. »Wer sollte das machen und vor allem, warum?«

»Der Frage gehen gerade mein Bruder und Fred nach«, meinte Ilva.

»Und du?« Ute legte ihren Kopf schräg. »Ich kenne diesen Blick.«

»Welchen Blick denn?«

»So wie du gerade geguckt hast, guckst du immer, wenn du insgeheim einen Verdacht hast.«

»Na ja, was heißt schon Verdacht? Es sind höchstens vage Mutmaßungen.«

Ute stellte ihre Tasche auf dem Boden ab und setzte sich neben ihre Freundin. »Spuck's schon aus! Ich will deine Theorie hören.«

Mit einem Blick vergewisserte sich Ilva, dass Helena noch mit den Jungs sprach. »Also, gut. Aber alles unter Vorbehalt und dem Siegel der Verschwiegenheit«, sagte sie mit gedämpfter Stimme. »Wenn Schorsch tatsächlich so genau aufgepasst hat, wie Bine behauptet, dass ihm niemand heimlich etwas verabreichen konnte, es dann aber doch jemand geschafft hat, genau das zu tun, bleibt für mich nur der logische Schluss, dass es eine Person gewesen sein muss, die er kannte und der er vertraute.«

»Dadurch war er unaufmerksam, deswegen konnte es passieren«, führte Ute Ilvas Gedanken fort. »Stellt sich nur weiterhin die Frage, wer es war und vor allem, warum? Der Täter müsste ja einen Vorteil durch Schorschs Tod haben.«

»Vielleicht hat er das ja auch. Es kann doch kein Zufall sein, dass ausgerechnet die beiden Favoriten des Turniers tot sind. Ich bin mir sicher, dass es da irgendeine Verbindung geben muss. Hotte hatte sich mit vielen Menschen angelegt, aber Schorsch? Er war so gutmütig und immer hilfsbereit.«

»Du meinst, es war jemand, der seine Konkurrenten loswerden wollte?«, fragte Ute verdattert.

»Ich meine gar nichts. Es ist bloß ein Gefühl. Welche Verbindung gab es sonst zwischen den beiden? Ich kann es mir einfach nicht erklären.«

»Was, wenn Schorsch dem Täter in die Quere gekommen ist, wenn er irgendetwas wusste, das nicht ans Licht kommen durfte?«

Ilva verzog ihren Mund. »Stimmt. Daran habe ich noch gar nicht gedacht. Aber jetzt fällt mir auch wieder ein, wie angespannt er war, als er aus dem Verhör mit Ernie und Fred kam. Was, wenn er gar nicht verärgert war darüber, verdächtigt zu werden, sondern wenn er etwas wusste und mit sich gekämpft hat, ob er es für sich behalten oder preisgeben soll? Aber wenn das stimmt, hat er sein Geheimnis nun mit ins Grab genommen und der Mörder gewonnen.« Sie zuckte mit den Schultern. »Nun bin ich genauso schlau wie vorher.«

»Oder so schlau wie die Polizei.«

Helena kam zurück. »Die Jungs übernehmen Maxl und ich die Miete für zwei Strandkörbe. Ich habe noch zwei Gutscheine vom Strandkorbverleih. Endlich kann ich sie mal einlösen.«

Lasse warf ein Stück Treibholz in hohem Bogen über den Strand, und Maxl preschte wie von der Tarantel gestochen hinterher. Sand stob unter seinen Pfoten auf, und der Wind zerzauste sein langes kuscheliges Fell. Jesko und er waren mit Maxl zum Hundeauslaufgebiet an der Nordspitze Ordings gegangen. Bei diesem herrlichen Sommerwetter hatte es viele Hundebesitzer mit ihren Vierbeinern an diesen Ort gezogen. Hier herrschte keine Leinenpflicht, und die Tiere konnten nach Herzenslust toben und mit anderen Artgenossen durch die Brandung tollen.

»Guck mal, wie Maxl abgeht!«, rief Jesko begeistert.

»Wie eine Rakete!«

»So weit wie du kann ich nicht werfen.«

»Konnte ich auch nicht, als ich so alt war wie du«, meinte Lasse und hob ein weiteres Stück Holz auf. »Das kommt alles mit der Zeit.«

Maxl kam mit dem Treibholz im Maul auf Jesko zugestürmt und ließ es demonstrativ vor seinen Füßen fallen.

Lasse grinste. »Maxl findet, dass du trotzdem mit Werfen dran bist.«

Jesko nahm das Holzstück auf und schleuderte es, so weit wie er nur konnte, nach vorne. »Fliegt weiter als gedacht.« Er blickte Maxl nach.

»Einen Hund hätte ich auch total gerne«, sagte Lasse unwillkürlich.

»Hunde sind toll! Wir hatten auch mal einen. Vor ein paar Tagen habe ich meine Mutter gefragt, ob wir nicht wieder einen kriegen könnten.«

»Was hat sie gesagt?«

»Sie überlegt es sich.«

»Wow, das ist schon sehr viel mehr, als ich von meiner erwarten könnte. Deine Mutter finde ich cool.«

»Ja, sie ist cool«, stimmte Jesko ihm zu.

»Für meine Eltern kommt das gar nicht in die Tüte. Sie meinen, dass sie für einen Hund keine Zeit haben, und wenn ich dann sage, dass ich mich auch kümmern würde, überhören sie das einfach.«

»Warum denn? Ich bin mit unserem Hund auch spazieren gegangen, und manchmal habe ich ihm auch was zu fressen gegeben. Ist eigentlich ganz einfach.«

»Sag das mal meinem Vater. Meine Mutter könnte ich vielleicht noch überreden, wenn ich mich anstrenge. Aber ihn ... eher taucht Rungholt wieder auf.«

Maxl kam wieder auf Jesko zugerannt, und der Junge warf ein weiteres Mal das Holzstück, das ihm der Vierbeiner vor die Füße fallen ließ. »Hoffentlich bleibt Maxl noch eine Weile bei uns. Jetzt, wo sein Herrchen tot ist, ist alles anders. Ständig steht die Polizei auf der Matte. Trotzdem weiß keiner, was eigentlich passiert ist. Das nervt irgendwie.«

Lasse nickte. »Finde ich auch. Und mein Vater macht sich deswegen Gedanken um das Image von St. Peter-Ording. Er meint, tote Urlauber wären schlecht fürs Geschäft und den guten Ruf. Seine größte Sorge ist, wenn das so weitergeht, dass die Touristen auf die Inseln abwandern könnten.«

»Erwachsene sind komisch. Die interessieren sich immer nur fürs Geld.« Jesko nahm sein Handy aus einer Hosentasche und filmte, wie Maxl auf ihn zurannte.

Lasse schaute interessiert auf das Gerät. »Cooles Handy hast du. So ein ähnliches hatte ich auch mal.«

»Hab ich von meiner Mutter geerbt. Sie hat sich vor Kurzem ein neues gekauft und brauchte es nicht mehr«, erzählte Jesko stolz.

»Kann mich deine Mutter bitte adoptieren?«, fragte Lasse grinsend. »Vielleicht vererbt sie mir dann auch ein richtiges Handy.« Er zeigte seinem Freund sein Nokia.

»Das ist wirklich übel.« Jesko nahm Maxl das Treibholz aus dem Maul. »Ich weiß allerdings nicht, ob sie ein viertes Kind haben will.«

»Kannst ja trotzdem ein gutes Wort für mich einlegen«, schlug Lasse vor.

»Werde ich tun.« Er warf das Holz erneut, und dieses Mal flog es noch etwas weiter. »Es gibt bestimmt Schlimmeres, als dich als großen Bruder zu haben.«

»Ich würde dir auch das Strandsegeln beibringen«, bot Lasse an.

»Das wäre megacool! Falls meine Mutter Nein sagen sollte: Zeigst du mir trotzdem, wie es geht?«

»Sicher.«

»Okay. Wer zuerst am Wasser ist«, sagte Jesko plötzlich ohne Vorwarnung und rannte im gleichen Moment los.

Lasse war im ersten Augenblick völlig überrumpelt, lief dann aber hinter Jesko her. Als er ihn fast eingeholt hatte, wurde er von etwas geblendet. Abrupt blieb er stehen und folgte dem Impuls nachzusehen, um was es sich handelte. Er fand die Stelle sofort, griff in den Sand und hob den

Gegenstand auf. Er traute seinen Augen nicht: Er hatte ein Handy gefunden!

28. Kapitel

Zwei Tage darauf in der Nordseeschule. Weiterhin heiteres Wetter mit vereinzelten Schäfchenwolken am Himmel, bei angenehmen 23 Grad.

Ilva lief den verlassenen Flur entlang. Ihre Schritte hallten durch den Gang, und in ihren Armen hielt sie ein paar Bücher, die sie zuvor im Unterricht genutzt hatte. Vor einem Gemeinschaftsraum blieb sie stehen. »Lasse?«, fragte sie verwundert.

Ihr Schüler zuckte leicht zusammen und blickte sie ertappt an, als hätte sie ihn bei etwas Verbotenem erwischt. »Oh! Hallo, Frau Feddersen.« Er hockte an einem Tisch, auf dem er seinen Rucksack abgelegt hatte.

»Was machst du denn noch hier? Unser Unterricht ist doch längst vorbei«, fragte sie und stellte sich neben ihn.

»Ich repariere ein Handy.«

Erst jetzt sah sie das Gerät, das in seine Einzelteile zerlegt auf dem Tisch lag. »Das Modell sieht aber arg mitgenommen aus. Scheint schon einiges mitgemacht zu haben. Kann man das überhaupt noch reparieren?«

»Das Display ist zwar verkratzt und hat zwei Sprünge,

aber das ist nicht so wichtig. Entscheidend ist, ob die Technik noch funktioniert. Dann besteht die Möglichkeit, dass ich es wieder zum Laufen bekomme.«

»Sandig ist es auch«, bemerkte Ilva.

»Deswegen habe ich den hier.« Lasse zeigte ihr einen Reinigungspinsel, ein paar Wattestäbchen und einen Becher mit Wasser. »Damit bekomme ich es sauber. Zum Glück ist es bloß Sand und kein Salz.«

»Da hast du dir einiges vorgenommen.«

»Ich tüftle ganz gerne vor mich hin, wissen Sie? Zu Hause nerven mich aber meistens meine Eltern. Wenn's regnet und ich nicht an den Strand kann, gehe ich oft zu meinem Opa. Er hat eine Laube mit einer kleinen Werkstatt im Garten, wo jeder von uns eine Bastelecke hat. Da kann ich stundenlang ohne Störung werkeln. Er und meine Oma sind nur leider gerade im Urlaub. Aber hier habe ich auch die nötige Ruhe.«

Ilva nickte. »Das passt schon. Viel Erfolg bei der Reparatur.« Sie verließ den Gemeinschaftsraum und ging weiter zum Lehrerzimmer, wo sie noch ein paar Arbeitsblätter für den kommenden Unterricht vorbereiten wollte. Am Kopierer traf sie auf Bernd. »Das war wohl nix mit mal eben was kopieren«, begrüßte sie ihn.

»Moin! Ich bin gleich fertig«, sagte der Sportlehrer. Auf dem Tisch neben dem Kopierer lagen bereits drei Stapel Arbeitsblätter.

»Hältst du die Sommerkurse ausschließlich theoretisch ab?«, fragte Ilva.

Bernd lachte. »Könnte man durchaus denken, ist aber

nicht so. Ich habe es mit Perfektionisten zu tun. Meine Teilnehmer wollen alles ganz genau wissen. Mit Fußball sind wir durch. Die Grundlagen und Regeln über Feldhockey haben sie nun zum Einheften angefragt. Ich komme mir fast vor wie an der Uni.« Er lachte wieder.

Ilva legte ihre Bücher ebenfalls auf dem Tisch ab. »Sag mal, arbeitet nicht eine ehemalige Schülerin von dir im Hotel *Vier Jahreszeiten*?«

»In fast jedem Hotel in St. Peter arbeiten ehemalige Schüler von mir. Im *Vier Jahreszeiten* macht Krissy Hasler gerade eine Ausbildung. Ich habe sie erst kürzlich beim Bäcker getroffen und mich mit ihr unterhalten. Wieso fragst du?«

»Ach, ich habe mich gestern mit Berte unterhalten. Ihr Neffe ist dort Concierge, und ich bräuchte eine sichere Quelle, die mir sagt, ob und wann er diese Woche gearbeitet hat.«

»Oh, oh, Kommissarin Ilva Feddersen ist wieder unterwegs, ich verstehe.« Ihr Kollege lachte. »Was soll der Gute denn ausgefressen haben?«

»Eigentlich nichts«, gab Ilva zu. »Ich kannte ihn bisher nicht gut, das hat sich im Laufe dieser Woche geändert. Er hat seine Tante fast jeden Tag zum Kegelturnier begleitet und sich dabei richtig gut in die Gemeinschaft eingefügt. Und dann, von einem auf den anderen Tag, stand er plötzlich nicht mehr zur Verfügung – angeblich, weil er arbeiten musste. Ich kann es nicht genau erklären, aber ich habe das Gefühl, da stimmt etwas nicht, und dem möchte ich auf den Grund gehen.«

»Da kann ich dir jetzt leider auch nicht weiterhelfen,

aber sprich doch einfach mal mit Krissy. Sie kann dir bestimmt mehr sagen.«

»Ja, vielleicht mache ich das. Seine Tante lässt nichts auf Torben kommen, aber da ist etwas im Busch, das spüre ich.«

»Tja, wer weiß. Seinen Gefühlen sollte man vertrauen, sie können einem in vielen Dingen weiterhelfen.«

Ilva stemmte eine Hand in die Hüfte und sah ihren Kollegen amüsiert an. »Sagte Professor Doktor Bernd Heckmann. Ich wusste nicht, dass du auch Psychologe bist.«

»Gelegentlich bin ich das.« Er stapelte die kopierten Blätter und packte sie in seine Tasche. »Falls du mal wieder eine Beratung von mir brauchst, sag Bescheid. Zu Hause hätte ich auch eine bequeme Couch, auf die du dich legen könntest. Bis bald.« Er ging Richtung Lehrerzimmertür.

»Werde ich.« Ilva schaute ihrem Kollegen lachend hinterher. Ihren Gefühlen trauen, ja, das wollte sie, doch in diesem Fall brauchte sie etwas Handfestes. Mit allem anderen würde sie ihren Bruder nicht überzeugt bekommen, dass man Torben genauer unter die Lupe nehmen musste.

Am Nachmittag fuhren Ilva und Ernie – endlich auch in Zivil – zum Landhaus Dircks. Ihre Eltern hatten sich schon eher zusammen mit Ingfried und Rita zum Kegelturnier aufgemacht.

»Bine reist gleich ab.« Mit diesen Worten empfing Helena sie, bevor sie ins Turnierzelt gehen konnten.

»Heute schon? Wollte sie nicht ursprünglich eine Woche länger bleiben?«, fragte Ilva.

Helena nickte. »Zusammen mit Schorsch. Aber jetzt

fühlt sie sich trotz der vielen Gesellschaft so einsam, dass sie nach Hause möchte. Ich glaube, sie hat noch gar nicht richtig realisiert, was passiert ist, und wahrscheinlich ist es gut, wenn sie in vertrauter Umgebung ist, wenn das eintrifft.«

Sie liefen zum Haus und warteten dort im Eingangsbereich. Kurze Zeit später kam Bine die Treppe hinunter. In einer Hand hielt sie einen Koffer, mit der anderen sich am Geländer fest. Ralle und Susi stiegen nach ihr die Stufen hinunter. Auch sie trugen Reisetaschen. Sie stellten das Gepäck in der Diele ab.

»Leider ist Ute nicht da, um sich von dir zu verabschieden«, sagte Ilva.

»Das macht nichts. Mein Entschluss abzureisen kam ja ziemlich spontan.«

»Willst du es dir nicht noch einmal überlegen und so lange bleiben, wie ihr eigentlich gebucht hattet?«, fragte Helena.

Bine schüttelte den Kopf. »Es ist Zeit, dass Maxl und ich nach Hause fahren. Dort warten meine Tochter und Freunde auf mich. Eigentlich wollte ich schon viel eher fahren, habe mir die lange Fahrt nach Bayern aber nicht zugetraut.«

Susi sah sie mitfühlend an. »Hoffentlich übernimmst du dich nicht.«

»Maxl und ich fahren zunächst bis zu meiner Cousine nach Düsseldorf. Dort bleibe ich ein paar Tage, und danach geht es weiter nach Nürnberg.«

»Ich melde mich bei dir, sobald es neue Erkenntnisse gibt«, versprach Ernie. »Alles Gute!«

»Danke, euch allen. Für alles! Ihr wart sehr lieb zu mir

in dieser schwierigen Zeit. Durch eure liebe Art wurde Schorschs schrecklicher Tod für mich ein bisschen erträglicher.« Bine seufzte emotional und hob dann den Koffer wieder hoch.

»Wir waren gerne für dich da.« Ilva strich mit einer Hand über Bines Arm.

»Ich hole den Maxl. Jesko wird sich nur ungern von ihm trennen.« Helena ging zur Wiese, und Susi und Ralle halfen Bine, die Gepäckstücke zum Auto zu tragen.

Ilva lehnte sich an ihren Bruder. Sie beobachtete, wie Ralle die Taschen im Wagen verstaute. »Wie traurig das alles ist. Sie sind zu zweit angekommen, und nun fährt Bine allein mit Maxl zurück. Bloß sein Gepäck ist im Kofferraum.«

»Schorsch wird von Petter Grube nach Nürnberg überführt«, sagte Ernie.

»Ob Bine jemals wieder nach St. Peter-Ording kommen wird?«

»Muddi sagte gestern, dass sie und Schorsch ganz früher zusammen mit ihrer Tochter in SPO Urlaub gemacht hätten. Jedes Jahr waren sie mindestens einmal hier. SPO ist voll mit schönen Erinnerungen an ihre Tochter und Schorsch.« Ja, dachte Ilva. Und das konnte Gutes oder Schlechtes bedeuten. Waren die Erinnerungen zu schmerzhaft schön, würde Bine es vermutlich vermeiden zurückzukehren.

Helena und Jesko brachten Maxl zu Bines Auto. Der Junge streichelte dem Hund zum Abschied noch einmal über den Kopf.

»Und Erinnerungen an seinen Tod«, fügte Ernie leise seinem Satz hinzu, sodass nur Ilva es hören konnte.

Ilva stellte sich gerade hin und klemmte sich eine Strähne hinters Ohr. Auf dem Parkplatz startete Bine den Motor.

»Wahrscheinlich ist es eher ein Abschied für immer«, vermutete Ilva. Ernie sagte darauf nichts. Doch Ilva wusste auch so, dass sie sein Schweigen als stille Zustimmung werten konnte.

»Papa ist gut dabei, und ich träume langsam vom Titel.« Sybille Feddersen trank in einem Zug ein Glas Mineralwasser aus. Ihre Wangen leuchteten rosig, und sie wirkte fröhlich beschwingt, wie Ilva sie lange nicht mehr gesehen hatte. »Die Karten werden in diesem Jahr komplett neu gemischt, wo keiner unserer drei Favoriten dabei ist. Das ist eine völlig andere Situation. Wer hätte gedacht, dass dein Vater so aufholen würde?«

Berte rollte an ihnen vorbei. In ihrem Schoß lag eine Kugel. »Den Titel kannst du dir abschminken, Bille! Den habe ich längst für mich reserviert, selbst wenn ich außer Konkurrenz starte«, bemerkte sie und zwinkerte Ilva zu.

»Da hörst du es. Die Konkurrenz schläft nicht, Muddi.« Ilva musste wieder an ihre Überlegung denken, dass der potenzielle Mörder eventuell jemand gewesen war, der die Favoriten des Turniers aus dem Weg schaffen wollte. Nun war ihre Mutter an die Stelle einer Favoritin gerückt. Der Gedanke behagte ihr nicht sonderlich, wenngleich sie nicht glaubte, dass ihre Mutter ernsthaft in Gefahr war. Trotzdem wollte sie sie vorsorglich im Auge behalten.

»Na und? Ich auch nicht«, antwortete Sybille Feddersen

und hob selbstbewusst ihr Kinn. »Ich bin in Kämpferlaune. Wir werden sehen, wer am Ende die Nase vorn haben wird.«

»Hoffentlich jemand aus der Familie Feddersen. Wobei ich es wohl nicht sein werde. Dann eher du oder Papa, eventuell sogar Ernie.«

»Wo steckt dein Bruder eigentlich?«, wollte ihre Mutter wissen.

»Er musste spontan zur Polizeistation – wieder einmal. Sein Kollege hat ihn auf dem Handy angerufen. Irgendeine dringende Besprechung steht an.«

Berte machte ihren Wurf. Kurz darauf riss sie die Arme in die Luft. »Alle neune!«

Ralle klatschte neben ihnen in die Hände. »Sauber!« Seitdem er von jeglichem Verdacht an Hottes Tod freigesprochen und mit seinem selbstlosen Verhalten in Susis Gunst gestiegen war, verhielt er sich weitaus weniger unbeholfen. Er packte bei vielen Gelegenheiten mit an und schien mehr Selbstvertrauen gewonnen zu haben.

Sybille Feddersen zeigte Berte einen erhobenen Daumen. »Das nehme ich als Herausforderung an.«

Torben drückte die Hand seiner Tante. »Wow! Der Wurf war genial.«

Ilva beäugte Bertes Neffen achtsam von der Seite. Jeder Außenstehende würde vermutlich annehmen, dass zwischen ihm und seiner Tante wieder alles in Butter war. Zwar lachte und scherzte er, doch im Gegensatz zu seiner Körpersprache wirkten seine Augen teilnahmslos – fast ein wenig kalt.

»Torben, sei so gut, und hole für Sybille und mich doch

mal zwei Sektchen. Wir müssen auf unsere fantastischen Würfe anstoßen.«

»Wird gemacht, Tante.« Torben machte sich auf den Weg zur provisorischen Bar auf der gegenüberliegenden Seite, die auch aus dem gebrauchten Kühlschrank der Schutzstation bestand.

»Ist zwischen dir und Torben wieder alles gut?«, fragte Ilva betont beiläufig.

»Na sicher! Wir sind ein Herz und eine Seele«, bestätigte Berte. »Kleine Kabbeleien kommen doch in den besten Familien vor. Torben hat mir sogar einen Glücksbringer für das Turnier geschenkt.« Berte zeigte einen in Silber eingefassten Bernstein, den sie als Brosche an ihrem Blusenkragen trug.

»Wunderhübsch, Berte. Fällt so ein Glücksbringer eigentlich unter Doping?«, scherzte Sybille Feddersen.

»Soweit ich weiß, nicht. Aber ein bisschen Glück könnte ich tatsächlich gebrauchen. Nun ist schon der zweite mögliche Käufer meines Hauses verstorben. Langsam frage ich mich, ob das noch mit rechten Dingen zugeht. Torben meinte schon, dass es Hubert ist, der aus dem Jenseits versucht, den Hausverkauf zu verhindern.«

Sybille Feddersen lachte und schüttelte heftig den Kopf. »Das halte ich für eine ausgemachte Schauergeschichte. Es waren zwei wirklich außergewöhnliche unglückliche Zufälle, die ausgerechnet beide Interessenten für dein Haus betroffen haben. Das sollte dich aber nicht davon abbringen, dass du dich weiterhin nach einem Käufer umsiehst. Ich glaube, dein Hubert würde vor allem wollen, dass du dir ein schönes Leben machst und es so gestaltest, wie es für dich richtig ist. Wenn das Haus, in dem ihr gemeinsam glücklich wart, nicht mehr dazu passt, dann soll es so sein. Du wirst es für dich dennoch in guter Erinnerung behalten, an die wunderschöne Zeit, die du mit ihm hattest.«

»Du hast recht, Sybille. So würde es mein Hubert wollen.«

»Wo liegt eigentlich dein Haus?«, fragte Ralle, der dem Gespräch aufmerksam gelauscht hatte.

»Im Gartenweg in Dorf. Bloß ein paar Häuser von Familie Feddersen entfernt«, gab Berte bereitwillig Auskunft. »Eine ruhige Gegend, mit netten Nachbarn und dazu schön zentral. Keine zehn Minuten bis zum Marktplatz. Einkäufe kann man bequem zu Fuß oder mit dem Fahrrad erledigen.«

»Ich bin mir sicher, dass du zeitnah einen neuen Käufer finden wirst«, bekräftige Sybille Feddersen ihre Freundin in ihrem Entschluss. »Der Gartenweg ist doch quasi eine der besten Lagen in Dorf.«

Ralle hob einen Finger. »Interesse hätte ich schon – und zwei Bausparverträge, die ich einbringen könnte auch, doch ich vermute, der Kaufpreis übersteigt trotzdem bei Weitem meine Möglichkeiten.«

»Wirklich? Aber was ist dann mit deiner Arbeit? Oder willst du es nur als Ferienimmobilie kaufen?«

»Ha, nein, solch einen Luxus kann ich mir nicht leisten. Wenn, dann würde ich ganz nach St. Peter ziehen. Seit geraumer Zeit überlege ich bereits, mich ganz auf die Arbeit im Homeoffice zu konzentrieren. Unsere Bank schließt immer mehr Filialen und weitet die digitale Kundenbetreuung von zu Hause aus. Es wäre also egal, von wo aus ich arbeite.

Theoretisch könnte ich sogar auf der Zugspitze wohnen, es müsste nur eine Internetverbindung vorhanden sein.«

Bertes Gesicht hellte sich auf. »Darüber sollten wir uns in Ruhe unterhalten, mein Lieber. Wir finden bestimmt eine Lösung, die für uns beide funktioniert. Mietkauf wäre eine Idee. Man könnte das Haus auch in zwei Wohnungen aufteilen.«

»Dann wohnst du unten und ich oben«, schlug Ralle vor. »So kannst du dir die Treppen sparen.«

»Die Idee gefällt mir«, stimmte Berte zu. »Dann wäre ich auch nicht mehr allein in dem großen Kasten.«

Torben brachte zwei Gläser mit Sekt. »So, bitte sehr! Es hat etwas länger gedauert, weil keine gekühlte Flasche mehr im Zelt gewesen ist.«

»Vielen Dank. Nun bräuchten wir eigentlich noch ein drittes Glas zum Anstoßen«, meinte Berte gut gelaunt.

Torben zog die Augenbrauen hoch. »Habe ich einen besonderen Wurf verpasst?«

»Stell dir vor, Ralle interessiert sich für mein Haus. Ist das nicht wunderbar?«

Torbens Mine verfinsterte sich. »Ja, wunderbar.« Sein Ton strafte seine Worte allerdings Lügen, und es schien nicht nur Ilva aufzufallen.

»Sei doch nicht so muffelig, und gönne deiner alten Tante mal ein bisschen Veränderung«, konterte Berte.

»Ach!«, sagte er bloß und winkte ab. Dann stapfte er wütend von dannen.

Ilva war nicht der giftige Blick entgangen, den Torben Ralle zugeworfen hatte. Wenn Blicke hätten töten können, hätte es den dritten Todesfall während des Turniers gegeben.

Wer war Torben wirklich? War er am Ende der Wolf im Schafspelz? Hatte er Hotte und Schorsch auf dem Gewissen? Ilva konnte sich des schlechten Gefühls, das sie inzwischen in Bezug auf Torben hatte, nicht erwehren.

29. Kapitel

Eine halbe Stunde später bei heiteren 26 Grad am Strandübergang Köhlbrand. Bunte Drachen wirbeln durch die Luft, und eine Gruppe Strandsegler gleitet in ihren Wagen über den Hitzsand.

Heiße Tränen liefen über meine Wangen, deren Fluss ich nicht stoppen konnte. Zu tief saß der Schmerz in meinem Herzen. Zu groß war der Verrat, der an mir begangen worden war. Hatte ich denn nicht alles Erdenkliche getan, um das zu bekommen, was ich verdiente? Ich schluchzte auf. Der Bohlenweg vor mir und das Glitzern des Meeres verschwammen. Mit dem Handrücken wischte ich mir die Tränen aus den Augen. Die Enttäuschung raubte mir fast den Atem. Das hatte ich nun davon.

Die ganze Zeit war ich einfach zu freundlich gewesen, hatte mich für andere Menschen aufgeopfert und darauf gehofft, dass sie es irgendwann mal zu würdigen wüssten. Ich hatte meine Bedürfnisse hintangestellt und mich ausschließlich um die Befindlichkeiten der Leute um mich herum gekümmert. Ich hatte auf Freizeit verzichtet, war keinen Hobbys nachgegangen und hatte mich nicht um ernsthafte Freundschaften bemüht. Mein Leben hatte sich ausschließlich um das Leben der anderen gedreht. Ich hatte ihr Leben gelebt, statt mich um meins zu kümmern. All das fiel mir nun wie ein dicker Brocken auf die Füße.

Ich stand allein da und konnte nicht auf die Unterstützung von irgendjemandem hoffen, weil es niemanden gab. Meine Selbstlosigkeit war schamlos ausgenutzt, meine Gutmütigkeit für selbstverständlich gehalten worden. Ein bodenloses Unrecht war mir zugestoßen. Dabei war ich mir doch so sicher gewesen, dass mir letztendlich Gerechtigkeit widerfahren würde.

Ich hatte dem wichtigsten Menschen in meinem Leben mein volles Vertrauen geschenkt. Jetzt stellte sich heraus, dass es der größte Fehler war, den ich jemals begangen habe. Und nun?

Ich war an der Wasserkante angekommen. In der Ferne fuhr ein Krabbenkutter vorbei, über mir kreischten ein paar Möwen.

Ich schluckte meine Verbitterung hinunter und schöpfte neuen Mut. Es wurde Zeit, dass ich mein Schicksal selbst in die Hand nahm und für Gerechtigkeit sorgte. Wie lautete doch gleich dieses Zitat? Am Ende wird alles gut. Und wenn es nicht gut ist, ist es nicht das Ende.

30. Kapitel

Zeitgleich in der Polizeistation im Deichgrafenweg. Durch ein offenes Fenster weht eine milde Brise ins Büro.

Ernie hängte seine Jacke an einen Knauf der Garderobe, dann beugte er sich mit einem Seufzer zum Boden und hob einige Blätter auf, die vom einem Tisch gefallen waren. Er legte sie wieder auf ihren Platz zurück und beschwerte sie mit einem Locher. Seufzend ließ er sich auf seinen Bürostuhl fallen und rollte schwungvoll an den Tisch. »Dann schießt mal los, was gibt es für Neuigkeiten?«

»Die Knurrhahn hat vorhin angerufen«, sagte Fred mit gewichtiger Miene und lehnte sich in seinem neuen ergonomischen Bürostuhl zurück. Pannenbäcker hatte es trotz fehlender Kenntnisse der chinesischen Sprache geschafft, das Möbel aufzubauen.

Sobald der Name Knurrhahn fiel, wurde Ernie hellhörig. »Gibt es neue Erkenntnisse im Fall Schorsch?«

Fred spielte mit einem Bleistift. »Nein, aber im Fall Hotte.«

»In seinem Wohnwagen ist ein längeres graues Haar gefunden worden, das nicht dem Toten gehört«, berichtete Pannenbäcker. Mit einer kleinen Gießkanne versorgte er einen Gummibaum, der an einem sonnigen Platz auf der Fensterbank stand, mit etwas Wasser.

»Ralle und Susi scheiden ebenso aus. Ihre Haarfarbe passt nicht zu der des Haares.«

»Die sind ja auch noch nicht grau, hätte ich dir auch ohne Test sagen können«, überlegte Ernie und fuhr sich dann durch seinen eigenen Schopf, in dem sich durchaus einige silbrige Stellen befanden.

»Deswegen habe ich überlegt, zu wem das Haar eventuell passen könnte. Längere graue Haare hat niemand, außer Rudi. Niemand außer Rudi Hoffmann trägt seine Haare zu einem Zopf gebunden. Er könnte also am Tatort gewesen sein.«

»Der Rudi? Das mit der Haarlänge stimmt zwar, aber er und Hotte waren sich doch spinnefeind. Nicht nur beim Kegelturnier, auch privat. Deswegen sind sie sich immer aus dem Weg gegangen und hatten einen großen Sicherheitsabstand zueinander. Sie haben noch nicht einmal miteinander gesprochen. Warum sollte Rudi in Hottes Wohnmobil gewesen sein? Das ergibt doch überhaupt keinen Sinn.«

»Tja, das gilt es herauszufinden. Wir sollten ihn dazu noch mal befragen. Möglichst schnell. Es könnte womöglich eine entscheidende Spur sein.«

»Meinst du?«, fragte Ernie zweifelnd.

Fred nickte. »Vielleicht hat Rudi uns etwas mitzuteilen. Sollen wir ihn zur Wache zitieren?«

»Vorhin stand er beim Turnier am Schiedsrichterpult.

Am besten, wir fahren hin und befragen ihn dort«, schlug Ernie vor.

»Auch gut.« Fred griff nach dem Autoschlüssel, der neben seinem Computer lag. »In Gewahrsam können wir ihn dann immer noch nehmen.«

»Was wollt ihr denn von mir?« Rudi stand unschlüssig im Türrahmen.

»Komm doch erst einmal rein, und setz dich bitte.« Ernie deutete auf eine Sitzbank, auf der flauschige Kissen lagen.

Nachdem sie am Landhaus Dircks angekommen waren, hatte Ernie sich mit Helena kurzgeschlossen und ihr die Situation geschildert, ohne weitere Details zu nennen. Sie hatte ihnen ohne viel Aufsehen erneut ihr Büro für die Befragung zur Verfügung gestellt sowie etwas zum Schreiben bereitgelegt.

Widerwillig hockte Rudi sich auf die Bank und schaute einigermaßen reserviert aus der Wäsche. »Und was passiert jetzt? Eigentlich habe ich ein Kegelturnier zu beaufsichtigen.«

»Wir haben nur ein paar Fragen«, versuchte Fred, die Situation zu entschärfen. Er schloss die Tür hinter sich und blieb davor stehen.

»Ich weiß nicht, was ihr noch von mir wollt, ich habe doch schon alles gesagt.« Rudi wirkte ratlos.

»Wir glauben, dass du in Hottes Camper warst«, kam Ernie zu ihrem Anliegen. »Es wurde im Wohnmobil ein langes graues Haar gefunden, das von dir stammen könnte.«

Rudi zuckte bloß mit den Schultern. »Ja und? Was ist daran so weltbewegend?«

»Kann das Haar von dir sein?«

»Schon möglich.«

»Also, warst du bei Hotte?«

»Ja, war ich. Es waren aber noch einige andere Leute in dem Wohnmobil. Er hat damit unheimlich angegeben, und bestimmt hat der halbe Campingplatz eine private Führung von ihm bekommen. Was ist daran also so interessant?«

»Ich dachte, du und Hotte, ihr mochtet euch nicht sonderlich?«, hakte Ernie nach.

»Wir waren immer Konkurrenten beim Kegeln, und privat sind wie nie richtig warm miteinander geworden«, gab Rudi Auskunft. »Trotzdem, oder vermutlich gerade deswegen, wollte er mit seinem Camper auch vor mir protzen.«

Fred vergrub seine Hände in den Hosentaschen. »Normalerweise besucht man doch keine Leute, die man nicht leiden kann. Selbst, wenn sie protzen wollen, oder?«

»Es sei denn, man möchte endlich Frieden schließen.« Rudi sah Ernie und Fred mit aufrichtigem Blick an.

»Sieh an!« Ernie nickte erstaunt. »Das sind ja ganz neue Töne.«

»Wir hatten in der Vergangenheit ständig Stress, und ich fand es an der Zeit, darunter einen Schlussstrich zu ziehen. Ich hatte keine Lust mehr darauf, immer darauf zu achten, ihm bloß nicht über den Weg zu laufen. Deswegen wollte ich mich mit Hotte versöhnen und bin seiner Einladung gefolgt und zu seinem Wohnmobil gegangen.«

»Wann war das?«, wollte Fred wissen.

»Wann genau weiß ich nicht. Irgendwann am Abend, bevor er gestorben ist.«

»Warst du allein dort?«, legte Fred nach.

»Ja. Keine Ahnung, ob mich vielleicht jemand gesehen hat.«

Ernie machte sich Notizen. »Könnte Erika bezeugen, dass du bei Hotte warst?«

»Meine Frau wusste natürlich, dass ich vorhatte, ihn zu besuchen und mit ihm zu reden, aber sie hat zu dem Zeitpunkt geschlafen, weil sie Kopfschmerzen hatte.« Fred nickte.

»Verstehe.«

»Warum hast du uns das nicht schon eher erzählt?«, wollte Ernie wissen.

Rudi hob die Schultern. »Ich habe es nicht für wichtig erachtet.«

»Prinzipiell ist jede Information wichtig, wenn ein Mord begangen wurde«, wies ihn Fred darauf hin.

»Mir kam es nicht erwähnenswert vor. Außerdem habe ich nichts mit Hottes Mord zu tun. Was sollte ich also groß erzählen?«

Ernie legte den Stift auf den Block. »Habt ihr euch wenigstens vertragen?«

»Joa, so halb.«

»Na immerhin.«

Rudi blickte zwischen ihnen hin und her. »Wollt ihr noch was wissen?«

Fred schüttelte den Kopf und öffnete die Tür wieder.

»Das war alles. Danke, dass du dir Zeit genommen hast, und weiterhin viel Spaß beim Wettbewerb.«

»Falls dir doch noch jemand einfällt, der deinen Besuch bei Hotte bezeugen kann, einfach Bescheid sagen«, fügte Ernie hinzu.

Rudi verließ das Büro. Durch die Fenster konnten sie sehen, dass er sich noch einmal zu ihnen umblickte, bevor er ins Zelt ging.

»Glaubst du dem Kameraden?«, fragte Fred.

»Gute Frage. Soweit ich weiß, war er nicht gut auf Hotte zu sprechen. Nach einem in Aussicht stehenden Frieden zwischen den beiden hat es sich für mich nie angehört. Das Gegenteil seiner Story können wir ihm allerdings auch nicht beweisen.«

»Ein Jammer, dass wir Hotte nicht mehr dazu befragen können. Sicherlich hätte er uns einige interessante Dinge zu berichten.«

Ilva beobachtete von einer Bank aus, wie Rudi zum Schiedsrichterpult ging und Ralle ablöste. Er schaute betroffen drein und griff gleich nach einer Flasche Bier, die auf einem kleinen Tisch bereitstand. Als Erika zu ihm ging, lächelte er gequält, schüttelte den Kopf und griff dann zum Mikrofon, um die nächste Runde anzukündigen.

»Jedenfalls ist es für mich wichtig, dass es jemand ist, der gewissenhaft mit dem Haus und dem Grundstück umgeht. Es steckt so viel Liebe und Herzblut darin. Den Garten haben wir damals bepflanzt, und im Laufe der Jahre ist eine herrliche Idylle herangewachsen. Mir würde das Herz bluten, wenn die Pflanzen einfach herausgerissen werden würden und dort ein Steingarten entsteht«, erzählte Berte Ilva und ihrer Mutter.

»Ob Ralle ein Gartenprofi ist? Wenn es um Finanzen geht, ist er das bestimmt, aber bei Pflanzen?« Sybille Feddersen zuckte mit den Schultern.

»Am besten, wir fragen ihn«, schlug Ilva vor. »Hast du einen grünen Daumen, Ralle?«, rief sie ihm zu.

Er kam zu ihnen. »Aber sicher. Ich habe mich jahrelang um den Schrebergarten meiner Großeltern gekümmert. Ich weiß, wann und wie man Sträucher schneidet und wie man Obst und Gemüse anbaut und welche Stauden sich mit welchen Blumen vertragen. Außerdem haben wir im Herbst und Winter Vögel und Igel gefüttert, die es sich im Komposthaufen gemütlich gemacht hatten. Auch wenn ich jahrelang ein eingefleischter Stadtmensch war, habe ich die Zeit im Garten immer genossen und ihn als meine Wohlfühloase gesehen. Meine Großeltern hatten sogar einen kleinen Teich mit Springbrunnen.«

»Und wie sieht es mit Steingärten aus?«, fragte Ilva.

»Mit was?«, schoss Ralle zurück und zwinkerte Berte zu. Die Frauen lachten.

»Mir scheint, du bist in der Tat der richtige Mann für das Haus«, sagte Berte zufrieden. »Komm doch morgen mal vorbei, und schau dir alles an.«

»Nichts lieber als das.« Ralle strahlte über das ganze Gesicht.

»Ach, da vorne ist Torben.« Berte winkte ihm zu, doch er schaute an ihr vorbei. Stattdessen ging er zu einer Kegelbahn, um einen Wurf zu machen, in dem, wie Ilva zu erkennen glaubte, jede Menge Entschlossenheit und Wut lag.

31. Kapitel

Am nächsten Tag mittags in der Küche von Familie Feddersen, bei gekippten Fenstern und Musik aus dem Radio. Draußen ist es sonnig und fast windstill bei lauschigen 22 Grad.

Ernie klaute ein paar Kirschen aus einer Schüssel. »Hat einer von euch mitbekommen, dass Rudi bei Hotte im Camper gewesen ist?«

Sybille Feddersen haute ihm auf die Finger. »Die Kirschen sind für den Kuchen, nicht zum Naschen!«

Ilva fettete eine Springform ein. »Du willst vielleicht Sachen wissen. Wann soll er denn bei Hotte gewesen sein?«

»Als Hotte noch gelebt hat«, antwortete Ernie kauend.

Ilva unterbrach das Einfetten. »Ach nee!«

»Du hast doch gefragt ...«

»Dass Rudi nicht bei einer Leiche auf Besuch geht, konnte ich mir fast denken.« Sie stellte die Springform auf der Küchenplatte ab.

»Und ich habe gedacht, die zwei konnten sich nicht riechen«, meldete sich ihre Mutter zu Wort. »Dass Rudi Hotte besucht hat, überrascht mich. Schließlich ist so ein Wohnwagen ziemlich eng, und sonst haben die zwei doch immer darauf geachtet, einen großen Bogen umeinander zu machen.« Sybille Feddersen gab weiche Butter, Zucker und Vanillezucker sowie eine Prise Salz in eine Schüssel.

Ilva holte einen Karton mit Eiern aus dem Kühlschrank. »Wie kommst du eigentlich darauf, dass Rudi bei ihm gewesen sein soll? Gibt's dafür Beweise?«

»Ein langes graues Haar, das in Hottes Camper gefunden wurde.« Ernie stibitzte zwei weitere Kirschen, als seine Mutter gerade nicht hinsah.

Sybille Feddersen schlug zwei Eier auf. »Dafür muss Rudi doch gar nicht zwangsläufig in Hottes Wohnmobil gewesen sein. Bei dem Wind hinterm Deich würde es auch ausreichen, wenn er davorgestanden hat. Eine offene Tür und eine Windböe, zack ist ein Haar drin.«

»Die Theorie ist einleuchtend«, fand Ilva.

»Nettes Gedankenmodell, stimmt aber nicht.« Ernie warf die Kerne, die er in einer Hand gesammelt hatte, in den Mülleimer. »Wir haben gestern mit Rudi gesprochen, und er hat erzählt, dass er am Vorabend von Hottes Tod bei ihm war, um den Camper zu besichtigen und die Friedenspfeife zu rauchen.«

Sybille Feddersen schlug die Zutaten schaumig und gab nach und nach die zuvor aufgeschlagenen Eier hinzu. »Was ist schon ein Haar? Es beweist doch nicht automatisch, dass Rudi ein möglicher Mörder ist. Braucht man dafür nicht weitere Beweise?«

»Aber sicher«, schaltete sich Ilva wieder ins Gespräch ein. »Mit einem Haar allein kann Rudi nicht als Mörder überführt werden. Vielleicht solltest du ihm einfach die Geschichte mit der Friedenspfeife glauben?«

»Danke, Frau Hauptkommissarin Feddersen.« Ernie griff erneut in die Kirschen und bekam von seiner Mutter einen Klaps mit einem Holzlöffel. »Aua!«

»Ist doch so. Das Haar ist doch lediglich ein Hinweis darauf, dass Rudi tatsächlich bei ihm vorbeigeschaut hat, so wie er es auch erzählt hat.« Ilva vermischte Mehl und Backpulver in einer Plastikschüssel und rührte etwas Joghurt unter.

»So weit war ich auch schon, Schwester!«

Ilva übergab die Schüssel an ihre Mutter. »Habt ihr denn inzwischen die Aussage von Torben erhalten?«

Ernie winkte ab. »Schon längst. Er hat mit der Sache nichts zu tun.«

Ihre Mutter füllte den Teig zur Hälfte in die Springform. Anschließend verteilte Ilva die Hälfte der Kirschen auf dem Teig, wartete, bis ihre Mutter auch den Rest des Teigs in die Form gefüllt hatte, verstrich ihn und bedeckte ihn mit den übrigen Kirschen. »Könnten ein paar mehr sein.«

Ihre Mutter warf einen Blick auf ihr Werk. »Dein Bruder hat zu viele genascht. Ich hole noch welche.«

»Warum bist du dir da so sicher? Gibt es Beweise dafür, dass Torben es nicht gewesen sein kann? Wir sollten ihn im Auge behalten«, sagte Ilva, nachdem ihre Mutter die Küche verlassen hat. »Mir scheint, dass er eine ganze Menge verbirgt.«

Ernie hob die Schultern.

»Ich glaube, dass Torben ein falsches Spiel spielt«, beharrte Ilva.

»Inwiefern?«

»Das weiß ich nicht. Ich werde es aber herausbekommen. Muddi und ich gehen nachher zu Berte. Sie zeigt Ralle ihr Haus und hat uns eingeladen, auch vorbeizukommen.«

»Ach, deswegen der Kuchen!«

»Du kennst doch Muddi. Mit leeren Händen geht sie nirgendwohin.«

»Kommt Torben auch?«, erkundigte Ernie sich.

»Auszuschließen ist es nicht. So wie er versucht hat, Berte von einem möglichen Hausverkauf abzuhalten, erwarte ich fast, dass er auch anwesend sein wird. Und seinen Einfluss geltend zu machen versucht.«

Ihre Mutter kam mit neuen Kirschen zurück. »So, die dürften reichen.«

»Gib her, ich mach das schon«, sagte Ilva und kümmerte sich um das Obst.

»Ich würde euch ja gerne zu Bertes Kaffeeklatsch begleiten, aber ich muss Mörder jagen.« Ernie nahm seine Polizistenmütze von einem Stuhl, setzte sie auf und verließ das Haus.

»Du kannst vielleicht prima backen, Bille!« Berte verdrehte genüsslich die Augen.

»So schwer ist das gar nicht. Mit den richtigen Rezepten geht es fast von allein.« Sybille Feddersen gab sich bescheiden, freute sich aber insgeheim über das Kompliment ihrer Freundin.

»Das Kochen und Backen war leider nie meine Stärke. Hubert und ich sind oft essen gegangen. Beschwert hat er sich zwar nie, wenn ich mal gekocht habe, aber es waren auch meistens nur Dinge, die ich aus der Tiefkühltruhe genommen und in den Backofen geschoben habe«, lachte Berte.

»Noch ein Stück, Berte?« Ilva bot der Gastgeberin ein zweites Kuchenstück an.

»Da sage ich nicht Nein.« Sie hielt ihr ihren Teller hin.

Sie saßen gut gelaunt am gedeckten Kaffeetisch auf der Terrasse und genossen Sybille Feddersens frisch gebackenen Kirschkuchen. Ralle hatte zur Feier des Tages einen Strauß Blumen mitgebracht. Der Einzige, der mit mürrischer Miene noch keinen Bissen Kuchen gegessen hatte, war Torben. Wie Ilva vermutet hatte, hatte er es sich nicht nehmen lassen, dabei zu sein, wenn ein potenzieller Käufer zur Hausbesichtigung kam.

»Wirklich schön hier«, sagte Ralle und lächelte. »Der Garten ist herrlich und so schön groß.«

»Den Pool wollte ich längst beseitigt haben. Den nutzt eh keiner, und wofür braucht man den schon, wenn vor der Haustür die Nordsee ist?«

»Das stimmt«, gab Ralle ihr recht. »Einen schönen Teich könnte man anstelle des Pools anlegen.«

»Die Idee gefällt mir«, stimmte Berte ihm zu. »Das hätten mein Mann und ich auch von Anfang an machen sollen. Damals war die *Dünen-Therme* noch nicht so schick wie jetzt, und wir dachten, ein eigener Pool wird sich schon lohnen.«

»Ich fand den Pool immer toll«, grätschte Torben dazwischen. »Für mich war es als Kind ein Highlight, dass ich bei euch im Garten schwimmen konnte. Onkel Hubert hat auch gerne seine Runden im Wasser gedreht. Soweit ich mich erinnern kann, hat er bei warmem Wetter jeden Morgen, bevor er in die Klinik gefahren ist, sein Schwimmtraining absolviert. Das hat er sich nicht nehmen lassen.«

»Ja, das stimmt.« Berte lachte. »Das liegt schon sehr viele Jahre zurück. Da ist mein Mann noch relativ jung gewesen. Irgendwann hat er das Schwimmen aufgegeben, und wir haben das Wasser abgelassen. Wofür sollte es auch drinbleiben? Es hat nur Energie gekostet, es zu heizen, und musste ständig gereinigt werden.«

»Dann doch lieber einen Teich mit Pflanzen, Fischen und vielleicht ein paar Fröschen«, sagte Ralle. »Davon träume ich seit Jahren.«

Torben warf ihm einen wütenden Blick zu. »Du hast wohl gedanklich bereits alles umgebaut.«

»Man kann ja ein wenig träumen«, entgegnete Ralle freundlich.

»Ich finde die Idee mit dem Teich toll«, lobte Sybille Feddersen seine Idee.

»Was hältst du davon, wenn ich dir jetzt das Haus zeige?«, fragte Berte.

Ralle nickte zustimmend. »Sehr viel halte ich davon. Um ehrlich zu sein, ich bin sogar extrem neugierig.«

Auch Ilva und Sybille standen mit auf und folgten den beiden ins Haus. Torben hielt sich im Hintergrund, als Berte mit dem Treppenlift in den ersten Stock fuhr und dort ihre Führung begann.

Sie setzte sich in einen zweiten Rollstuhl, der neben dem Lift bereitstand. »Die letzte Modernisierung liegt ungefähr zehn Jahre zurück. Aber du wirst bestimmt eh das ganze Haus auf den Kopf stellen wollen.«

»Die Heizungen sind doch viel älter. Bestimmt über vierzig Jahre, oder?« Torben hatte sich neben einen Heizkörper gehockt. »Wer heizt heute noch mit Öl?«

Berte dachte kurz nach. »Die Heizungen sind sogar 48 Jahre alt, um genau zu sein. Bis jetzt haben sie tadellos funktioniert. Es war nie eine Erneuerung nötig. Würde ich hier wohnen bleiben, würde ich die Heizung nicht austauschen. Außerdem heizen viele in St. Peter mit Öl. Vertue dich mal nicht.«

Ilva runzelte die Stirn. Eben noch hatte Torben sich beschwert, dass Ralle alles ändern wolle, und jetzt empfahl er, die Heizungen zu tauschen? Als er den nächsten Angriff startete, wurde ihr jedoch klar, was er im Schilde führte.

»Alle zwei Bäder und das Gäste-WC müssten natürlich auch komplett rausgerissen werden«, fuhr Torben unbeeindruckt fort. »Es sei denn, man steht auf Bahama-Beige im 80er-Jahre Design.« Torben versuchte, Ralle das Haus madig zu machen und den hohen Renovierungsbedarf hervorzuheben. Sybille Feddersen schüttelte kaum merklich den Kopf ob des Verhaltens von Bertes Neffen. Auch sie hatte ihn durchschaut. Berte jedoch schien es nicht zu bemerken, und auch Ralle blieb weiter freundlich.

»Das Bad im Erdgeschoss wurde vor 15 Jahren barrierefrei umgebaut. Das hat dein Onkel damals in weiser Voraussicht veranlasst«, erklärte Berte.

»Es muss ja nicht alles in einem Rutsch gemacht werden«, beschwichtigte Ralle. »Ein neues Bad würde für den

Anfang ausreichen. Bei dem Rest muss ich mich nicht hetzen. Und mit Öl zu heizen, stört mich überhaupt nicht. Damit bin ich durch das Haus meiner Eltern vertraut.«

»Hauptsache, man friert im Winter nicht«, sagte Sybille Feddersen.

»Was nützt einem eine Heizung, wenn man undichte Fenster hat?«, fragte Torben. »Besonders die auf der Schlagseite, da zieht es wie Hechtsuppe. Wie alt waren die Fenster noch mal? Dreißig Jahre?«

»Genauso alt wie die Bäder. Aber Torben, du musst das nicht alles aufzählen, das kann ich auch selbst. Senil bin ich nämlich noch nicht.« Berte schien langsam die Geduld mit ihm zu verlieren. »Vielleicht könntest du aus dem Keller ein paar Flaschen Wasser für uns holen und sie im Kühlschrank kalt stellen?«

»Natürlich«, brummelte Torben vor sich hin und verschwand in den Keller.

»Entschuldige, Ralle. Du musst wissen, mein Neffe hängt sehr an dem Haus«, erklärte Berte. »Ginge es nach ihm, würde ich hier so lange leben, bis ich sterbe.«

Bei Bertes letztem Wort lief Ilva ein Schauer über den Rücken. Für einen Moment kam ihr der Gedanke, als könnte Torben genau dies im Sinn haben: Seine Tante sollte in diesem Haus sterben, doch sie schüttelte den Gedanken schnell weg und konzentrierte sich wieder auf die Besichtigung. Das Haus war schön. Ein typisches Friesenhaus mit weißen Sprossenfenstern, einem Kachelofen im Wohnzimmer, drei Schlafzimmern und einem Hobbybereich im ausgebauten Keller.

Zum Schluss der Besichtigung gaben sich Berte und Ralle die Hand. Torben verschränkte die Arme vor der Brust und presste die Lippen aufeinander.

»Dann sind wir uns einig«, sagte Berte erfreut.

»Das sind wir!«, bestätigte Ralle.

»Wenn du mit einem Mietkauf einverstanden bist und dir das Haus mit mir teilen möchtest, würde ich die entsprechenden Vertragsentwürfe für den Hausverkauf beim Notar vorbereiten lassen.«

Ralle war einverstanden – ganz zu Torbens sichtlichem Missfallen.

Ilva bemerkte, wie er eine Hand zur Faust ballte und die Zähne zusammenbiss.

Am Abend kam Eike vorbei und brachte Essen mit. Ilva machte es sich mit ihm im Strandkorb auf der Terrasse gemütlich. Auf dem Tisch vor ihnen standen zwei Gläser Wein und die Pizzakartons. Eine Weile saßen sie schweigend nebeneinander, genossen die laue Abendluft und aßen.

»Ich geb auf!«, sagte Ilva schließlich und klappte den Deckel über ihrer halb aufgegessenen Pizza zu. Eike tat es ihr gleich.

»Wie lange hast du denn sturmfrei?«, fragte er und zog Ilva näher an sich heran.

»Meine Eltern sind kegeln. Das kann dauern. Außerdem feiern sie. Berte hat heute einen mündlichen Kaufvertrag für ihr Haus abgeschlossen.«

»Das ist wirklich ein Grund zum Feiern. Wer ist denn der Käufer?«

»Ralle.«

Eike zog die Augenbrauen zusammen. »Hottes Mörder?«

»Nein! Das ist doch längst Schnee von gestern.« Ilva löste sich aus seiner Umarmung und griff nach ihrem Glas Wein. »Du bist gar nicht auf dem aktuellen Stand.«

»Dann klär mich auf.«

Ilva klärte ihn über die aktuellen Erkenntnisse zu Hottes Tod auf.

»Das sind ja abenteuerliche Verhältnisse bei euch. Als Nächstes wirst du noch verdächtigt.«

»Nö. Der aktuelle Verdächtige ist Rudi. Von ihm wurde etwas im Camper gefunden, aber es gibt keine weiteren Beweise und ehrlich gesagt auch kein Motiv.«

»Klingt nach alles klar, keiner weiß Bescheid.«

»Das trifft es ziemlich genau.«

»So wie ich dich kenne, hast du aber längst eine Theorie.«

»Keine richtige Theorie. Dennoch gibt es jemanden, der mir immer unsympathischer wird.« Ilva erzählte Eike von den Vorkommnissen wegen Bertes Haus.

Eike hörte ihr aufmerksam zu. »Deine Erzählung allein klingt schon gruselig. Da bleibe ich doch lieber bei meinen Alpenstrandläufern und Austernfischern.« Er nahm sein Weinglas.

»Berte war richtig angefressen, hat aber versucht, Torbens schlechtes Verhalten zu überspielen.« Ilva blickte in ihr Weinglas. »Sie hat mir leidgetan. Torben scheint ihr nicht zu gönnen, dass sie ihren Ruhestand so verbringt, wie sie gerne möchte.« Sie hielt inne und schaute Eike an. Er lächelte versonnen und streichelte liebevoll über ihre Hand. »Wo bist du gerade mit deinen Gedanken?«

»Ganz bei dir.« Eike küsste ihre Hand.

»Ach, Eike!« Ilva schmiegte sich wieder an seine Schulter.

»Übrigens war es deine beste Idee überhaupt, zurück nach St. Peter-Ording zu kommen. Auch wenn ich es liebe, stundenlang im Watt und in den Salzwiesen unterwegs zu sein, liebe ich noch mehr die Zeit mit dir. Und vielleicht können wir für den Rest des Abends einfach mal vergessen, dass da draußen Mörder und andere kuriose Gestalten ihr Unwesen treiben.«

Ilva nickte. »Bis meine Eltern kommen, gibt es nur uns beide.«

»Das ist ganz nach meinem Geschmack.« Eike stieß mit ihr an, und beide tranken einen Schluck.

Eine Weile sagten sie kein Wort, lauschten nur dem Zirpen der Grillen und dem Wind in den Bäumen. Unwillkürlich hob Ilva ihre Hand und strich Eike über die Wange. »Du bist einer von den Guten, weißt du das?«, sagte sie. »Und genau dafür liebe ich dich.«

Bevor sie weiterreden konnte, verschloss Eike ihre Lippen mit seinen.

32. Kapitel

Ein bisschen später auf dem Seedamm, nahe des Böhler Leuchtturms. Die Sonne steht bereits tief über dem Meer und schickt ein warmes Licht über die Salzwiesen bei 19 Grad.

Ich mochte diese Sommerabende, an denen es möglich war, den Sonnenuntergang im T-Shirt und mit kurzer Hose zu genießen. Außer mir hatte es noch weitere Spaziergänger auf den Deich gelockt. Einige waren allein oder mit ihren Hunden unterwegs, andere wiederum mit Kind und Kegel auf den Beinen. Möwen flogen Richtung Meer, und Reiter kamen mit ihren Pferden auf einem schmalen Pfad zurück vom Ausritt. Als ich den Leuchtturm erreicht hatte, setzte ich mich auf eine Bank und sog die friedliche Atmosphäre mit all meinen Sinnen ein. Während mein Blick über die Salzwiesen strich, ließ ich mich von meinen Gedanken treiben.

»Lächle den Tag an, dann lächelt er zurück«, hatte mal jemand zu mir gesagt. Ich wollte ein sorgenfreies Leben haben und glücklich sein. Das hatte ich mir verdient. Mein Plan stand kurz vor der Vollendung. Bald würde es so weit sein. Meine Zukunft würde wunderbar sein.

Ich schloss meine Augen und drehte mein Gesicht den wärmenden Sonnenstrahlen zu. Ich lächelte, und der Abend lächelte zurück.

33. Kapitel

Eine Woche später in Bertes Küche. Aus dem Garten erklingt Vogelgezwitscher, und Bienen summen laut im Lavendelstrauch. Die Sonne scheint von einem wolkenfreien Himmel bei 23 Grad.

»So, und jetzt eine halbe Stunde bei 160 Grad backen.« Sybille Feddersen schob ein Blech in den Ofen.

»Dass ich das noch erleben darf.« Berte putzte sich lachend ihre Hände an einem Küchentuch ab. »Bisher hat ausschließlich Maria, meine Haushaltshilfe, die Kuchen in meiner Küche gebacken.«

»Du kannst dein Haus schließlich nicht verkaufen, ohne wenigstens einmal eigenhändig einen Streuselkuchen ins Backrohr geschoben zu haben«, fand Ilva.

»Das haben wir ja gerade noch hinbekommen.« Sybille Feddersen reinigte eine Schüssel unter klarem Wasser und stellte sie dann in die Spülmaschine.

»Auf den letzten Metern sozusagen. Aber dank Ralle bleibe ich ja hier.« Berte nickte. »Danke, dass ihr mir geholfen habt. Zukünftig werde ich bestimmt häufiger kochen und backen. Das habe ich mir fest vorgenommen, jetzt, wo ich mich nicht mehr allein um das Haus werde kümmern müssen. Es macht doch viel mehr Spaß, wenn man die Sachen nicht für sich allein zubereitet.«

»Hast du schon Pläne, wie das Haus umgebaut werden soll?«, erkundigte sich Ilva.

»Noch nichts Konkretes. Aber ich habe ja auch noch fast ein Jahr Zeit. Ralle möchte im nächsten Sommer einziehen. Bis dahin haben wir Zeit, uns in Ruhe die passende Lösung zu überlegen und dann alles fertig machen zu lassen.«

»Lass dich von deinen Plänen bloß nicht von Torben abbringen«, sagte Sybille Feddersen. »Was ist denn los mit ihm? Er unterstützt dich doch sonst immer in allem.«

»Mit meinem Neffen habe ich deswegen inzwischen ein ernstes Wörtchen gesprochen.« Berte rollte in ihrem Stuhl zur Spüle und legte ein paar benutzte Backutensilien hinein. »Das kann ich euch sagen!«

»Ach, wirklich?«, wunderte sich Sybille Feddersen.

»Ich habe ihn gehörig in die Schranken gewiesen und ihm untersagt, mit Ralle jemals wieder über das Haus zu sprechen. Das kann ich als Eigentümerin allein und vor allem viel besser.«

»Und was hat Torben dazu gesagt?« Ilva entfernte Teigreste von einer Gabel.

»Nicht viel. Begeistert war er beileibe nicht. Natürlich meinte er, er wolle nur mein Bestes. Was ich ihm auch gar nicht in Abrede stellen möchte. Er kann sich einfach nicht an den Gedanken gewöhnen, dass in dem Haus mal jemand anders wohnen wird, wenn ich nicht mehr da bin. Doch das ist eben der Lauf der Zeit. Spätestens dann, wenn ich eines

Tages versterben werde, wird das Haus zwangsläufig seinen Besitzer wechseln.«

»Ach, ach!« Sybille Feddersen winkte mit einem Küchentuch ab. »Solche traurigen Themen wollen wir jetzt aber nicht weiter vertiefen. Dir sei noch ein langes und gesundes Leben vergönnt, liebe Berte.«

»Das hoffe ich doch. Immerhin möchte ich noch ein paar schöne Jahre haben.«

»Ich finde, du hast dir mit Ralle genau den richtigen Kandidaten als Käufer ausgesucht. Er scheint eine gute Vorstellung von allem zu haben, was er mit dem Haus und dem Garten anstellen möchte. Außerdem ist er bestimmt ein angenehmer Mitbewohner. Und eine Hilfe hättest du auch an deiner Seite.«

»Das sehe ich auch so«, stimmte Berte ihr zu. »Seine Idee, im Garten einen Teich anzulegen, hat mir gleich gefallen.«

»Torben nicht«, rutschte es Ilva heraus. »Entschuldigung, ich wollte nicht wieder mit dem Thema anfangen.«

»Wir sollten uns lieber ein wenig sputen, die Küche wieder picobello sauber zu bekommen. In 20 Minuten müsste der Kuchen fertig sein, und Werner holt uns in einer guten halben Stunde ab.«

Zur selben Zeit vor dem Hotel *Vier Jahreszeiten*. Ernie und Fred standen vor dem Haupteingang. Ernie warf einen Blick durch die große Glasfront, um die Lage in der Lobby zu checken. »Torben sitzt nicht an der Rezeption«, raunte er Fred zu. »Ich sehe dort eine junge Frau mit schulterlangen blonden Haaren.«

Fred schaute ihn skeptisch an. »Meinst du nicht, dass das hier etwas aktionistisch ist? Ich meine, nur weil deine Schwester mal wieder eine ihrer Eingebungen hat? Uns liegt doch kein einziger Hinweis vor.«

Statt ihm zu antworten, ging Ernie entschlossenen Schrittes auf den Hoteleingang zu. Die Rezeptionistin hob ihren Kopf, als sie das Geräusch der automatischen Schiebetüren vernahm. Ernie und Fred betraten die Lobby, in der sich bloß wenige Gäste aufhielten. Der Gesichtsausdruck der Rezeptionistin wirkte verwundert, als die beiden Polizisten auf sie zukamen. »Guten Tag. Ist was passiert?«, fragte sie halb erschrocken.

»Moin!« Ernie nahm seine Polizistenmütze ab und lächelte sie freundlich an. »Feddersen und Glabotki sind unsere Namen. Keine Sorge, wir hätten bloß ein paar Fragen an Sie.«

»Ja?« Die junge Frau lächelte unsicher zurück.

Fred neigte seinen Oberkörper leicht über den Empfangstresen. »Eigentlich wollten wir mit Herrn Frings sprechen«, sagte er mit gedämpfter Stimme.

»Herr Frings hat heute frei.«

»Da haben wir ja Pech. Wir würden gerne einen Blick in Herrn Frings' Arbeitsplan werfen«, sagte Ernie.

»Können wir dazu mit Ihrem Vorgesetzten sprechen?«, kam Fred zum Punkt.

»Unser Chef ist leider gerade außer Haus. Die Tourismusmesse in Hamburg.« Sie zuckte mit den Achseln. »Tut mir sehr leid, dass ich nicht weiterhelfen kann.«

»Wann kommt er denn wieder?«, wollte Fred wissen.

»In zwei oder vielleicht drei Tagen. So genau weiß ich das nicht – ich bin ja nur die Rezeptionistin«, flüsterte sie und zwinkerte ihnen verschmitzt zu.

»Hm.« Ernie verzog enttäuscht seine Miene. »Eigentlich möchten wir nur erfragen, wann Torben Frings an zwei bestimmten Tagen gearbeitet hat.«

»Entschuldigung, aber sind Sie der Bruder von Frau Feddersen?«, fragte die Rezeptionistin unwillkürlich.

»Ja«, antwortete Ernie überrascht.

Die junge Frau lächelte. »Das habe ich mir gedacht. Meine jüngste Schwester Emily ist eine Englischschülerin in der siebten Klasse von Frau Feddersen. Ihr macht der Unterricht bei ihr viel Spaß.«

»Oh, das wird meine Schwester sicherlich freuen zu hören.« Ernie strahlte sie an. Das Lob nahm er sogar ein wenig persönlich.

Die junge Frau lächelte ihn vertrauensvoll an. »Wenn Sie mich nicht verraten, könnte ich rein zufällig den Arbeitsplan an der Rezeption liegen lassen.«

»Och, wenn so was rein zufällig passiert ... kann ja mal vorkommen.«

Die Rezeptionistin zog eine Schublade auf und legte eine Mappe auf die Arbeitsfläche vor dem Monitor. Dann nahm sie ihre Tasche und nickte Ernie und Fred zu.

Als sie außer Sichtweite war, beugte sich Fred über den Tresen und griff nach der Mappe. In Windeseile blätterte er durch die Arbeitspläne, bis er auf Torbens Namen stieß. »Sieh an, sieh an!«

»Was denn?« Ernie legte den Kopf schief, um besser mitlesen zu können.

»Torben hat an Hottes und Schorschs Todestagen zwar gearbeitet, aber nicht zu den geschätzten Todeszeitpunkten der beiden. Deine Schwester hat wirklich einen guten Riecher. Sie sollte zur Polizei gehen.«

»Gib mal her.« Ernie nahm sein Handy und fotografierte den Dienstplan ab. »Bevor der Wisch zufällig verschwindet.« Dann klappte er die Mappe wieder zu und legte sie zurück hinter den Tresen.

»Komm, lass uns von hier verschwinden«, sagte Fred.

»Wenigstens bedanken könnten wir uns noch bei der jungen Frau«, gab Ernie zu bedenken.

»Dass du immer so hyperkorrekt sein musst.« Fred langte noch einmal hinter den Tresen. Mit einem Stift schrieb er etwas auf einen Zettel. »Hier!« Er zeigte Ernie den Zettel, auf dem groß das Wort »Danke« geschrieben stand. »Willst du noch ein Herzchen oder ein Blümchen dazumalen?«, foppte er seinen Kollegen.

»Haha.« Ernie zeigte ihm einen Vogel und legte die Notiz gut sichtbar vor die Tastatur des Computers.

Die Stimmung unter den Keglern am Landhaus Dircks war auf dem Höhepunkt. Berte und Sybille Feddersen lieferten sich ein Kopf-an-Kopf-Rennen. Beide Frauen schienen den Wettbewerb unbedingt gewinnen zu wollen.

»Gleichstand«, verkündete Ilva, als sie zurück an den Tisch kamen.

»Kegeln ist anstrengend.« Ilvas Mutter fächerte sich etwas Luft zu.

Ilva schob ihr und Berte zwei Gläser Wasser zu. »Trinkt erst mal was.«

»Wir hätten den Streuselkuchen als kleine Stärkung mitnehmen sollen«, sagte Berte, als sie ihr Glas leer getrunken hatte.

»Dafür war der Kuchen doch noch viel zu heiß«, gab Sybille Feddersen zu bedenken und goss Wasser nach. »Wenn du nachher nach Hause kommst, kannst du ein Stück essen.«

»Hoffentlich ist dann noch was übrig.« Berte schaute auf ihre Armbanduhr. »Maria müsste in einer halben Stunde bei mir eintrudeln. Die Fenster wollte sie putzen und die Gardinen waschen. Wenn sie den Kuchen sieht, wird sie sich bestimmt wundern und, so wie ich sie kenne, nicht widerstehen können.«

»Wie oft kommt sie eigentlich zu dir?«, fragte Ilvas Mutter.

»Meistens zweimal die Woche. Manchmal auch dreimal. Ich bin froh, dass ich sie habe. Sie ist immer gut gelaunt und bringt Leben in die Bude.«

»Ilva! Guck mal!« Ihre Mutter zeigte zur Kegelbahn neben dem Schiedsrichterpult. »Ist das nicht dein Schüler?«

»Klar! Das ist Lasse.« Ilva stand von ihrem Platz auf und feuerte ihren Schüler an, der sich konzentrierte und dann einen Wurf machte. »Alle neune!«, rief sie, nachdem die Kugel alle Kegel umgeworfen hatte.

Der Junge reckte eine Faust in die Luft und grinste in die Runde. Sein Vater klopfte ihm anerkennend auf die Schulter, und Rudi spielte einen Tusch. »Lasse Brodersen wirft einen Neuner!«

»Großartig, Lasse!« Ilva war zu ihm gegangen, um ihm zu gratulieren. »Du bist wirklich ein Naturtalent.«

»So schwierig finde ich das eigentlich gar nicht. Wenn man einmal den Dreh raushat, läuft es ganz ordentlich.«

»Ich wünschte, das würdest du unter anderem von deinem Englischunterricht sagen«, warf sein Vater ein.

»Ihr Sohn macht sich wirklich gut im Sommerkurs. Hat er Ihnen erzählt, dass er kaum Fehler im letzten Test hatte?«, fragte Ilva.

Brodersen blickte seinen Sohn fragend an. »Das wäre mir neu. Oder hast du mir das erzählt?«

Lasse schüttelte den Kopf. »Nö.«

Brodersen hob einen Zeigefinger. »Beim nächsten Test möchte ich aber davon erfahren, damit ich stolz auf dich sein kann.« Er zwinkerte seinem Sohn zu. »So, jetzt kommt die Vater-Sohn-Revanche.«

Ilva beobachtete mit einem Lächeln, wie Lasse mit seinem Vater zu einer der Kegelbahnen ging. Zwischen ihnen schien wieder alles im Lot zu sein.

34. Kapitel

Zur selben Zeit vor Bertes Haus im Gartenweg. Süßlicher Rosenduft liegt in der Luft und der Geruch von frisch gemähtem Gras.

Ich wartete, bis die Familie aus dem Nachbarhaus mit ihrem SUV davongebraust war. Vorsichtig blickte ich mich um. Niemand schien mich zu bemerken. Dann überquerte ich im Laufschritt die ruhige Straße und lief auf das Haus zu. Dort steckte ich den nachgemachten Ersatzschlüssel ins Schloss und drehte ihn vorsichtig zweimal herum. Perfektes Timing! Die alte Schachtel war ausgeflogen. Ich hatte freie Bahn! Dass ich schon seit Monaten einen Zweitschlüssel hatte, davon ahnte sie nichts. In Windeseile zog ich mir Handschuhe und Fußschoner über, um keine Spuren zu hinterlassen. Ich drückte die Tür auf und huschte lautlos hinein. Verwundert blieb ich in der Diele stehen.

In der Luft lag der Duft von frisch gebackenem Kuchen. Das konnte eigentlich gar nicht sein! Berte konnte nicht backen, das war allgemein bekannt. Soweit ich wusste, hatte sie es auch nie versucht. Argwöhnisch schnupperte ich und folgte dem appetitlichen Geruch. In der Küche wurde ich fündig. Auf der langen Arbeitsplatte stand auf einem Kuchengitter ein großes Blech mit Streuselkuchen. Lecker! Ich konnte nicht an mich halten. Der Kuchen roch einfach zu köstlich.

Bevor ich zur Tat schritt, musste ich ein Stück probieren. Ich nahm ein Messer aus einer Schublade und schnitt ein großes Stück aus dem Blech. Genüsslich biss ich hinein. Der Kuchen war sogar noch warm. Er schmeckte vorzüglich. Jedoch reichte meine Fantasie nicht aus, um mir vorzustellen, dass dieser Gaumenschmeichler tatsächlich Bertes Werk sein sollte. Ich schob mir den letzten Rest in den Mund. Am liebsten hätte ich mir ein zweites Stück gegönnt. Aber ich musste mich beeilen, hatte keine Zeit zu verlieren.

Berte war auf dem Kegelturnier, doch wie lange sie weg sein würde, entzog sich meiner Kenntnis. Theoretisch konnte sie jeden Augenblick wiederkommen, und bestimmt war sie dann nicht allein. Meistens bat sie die Leute, die sie fuhren, noch auf ein Getränk herein.

Ich fing mit den Schubladen und Schränken im Wohnzimmer an. Ich wusste, dass sie den Schrieb hier irgendwo aufbewahrte. Wahllos zog ich Schubladen auf und schüttete deren Inhalt auf dem Boden aus. Für achtsame Durchsichten fehlte mir die Zeit und obendrein auch die Geduld. Ich wollte möglichst schnell fündig werden, um das Schreiben in Sicherheit zu bringen, bevor sie es womöglich vernichtete. Ich warf Aktenordner auf die Couch und blätterte beliebig in ihnen herum.

Ich fand alles, wonach ich nicht suchte. Abgelaufene Garantien von Waschmaschinen, Kühlschränken und Fernsehern, alte Kontoauszüge, eine Sterbeurkunde und Versicherungsdokumente, von denen ich nicht beurteilen konnte, ob sie noch gültig waren. Wo hatte sie nur dieses verdammte Dokument versteckt? Im Wohnzimmer befand es sich offensichtlich nicht. Ich überlegte, wo sie es noch aufbewahren konnte. Das Schlafzimmer schied aus, und in ihrem Hobbyraum befanden sich ausschließlich Handarbeitsutensilien, eine uralte Schallplattensammlung und eine Stereoanlage aus den 80er-Jahren.

War da gerade ein Geräusch gewesen? Ich hielt den Atem an. Es hatte sich angehört, als hätte jemand die Haustür aufgeschlossen. Im nächsten Moment hörte ich Schritte auf den Fliesen der Diele. Mein Puls beschleunigte sich, aber trotzdem war ich innerlich merkwürdig ruhig. Ich brauchte etwas zur Verteidigung, schoss es mir durch den Kopf. Mein Blick blieb an einer massiven Marmorschale hängen. Ich nahm sie aus dem Regal. Als die Tür zum Wohnzimmer sich öffnete, war ich bereit. Ich tat das, was getan werden musste. Mir blieb keine andere Wahl.

35. Kapitel

Drei Stunden später im Gartenweg in St. Peter-Dorf. Die Abenddämmerung hat eingesetzt, und es herrscht eine friedliche Stille in der Sackgasse. Der Himmel ist fast klar bei angenehmen 17 Grad.

Werner Feddersen fuhr langsam die schmale Straße entlang.

»Das war ein richtig schöner Tag«, fand Berte. »Erst das gemeinsame Backen, und dann habe ich noch gegen dich beim Kegeln gewonnen. Schade, dass das Turnier fast wieder vorbei ist. Morgen beginnen die Endrunden.«

Sybille Feddersen beugte sich von der Rückbank nach vorne zum Beifahrersitz. »Dein Gewinn war pures Glück. Morgen gibt es die Revanche, da werde ich mich doppelt anstrengen.«

»Ich habe mich übrigens wacker gegen unseren Bürgermeister geschlagen«, merkte Werner Feddersen nicht ohne einen gewissen Stolz an. »Damit stehe ich nun auf Platz 5.«

»Dafür habe ich euch mit Getränken versorgt«, sagte Ilva lachend, die neben ihrer Mutter auf der Rückbank saß. »Ist zwar keine große Leistung, aber immerhin habe ich mich eingebracht.«

»Wenigstens warst du anwesend, was man von deinem Bruder nicht behaupten kann«, bemerkte ihre Mutter. »Schade, dass ihm seine Arbeit einen Strich durch die Rechnung gemacht hat.«

»Wäre Ernie in Hamburg Polizist, hätte er mehr Arbeitskollegen, die ihn im Bedarfsfall ersetzen können. Aber hier in St. Peter sind er und Fred doch diejenigen, an denen alles hängt«, verteidigte Ilva ihren Bruder.

Werner Feddersen blickte in den Rückspiegel. »Momentan sind sie doch zu dritt, wenn mich nicht alles täuscht.«

»Pannenbäcker?« Ilva grinste. »Der ist eher Ernies und Freds Bäderersatzdienst-Azubi. Außer Kaffee kochen, Telefondienst und gelegentlicher Hilfsarbeiten darf er doch nichts. Dabei hat er bestimmt einiges drauf.«

»Oh, was ist das denn?« Berte blickte aus dem Seitenfenster und zeigte auf einen Punkt an ihrem Haus. »Das ist doch Marias grünes Klapprad vor meiner Garage. Sie kann doch unmöglich noch beim Fensterputzen oder Gardinenwaschen sein. Wir haben fast halb neun.«

»Vielleicht war sie müde von der anstrengenden Arbeit und ist auf dem Sofa eingeschlafen«, vermutete Ilvas Mutter. »Ich bin auch jedes Mal fix und fertig nach den Gardinen und Fenstern.«

»Das werden wir gleich haben.« Werner Feddersen hielt vor der Garage an und holte Bertes Rollstuhl aus dem Kofferraum.

»Ich finde das sehr merkwürdig. Das ist Maria in all den

Jahren, die sie schon zu mir kommt, noch nie passiert, und es passt auch gar nicht zu ihr. Das wäre ihr viel zu peinlich.« Berte zog sich in ihren Rollstuhl.

»Wir werden doch alle nicht jünger«, versuchte Sybille Feddersen, sie zu beschwichtigen.

Ilva merkte Berte ihre Verunsicherung an. »Wir können dich gerne ins Haus begleiten, wenn du das möchtest.«

»Das wäre mir sehr recht. Ich glaube, hier stimmt etwas nicht ...« Berte fuhr zur Haustür. Ilva und ihre Eltern folgten ihr. Sie schloss die Tür auf und lugte vorsichtig in die Diele. »Maria?«, rief sie in die Dunkelheit. »Maria, bist du hier?« Berte tastete nach dem Lichtschalter an der Seite und schlug sich im nächsten Moment eine Hand vor den Mund, um einen Schrei zu unterdrücken.

In Bertes Wohnzimmer sah es aus, als hätte eine Bombe eingeschlagen. Zahllose Blätter bedeckten den Fußboden, Schubladen waren aus Schränken gerissen und deren Inhalt achtlos ausgekippt worden. Inmitten des Chaos lag Maria, Bertes Haushaltshilfe. An ihrem Kopf klaffte eine blutende Wunde.

»Mal wieder stumpfe Gewalteinwirkung?«, fragte Frau Doktor Knurrhahn knapp, während Pedersen mit der Spurensicherung des Tatorts beschäftigt war.

Doktor Widmann händigte Ernie kopfschüttelnd den Totenschein aus. »Dem würde ich auf den ersten Blick zustimmen, doch Genaueres ... Sie wissen schon. Diese Saison ist wirklich schlimm.«

Ernie nickte. »Wem sagen Sie das? Brodersen wird Amok laufen, wenn er von einem weiteren Mord erfährt. Geht das in dem Tempo weiter, muss sich die Tourismuszentrale einen neuen Slogan für St. Peter überlegen.«

»Weiß man schon, wer für die ersten Morde verantwortlich ist?«, fragte der Arzt.

»Noch nicht. Wir stecken mitten in den Ermittlungen«, gab Fred Auskunft.

Frau Doktor Knurrhahn blickte Fred an und zog die Stirn kraus, verkniff sich aber einen Kommentar.

»Schade, dass ich für Frau Wüllner nichts mehr tun konnte.« Doktor Widmann und die Sanitäter verabschiedeten sich.

Pedersen kam zu ihnen. »Mein erster Eindruck ist, dass der Täter kein Unbekannter war. Er hat sich ohne Gewalteinwirkung Zutritt zum Haus verschafft. Wahrscheinlich hatte er einen Schlüssel, und Frau Wüllner hat ihn dann überrascht.«

»Wer, außer der Eigentümerin und Frau Wüllner, hat denn sonst noch Zutritt zum Haus?«, wollte Frau Doktor Knurrhahn wissen.

Ernie schaute von der Toten weg. »Das können wir aktuell noch nicht gesichert sagen. Frau Frings steht etwas neben sich und bleibt über Nacht im Landhaus Dircks. Wir werden sie morgen vernehmen, wenn sie den ersten Schreck verdaut hat.«

»Frau Wüllner wird in der Gerichtsmedizin obduziert«, sagte Frau Doktor Knurrhahn. »Ich gehe fest davon aus, dass der Täter dieses Mal Spuren hinterlassen hat.«

Hinter ihnen erklangen die Stimmen des Bestatters Petter Grube und seiner Lebensgefährtin. Kopfschüttelnd begutachtete Gertrud Möbius das Chaos, das sie umgab.

»Hier muss dringend eine Reinigungskraft für Ordnung sorgen«, verkündete sie trocken. Ihr Humor war schon sehr besonders.

Zwei Tage später betrat Berte zusammen mit Ernie, Fred, Ilva und Sybille Feddersen wieder ihr Haus. Nachdem alle Untersuchungen abgeschlossen waren, hatte die Polizei den Tatort wieder freigegeben. Berte hatte sich die Begleitung gewünscht.

»Sie ist weg«, sagte Berte und blickte fassungslos auf die Stelle am Boden, an der zuvor Maria gelegen hatte.

»Frau Wüllner wurde am selben Abend von Petter Grube abgeholt und in die Gerichtsmedizin gefahren«, erklärte Ernie.

Vorsichtig rollte Berte ins Wohnzimmer. »Meine Güte, was für eine Verwüstung.«

»Mach dir keine Sorgen, Berte. Ich helfe dir später, alles zusammenzusammeln und wieder einzuräumen«, versprach Sybille Feddersen.

Ernie stellte sich neben die Frau im Rollstuhl. »Wir hätten da allerdings noch ein paar Fragen, wenn es für dich in Ordnung ist.«

Sie nickte tapfer. »Ist schon okay.«

»Wer wusste, dass du gestern nicht zu Hause warst?«

Berte überlegte einen Augenblick. »Alle auf dem Turnier und sonst nur Maria. Und ›wissen‹ stimmt auch nicht. Ich habe lediglich zu ihr gesagt, es könnte sein, dass ich in Ording beim Kegeln bin, wenn sie kommt.«

»Hat das zufällig jemand mitbekommen?«, hakte Fred nach.

»Nein.«

Ernie machte sich auf einem Block Notizen. »In Frau Wüllners Tasche wurde ein Zweitschlüssel für dein Haus gefunden.«

»Den hat sie seit Jahren.«

»Hat außer ihr noch jemand einen Schlüssel? Torben vielleicht?«

»Nein, mein Neffe hat keinen Schlüssel. Wofür auch? Wenn er vorbeikommt, klingelt er, und wenn ich nicht da bin, muss er später wiederkommen. So wie jeder andere auch.«

»Ist denn auf den ersten Blick etwas gestohlen worden?«, fragte Fred.

Berte sah sich im Wohnzimmer um. »Alle Bilder hängen noch an ihrem Platz. Und die sind wirklich wertvoll. Hubert war früher ein passionierter Sammler und hat viel Geld in Gemälden angelegt. Ob sonst was fehlt, kann ich spontan nicht sagen. Ich müsste kurz in meinen Tresor schauen, um die Frage zu beantworten.«

Ilva und ihre Mutter begleiteten sie in den ersten Stock

Berte überprüfte den Inhalt des Tresors und sah nach, ob auch in der oberen Etage keines der Bilder fehlte. »Alles da«, sagte sie schließlich, als sie in die Küche kam.

»Es wurde wirklich gar nichts gestohlen?«, fragte Ernie verdutzt.

»Fast nichts.« Berte fuhr zu dem Kuchenblech. »Ein Stück Streuselkuchen fehlt.«

Am Nachmittag trafen sich Ilva und Ute. Beide Frauen wollten einen ausgiebigen Spaziergang an der frischen Luft machen. Über den Deich ging es zunächst Richtung Bad. Ilva nutzte die Gelegenheit, um Ute auf den neuesten Stand der Ermittlungen zu bringen, und berichtete ihr von dem Mord an Bertes Haushaltshilfe. Bei *De Lütte Gosch* im Zentrum von Bad legten sie eine Pause ein, um sich bei Fischbrötchen und einer kalten Apfelschorle zu stärken.

»Du hättest mal das Schlachtfeld sehen sollen. Sämtliche Schubladen waren durchwühlt, und der Inhalt lag verstreut auf dem Fußboden«, erzählte Ilva.

»Echt unfassbar!« Ute wischte sich mit einer Serviette die Mundwinkel sauber. »Und der Täter hat wirklich nichts gestohlen?«

Ilva reinigte ihre Hände an einer Serviette. »Nein. Nichts. Außer dem einen Stück Streuselkuchen.«

Ute wirkte ratlos. »Darauf kann ich mir keinen Reim machen.«

»Ich auch nicht. Allein Bertes Bilder sind ein Vermögen wert. Das hätte sich für den Einbrecher richtig gelohnt. Aber Pustekuchen! Alle Bilder sind da.«

»Warum ist der Täter dann überhaupt eingebrochen, wenn er keine Wertgegenstände mitgenommen hat? Wonach hat er gesucht?«

»Das sind genau die entscheidenden Fragen, die ich mir stelle. Zweifelsfrei hat er nach etwas gesucht, das für ihn von Wert sein muss – was immer es auch sein mag. Außerdem frage ich mich, warum die arme Maria sterben musste. War es vielleicht eine Panikhandlung des Einbrechers, oder musste er sie töten, weil sie ihn unter Umständen erkannt hat?«

»Hör bloß damit auf! Ich bekomme vom bloßen Zuhören schon eine Gänsehaut.« Ute schüttelte sich.

»Geht mir genauso. Nur hilft uns das nicht weiter.« Ilva trank den Rest ihrer Apfelschorle aus. »Wollen wir noch weiter bis nach Ording marschieren?«

»Von mir aus gerne«, stimmte Ute zu.

Sie liefen über die lange Seebrücke, machten immer wieder kurz halt, um den Ausblick über die Salzwiesen zu genießen, bis sie endlich den Strand erreicht hatten und mit ihren Füßen tief im Sand steckten. Die Frauen marschierten an der Wasserkante entlang in nördliche Richtung. Hin und wieder hob Ilva eine Muschel auf, oder Ute machte mit ihrem Handy Fotos von Möwen, die ebenfalls auf dem Strand hin und her spazierten.

Auf der Höhe der *Strandbar 54° Nord* blieb Ilva in der Brandung stehen. »Ich kann es nicht wirklich erklären, aber könnte es sein, dass der Mord an Maria mit denen an Hotte und Schorsch zusammenhängt?«

»Wie kommst du darauf?« Ute blickte sie erwartungsvoll an. »Das würde ja bedeuten, dass gleich mehrere Mörder in St. Peter ihr Unwesen treiben.«

»Ich weiß, es klingt verrückt. Beweise dafür habe ich natürlich keine. Aber es kann bestimmt nicht schaden, noch aufmerksamer als sonst zu sein und auch Kleinigkeiten zu berücksichtigen.«

»Was sagen denn Ernie und Fred zu deinen Vermutungen? Sie müssen nun drei Morde aufklären. Das ist nicht von schlechten Eltern.«

»Mein Bruder und Fred gehen bei Schorschs Tod von einem Unfall aus. Bei Hotte tappen sie noch im dichten Nebel. Allerdings hoffen sie bald die Operation ›Putzteufel‹ aufklären zu können. So nennen sie Marias Fall.«

»Mir schwirrt ehrlich gesagt der Kopf. Komm, lass uns hoch zu Helena laufen und ein paar Kugeln werfen. Das bringt uns auf andere Gedanken.«

»Gute Idee!«

Als sie am Landhaus Dircks ankamen, stand Helena winkend auf dem Parkplatz. Ein Auto fuhr an ihnen vorbei. Ilva schaute dem Wagen nach, konnte aber nicht erkennen, wer darin saß. Bloß das Nummernschild war für sie gut sichtbar.

»Moin!«, rief Helena und kam zu ihnen.

»Wen hast du denn da gerade verabschiedet?«, erkundigte sich Ilva.

»Rudi und Erika. Sie mussten früher abreisen. Erikas Mutter hat kurzfristig einen OP-Termin im Krankenhaus bekommen, und Erika muss sich um ihren Hund kümmern«, erklärte Helena.

Ilva schaute zum Tisch, der schräg neben dem Eingang des Landhauses stand. »Dein Sohn und Lasse scheinen inzwischen dicke Freunde geworden zu sein.«

»Jesko ist ganz begeistert von Lasse. Er ist wie ein großer Bruder für ihn. Gerade reparieren sie ein altes Handy. Soweit ich weiß, hat Lasse es irgendwo gefunden und sich fest in den Kopf gesetzt, es wieder zum Leben zu erwecken.«

»Ziemlich lädiertes Teil. Vor ein paar Tagen hat er damit schon im Gemeinschaftsraum der Nordseeschule gesessen. Ausdauer hat er, wenn er will.«

»Die hätte ich auch, wenn mir mein Vater ein museumsreifes Handy unterjubeln würde und mein Durchhaltevermögen die einzige Chance auf ein Smartphone wäre«, sagte Helena verständnisvoll.

»Wer übernimmt denn für Rudi den Schiedsrichterposten?«, fragte Ute.

»Ralle ist sofort eingesprungen und hat seine aktive Teilnahme beim Turnier aufgegeben«, erzählte Helena.

»Dieses Jahr ist wirklich alles anders. Ich habe das Gefühl, kein Stein bleibt auf dem anderen.«

»Damit könntest du recht haben, Ute.« Ilva schaute zum Turnierzelt. »Sind meine Eltern da?«

»Seit einer guten Stunde. Berte haben sie auch mitgebracht.« Helena rückte näher zu ihr. »Sag mal, stimmt das Gerücht, das über ihre Haushaltshilfe erzählt wird?«

Ilva nickte. »Leider ja.«

»Oh!«, sagte Helena betreten.

Vom Tisch, an dem die Jungs saßen, erklang Jubel. Jesko war aufgesprungen und hüpfte mit einer erhobenen Siegerfaust hin und her.

Lasse grinste wie ein Honigkuchenpferd und wischte mit einem Finger über den kleinen Monitor des Geräts.

Ilva lächelte. »Die Jungs scheinen das Handy wiederbelebt zu haben.«

Ute blickte schmunzelnd zu ihnen. »Lasse ist wieder online. Endlich eine gute Nachricht.«

»Kegeln ist Hochleistungssport!« Werner Feddersen hatte sich auf die Bank neben seiner Frau plumpsen lassen und rieb sich über den rechten Arm. »Das hätte ich nicht für möglich gehalten.«

»Den balsamieren wir heute Abend dick mit Pferdesalbe ein, damit du keinen Muskelkater bekommst.« Sybille Feddersen lächelte ihren Mann an und schob ihm einen Becher Wasser zu. »In unserem Alter zwickt und zwackt es eben schneller als bei den jugendlichen Vierzigern.«

»Ich mache ja alles zwangsläufig mit den Armen«, sagte Berte. »Deswegen sind sie gut durchtrainiert. Bei der Krankengymnastik kommen dann auch die Beine dran. Danach bin ich jedes Mal froh, dass ich nicht nach Hause laufen muss.«

Ilva blickte in die Runde. »Ihr seid doch alle unglaublich rüstig für euer Alter. Wenn ich das später auch von mir behaupten kann, habe ich alles richtig gemacht.« Sie zuckte unwillkürlich zusammen. Jemand hatte von hinten auf ihre Schulter getippt. Ilva drehte sich auf der Bank um. Neben ihr stand Lasse. Wider Erwarten sah der Junge nicht besonders glücklich aus. Er wirkte leicht käsig um die Nase und schaute sie erschrocken an. »Lasse! Was gibt's denn?«

»Können Sie mal kurz nach draußen kommen? Ich muss Ihnen was zeigen«, sagte er mit zittriger Stimme.

»Natürlich.« Ilva stand auf und folgte dem Jungen aus

dem Zelt. So aufgewühlt hatte sie ihren Schüler noch nie gesehen. Hoffentlich hatte er nichts ausgefressen.

»Wir müssen zum Strandkorb.« Lasse führte Ilva zum hinteren Teil des Grundstücks, auf dem es neben Strandkörben auch weitere Spiel- und Grillmöglichkeiten gab. Jesko wartete dort auf sie. Er blickte mindestens genauso erschrocken drein wie Lasse.

»Nun bin ich aber gespannt«, sagte Ilva, als sie am Strandkorb stehen blieb.

»Wir wissen nicht, was wir tun sollen«, sagte Lasse. »Können Sie hier mal einen Blick drauf werfen?«

Ilva sah die Jungs nachdenklich an. »Selbstverständlich kann ich das«, sagte sie schließlich.

Jesko hielt ihr das reparierte Handy entgegen. »Hier. Das haben wir auf dem Handy gefunden.« Er rief ein Video auf und startete es.

Ilva beugte sich über das Handy. »Oh, das ist ja der Campingplatz«, sagte sie.

»Gleich kommt's.« Jeskos Hand zitterte merklich.

Als eine Gestalt vor einem Wohnwagen auftauchte und kurz darauf hineinging, schaute Ilva genauer hin. Das, was sie sah, verschlug ihr den Atem. Als das Video plötzlich abbrach, brauchte sie eine Weile, um die Sprache wiederzufinden. »Ich rufe sofort die Polizei.«

Ernie und Fred waren in Windeseile zum Landhaus Dircks gerast, wo sie in Helenas Büro schon von Ilva, Lasse und Jesko erwartet wurden. Nachdem sie das Video auf dem

Handy gesichtet hatten, stand auch ihnen der Schreck ins Gesicht geschrieben.

»Das habt ihr sensationell gut gemacht, Jungs«, lobte Fred sie.

Ernie nickte. »Ihr habt soeben einen Mord aufgeklärt und wahrscheinlich auch einen zweiten.«

»Jetzt ergibt alles einen Sinn«, stimmte Fred ihm zu und öffnete die Tür, vor der Helena stand.

»Was haben die zwei denn ausgefressen?«, fragte sie alarmiert und besorgt.

»Nichts. Sie haben alles richtig gemacht, und du kannst stolz auf deinen Sohn und seinen Freund sein. Sie haben herausgefunden, wer Hotte und vermutlich auch Schorsch und Maria getötet hat.«

Helena runzelte die Stirn und schaute ins Büro. »Was?«

Die Jungs bestätigten das betreten, aber auch ein wenig triumphierend. »Haben wir.«

Ernie tütete das Handy ein, auf dem das Beweisvideo gespeichert war. »Es war Torben. Wir müssen ihn sofort finden.«

Helena riss die Augen auf. »Nicht dein Ernst!«

»Ich habe doch gleich gesagt, da stimmt etwas nicht«, verkündete Ilva triumphierend.

»Aber warum sollte Torben Morde begehen?«, fragte Helena noch immer fassungslos.

»Das werden wir herausfinden. Am besten, ihr kommt alle auf die Wache, damit wir eure Aussagen zu Protokoll nehmen können, wann und wo ihr das Handy gefunden habt und wie ihr an das Video gekommen seid«, kürzte Ernie die

Unterhaltung ab. »Fred und ich machen uns auf den Weg zu Torben nach Hause. Vielleicht haben wir Glück und treffen ihn dort an, ansonsten müssen wir den Kollegen Bescheid sagen, dass wir Unterstützung benötigen. Wir kommen dann zum Revier nach, Pannenbäcker wird sich so lange um euch kümmern. Zum Quatschen habt ihr danach noch genug Zeit.«

»In Ordnung. Ich hole Mama und Berte ab. Sie sind noch mit dem Aufräumen von Bertes Haus beschäftigt, und ich denke, sie sollten unbedingt auf den neuesten Stand gebracht werden«, bot Ilva an, und ihr Bruder nickte zustimmend.

Ilva war klar, dass sie es ihrem Bruder und Fred überlassen musste, Berte davon zu erzählen, dass ihr Neffe der mutmaßliche Mörder der Kegler gewesen war und – da war Ilva sich inzwischen sicher – auch der von Maria. Was genau dahintersteckte und was er im Haus gesucht hatte, konnte sie sich noch nicht erklären, aber das würden sie schon noch herausfinden.

Berte und Sybille Feddersen öffneten Ilva gut gelaunt die Tür und waren freudig überrascht von deren Verkündigung, dass es Neuigkeiten in den Mordfällen gab und sie gekommen war, um die beiden zur Wache zu fahren. Unterwegs sprachen sie über Kuchenrezepte und was Berte sich alles vornehmen wollte, wenn sie ihr neues Leben begann, wie sie es nannte.

Ilva war währenddessen ungewohnt still. Sie musste sich beinahe wortwörtlich auf die Zunge beißen, um nicht mit den Neuigkeiten herauszuplatzen. Schon beinahe an der Polizeistation angekommen, fiel Berte plötzlich ein, dass sie in der Aufregung ihre Brille sowie ihre Geldbörse mitsamt dem Ausweis zu Hause vergessen hatte.

»Mist, es könnte sein, dass du den brauchst. Ich setze euch einfach direkt im Deichgrafenweg ab und fahre dann noch einmal zurück, wenn das für dich in Ordnung ist«, erklärte Ilva sich bereit, die endlich der unangenehmen Situation entkommen wollte, die die beiden älteren Damen gar nicht wahrzunehmen schienen.

»Das wäre toll, Liebes! Ich danke dir«, stimmte Berte Ilvas Vorschlag zu.

An der Wache halfen Ilva und ihre Mutter Berte in ihren Rollstuhl und hinein in das Gebäude, bevor Ilva sich wieder von ihnen verabschiedete.

Als Ilva gerade den Wagen starten wollte, sprintete Ute ihr entgegen, riss die Beifahrertür auf und ließ sich in den Sitz fallen. »Ich komme mit«, erklärte sie, und schon fuhren die beiden Freundinnen wieder davon.

Der Einfachheit halber parkte Ilva vor dem Haus ihrer Eltern. Die wenigen Meter bis zu Bertes Haus wollten Ute und sie zu Fuß gehen.

In der Nähe von Bertes Haus zog Ilva Ute plötzlich hinter einen Busch. »Hey! Was ist denn los?«, fragte ihre Freundin verwundert.

»Da vorne! Siehst du?« Ilva zeigte auf eine Person, die in einiger Entfernung wegrannte.

Ute lugte um den Strauch herum. »Mensch! Das ist ja Torben! Warum rennt der denn so, als wäre der Teufel hinter ihm her? Meinst du, er ahnt, dass er verdächtigt wird? Und wieso hält er einen Benzinkanister in der Hand? Ist ihm der Sprit ausgegangen?«, fragte sie irritiert.

Torben sprang in sein Auto, startete den Motor und bretterte mit quietschenden Reifen und hohem Tempo an ihnen vorbei. »Benzin scheint er genug im Tank zu haben«, stellte Ilva fest. Sie schaute dem Wagen nach, der ungebremst um die nächste Ecke fuhr.

Ute zog die Stirn in Falten. »Der Typ wird mir immer suspekter.«

Ilva schnupperte. »Riechst du das auch?«

»Was denn?« Ute hielt ihre Nase in den Wind. »Ja, jetzt. Riecht wie eine Mischung aus Benzin und ... Feuer!«

Kaum hatte Ute das letzte Wort ausgesprochen, rannten sie schon los. Als sie an Bertes Haus ankamen, schlugen bereits hohe Flammen aus dem Küchenfenster.

»Oh nein!«, rief Ilva wütend. »Ruf die Feuerwehr. Ich verständige meinen Bruder.«

Ernie und Fred kamen fast zeitgleich mit der Feuerwehr im Gartenweg an. Inzwischen hatten die Flammen sich weiter auf die angrenzenden Räume ausgebreitet, außerdem standen zahlreiche Schaulustige vor dem Haus und tuschelten miteinander.

Ilva rannte auf ihren Bruder zu, während Fred mit zwei Feuerwehrmännern sprach. »Ernie! Es war Torben! Wir haben gesehen, wie er mit einem Benzinkanister geflüchtet ist!«

»Kerle Kiste! Auch das noch!« Ernie griff fluchend nach seinem Handy.

Ein Feuerwehrmann kam auf sie zugelaufen. »Ist jemand im Haus?«

»Nein! Die Besitzerin ist auf dem Polizeirevier, und sonst lebt niemand im Haus«, rief Ilva.

»Um den Brandstifter kümmern wir uns. Wir versuchen es noch einmal bei ihm zu Hause. Vielleicht haben wir ihn dort bisher nicht gefunden, weil er hier darauf gewartet hat, dass seine Tante das Haus verlässt«, sagte er und lief zurück zum Peterwagen, wo Fred schon auf ihn wartete.

Ilva legte ihrer Freundin einen Arm um die Schultern. »Mein Bruder und Fred werden Torben dingfest machen. Er wird kein weiteres Unheil mehr anrichten können.«

Ute blickte sorgenvoll auf die Feuerwehrmänner, die dem Brand mit einem Wasserstrahl zu Leibe rückten. »Hoffentlich kann man das Haus noch retten. Die arme Berte!«

36. Kapitel

Später am selben Tag in der Polizeistation am Deichgrafenweg in St. Peter-Ording. Es herrscht schwülwarmes Wetter mit leichter Gewitterneigung bei 28 Grad.

Pannenbäcker hatte zwei Kannen Kaffee gekocht und für die Jungs Cola und ein paar Süßigkeiten an der Tankstelle organisiert. Die Feuerwehr hatte ihr Bestes getan und es tatsächlich geschafft, einen Großteil des Hauses zu retten. Trotzdem würde es eine Grundsanierung benötigen, wenn dort wieder jemand wohnen wollte. Feuer, Wasser und Ruß hatten ihre Spuren hinterlassen.

Während, angefangen von Lasse und Jesko, jeder von ihnen einzeln zu Protokoll gab, was sich in der letzten Stunde ereignet hatte, waren Ernie und Fred noch immer nicht zurück.

»Will noch jemand Kaffee oder Cola?«, fragte Pannenbäcker, nachdem alle Aussagen aufgenommen worden waren. Inzwischen war auch der Bürgermeister eingetroffen, der seinem Sohn immer wieder stolz auf die Schulter klopfte.

Lasse und Jesko stopften abwechselnd Schokoriegel und

Weingummis in sich hinein. Trotz der gedrückten Stimmung konnten sie nicht verstecken, wie stolz sie waren. Einen Doppelmord klärte man schließlich nicht jeden Tag auf.

»So, wir haben es geschafft«, verkündete Pannenbäcker schließlich, nachdem er mit Ilva zu den anderen zurückgekehrt war. »Ich habe alle Aussagen aufgenommen und protokolliert. Ihr könnt jetzt gern nach Hause gehen. Für heute sind wir hier fertig.«

»Das ist gut. Auch Helden brauchen Schlaf.« Helena wuschelte durch Jeskos Haare. »Aber wer möchte, kann gerne noch mit ins Landhaus kommen. Ich würde mich sehr freuen, jetzt nicht allein zu sein. Berte, und du bekommst natürlich dein Zimmer wieder, bis du eine neue Lösung gefunden hast«, lud Helena ein.

Berte bedankte sich überschwänglich, und Familie Feddersen und Ute entschieden, Helenas Einladung anzunehmen.

»Wir würden ja ohnehin nur grübelnd am Küchentisch sitzen, dann können wir das wenigstens gemeinsam machen«, sagte Sybille Feddersen.

Nur Bürgermeister Brodersen und Lasse entschieden, nach Hause zu gehen, auch für den Teenager war es ein langer Tag gewesen.

Als sie alle gemeinsam die Polizeistation verließen, hörte Ilva, wie der Bürgermeister seinen Sohn fragte: »Aber eins musst du mir noch verraten. Woher kannst du so gut Handys reparieren?«

Lasse hob die Schultern. »Hat mir Opa beigebracht.«

»Ah!« Brodersen nickte wissend. »Daher weht der Wind.

Hätte ich mir eigentlich denken können. Na, komm, wir gehen nach Hause.«

Lasse seufzte und verzog missmutig sein Gesicht. »Dabei habe ich mich so gefreut, endlich wieder ein richtiges Handy zu haben.«

»Darüber muss ich mit dir noch ein ernstes Wort reden«, sagte Brodersen streng.

»Och nö.« Lasse blickte auf seine Fußspitzen.

»Wer einen Doppelmord aufklärt, kann natürlich unmöglich weiter mit einem alten Nokia 3310 durch die Gegend laufen. Da muss schnellstens ein neues Smartphone her.« Brodersen lächelte.

Lasse blickte auf und strahlte seinen Vater an. »Echt? Danke, Papa!« Wenigstens eine Sache, die an diesem Tag gut ausgegangen war, dachte Ilva und konnte sich ein Grinsen nicht verkneifen.

37. Kapitel

Zur selben Zeit vor einem Mehrfamilienhaus im Heideweg.

Fred stoppte den Peterwagen in ein paar Meter Entfernung von Torbens Wohnung. Langsam näherten sie sich dem Gebäude. In der Nähe einer dem Haus angeschlossenen Garage vernahmen sie Geräusche. Fred legte vorsichtshalber eine Hand an seine Pistole und nickte Ernie zu. Sie gingen um einen Busch herum, um einen direkten Blick auf die Garage werfen zu können. Sie war nicht verschlossen. Neben einem Auto kniete jemand vor einem Regal.

Ernie erkannte Torben sofort. »Polizei! Hände hoch! Und keine Bewegung!«, rief er.

Torben erstarrte augenblicklich. Er hob die Hände.

»Aufstehen und dann langsam umdrehen«, sagte Fred in scharfem Ton.

Auch diesmal tat Torben, was man von ihm verlangte. Als er sah, dass eine Waffe auf ihn gerichtet war, blickte er Ernie und Fred erschrocken an. Die beiden Polizisten traten zu dem Verdächtigen in die Garage. Vor seinen Füßen stand ein Benzinkanister, daneben lag ein blauer Sack. Sie waren also gerade rechtzeitig gekommen, bevor Torben Gelegenheit hatte, den Kanister zu entsorgen und damit seine Spuren zu verwischen, oder ganz zu verschwinden.

»Da haben wir dich wohl auf frischer Tat ertappt, was?«, polterte Fred los. Ehe Torben sich's versah, hatte Fred ihm bereits Handschellen angelegt. »Torben Frings, Sie sind festgenommen wegen des Verdachts auf Brandstiftung und des Mordes an Theo Winkler, genannt Hotte, und Georg Huber.«

Torben protestierte nicht.

»Moment mal.« Ernie hatte etwas im Regal entdeckt. Auf einem Pappkarton lag ein Bayern-Trikot in einer kleinen Größe und eine aktuelle Ausgabe des Guinnessbuchs der Rekorde. »Und wegen Einbruchs und Diebstahls«, fügte er hinzu und hielt Torben das Fußballshirt und das Buch unter die Nase. Torben ließ sich wortlos von ihnen zum Peterwagen und in die Polizeistation bringen.

»Es ist schwer für Ihre Tante zu wissen, dass ihr Neffe ein Mörder und Brandstifter ist.« Ernie hatte das Aufnahmegerät eingeschaltet und sich mit verschränkten Armen vor Torben aufgebaut, der mit Handschellen auf einem Stuhl hockte.

»Und Dieb!«, erinnerte Fred an Ernies Fund aus der Garage.

»Pah!«, stieß Torben aus. »Einen Teufel ist es für meine Tante. Was aus mir wird, interessiert sie doch überhaupt nicht. Sonst würde sie wohl kaum irgendeinem Fremden das Haus verkaufen.«

»Deswegen hast du es in Brand gesteckt?« Fred ging mit Torben auf Augenhöhe und starrte ihn an.

Torbens Körper versteifte sich, und sein Gesichtsausdruck erstarrte. »Das kann man mir nicht nachweisen.«

»Da irrst du dich. Zwei Augenzeugen haben dich auf frischer Tat ertappt. Oder wie sonst wären wir wohl auf dich gekommen?«

»Ist die Hütte wenigstens bis auf die Grundmauern abgebrannt?«, fragte er trotzig.

»Wir stellen hier die Fragen«, fuhr Fred ihn an. Er war wütend. Torbens Art brachte ihn auf die Palme. »Es gibt mindestens einen Beweis für den Mord an Hotte, und ich bin sicher, auch den an Schorsch werden wir dir nur allzu bald nachweisen können. Die Spurensicherung ist in diesem Moment in deiner Wohnung, und ich vermute, dort wird sie die Reste des Beruhigungsmittels finden, das du Schorsch untergemischt hast. Und jetzt packst du aus, Freundchen, sonst lernen wir beide uns mal richtig kennen.« Fred setzte sich neben Ernie und verschränkte ebenfalls seine Arme vor der Brust.

Torben presste die Lippen aufeinander und blickte in ihre Gesichter, die keinen Zweifel daran ließen, dass sie es ernst meinten.

»Immer sind alle gegen mich. Nie ist jemand auf meiner Seite. Seit meine Tante im Rollstuhl sitzt, hat sie mich gebraucht. Besonders nach dem Tod meines Onkels. Ich war für sie da, habe mich um sie gekümmert und ihr geholfen, wann immer es nötig war. Sie hätte gut zu mir sein sollen, aber auch sie ist mir in den Rücken gefallen«, sagte er nach einer Weile widerwillig und klang plötzlich wie ein beleidigtes Kind. Er schnaubte, bevor er weitersprach. »Ich hatte Hotte vertraut. Hatte ihm von meiner Entdeckung erzählt. Eines Abends hatte ich erfahren, dass es ein wertvolles Bild in St. Peter-Ording gibt, das die Sammlung meines Okels zur Perfektion vollenden würde, das sich aber an einem anderen Ort befindet. Von einer Rumpelkammer hat Helena gesprochen, in der es hängen soll, und da war mir klar, dass ich es retten muss, es zu seinem vollen Glanz bringen, indem ich es der Sammlung hinzufüge.«

»Helena hat das gesagt? Also ist es ihr Bild? Bist du deswegen in den Schuppen eingebrochen und hast die Geschenke für Jesko gestohlen?«

»Dieser dämliche Krempel. Als ich das Bild nicht auf Anhieb gefunden habe, wollte ich in diesem Karton nachsehen und habe dafür den gesamten Inhalt in meine Tasche gekippt, als plötzlich ein Auto auf den Hof gefahren kam. Deshalb musste ich schnell weg. Ich habe mir meine Tasche geschnappt und hatte dann keine Gelegenheit mehr, das Zeug wieder zurückzubringen.«

»Nun gut, und du hast Hotte also davon erzählt, dass es dieses Bild gibt, das zu denen deiner Tante passt. Um dich zu beruhigen: Das Bild gibt es, und es ist wunderschön. Es hängt im Übrigen in Helenas Büro. Sie nennt diesen Raum ihre Rumpelkammer, weil Ordnung im Papierkram nicht gerade ihre Stärke ist. Aber das tut nun auch nichts mehr zur Sache. Also, warum hast du Hotte davon erzählt? Was hatte er damit zu tun?«

»Er wollte das Bild unbedingt, aber ich konnte es nicht

finden – es war ja nicht im Schuppen. Und dann habe ich erfahren, dass er das Haus meiner Tante kaufen will. Dieser Verräter!« Torben spuckte das letzte Wort fast aus. »Das konnte ich nicht zulassen und wollte mich ihm entgegenstellen. Deswegen bin ich ihm gefolgt, als er mit Susi das Fest verließ. Ich habe vor seinem Camper auf eine passende Gelegenheit gewartet. Dann ist Susi irgendwann panisch aus dem Wohnmobil gelaufen. Ich habe noch gesehen, dass sie was in einen Container geworfen hat und dann unter den Feiernden auf dem Fest verschwunden ist. Als die Luft rein war, wollte ich zu Hotte und ihn zur Rede stellen. Doch er lag reglos auf dem Boden. Das war meine Gelegenheit. Ich musste sein hinterlistiges Spiel ein für alle Mal beenden. Auf dem Bett lag ein lächerliches Plüschkissen. Das habe ich ihm auf sein verlogenes Gesicht gedrückt und ihm seine verräterischen Machenschaften ausgetrieben.«

Ernie nickte.

»Und Schorsch war vermutlich zur richtigen Zeit am falschen Ort?«, fragte Ernie nun.

»Schorsch hat den Campingplatz gefilmt, um einem Kollegen zu zeigen, wie schön es hier ist. Und plötzlich hatte er meine Tat live und in Farbe im Kasten. Er hat alles durch die offene Tür gefilmt und mich damit später konfrontiert, Bescheid zu wissen, der Depp. Hat mich unter Druck gesetzt mit seinen Moralvorstellungen. Ich wusste, dass Schorsch das nicht ewig durchhalten und mich irgendwann verpfeifen würde. Und dann hat meine Tante doch auch noch versucht, ihm das Haus anzudrehen. Das hat das Fass zum Überlaufen gebracht. Wie konnte sie nur? Ich musste die letzte Spur, die zu mir als Hottes Mörder führte, verschwinden lassen, und ich musste verhindern, dass Schorsch *mein* Haus bekam. Also bin ich ihm gefolgt. Ich habe ein Bier mit den übrigen Schmerzmitteln meines Onkels präpariert und mit ihm gemeinsam am Meer angestoßen. Seit seinem Tod stehen sie im Spiegelschrank im Badezimmer meiner Tante, und niemand interessiert sich dafür.«

»Also ging es von Anfang an nur um das Haus?«, hakte Ernie nach.

»Es ging um *mich*. Um meine Zukunft, und ich hatte alles perfekt geplant. Indem ich Schorsch zum Schweigen gebracht habe, hätten alle Spuren getilgt sein sollen. Ich war mir so sicher, dass ich sein Handy finden würde und verschwinden lassen könnte. Alles hätte nach einem Unfall ausgesehen, und niemand wäre belangt worden.«

»Ja, nur zu deinem Pech hat Schorsch sein Handy irgendwo auf dem Strand verloren, als er auf dem Weg zu dir war. Lasse hat es dann später gefunden. Und wir haben es schließlich geschafft, die Videodatei auf seinem Telefon wiederherzustellen und hatten damit den perfekten Beweis.«

»Die Morde an Schorsch und Hotte hast du jetzt genügend begründet, doch warum steckst du das Haus deiner Tante an, das dir angeblich so wichtig war?«

»Das Haus sollte ich erben, aber das hat meine Tante scheinbar vergessen.« Torben schnaubte aufgebracht. »Sie ist undankbar, nicht ich! Statt froh zu sein, dass ich alles für sie mache und zu jeder Tages- und Nachtzeit für sie verfügbar bin, enterbt sie mich einfach.«

»Sie muss dich nicht enterben. Als ihr Neffe hast du keinen Anspruch auf ihr Erbe. Deine Tante kann mit ihrem Hab und Gut anstellen, was sie will«, merkte Ernie an.

»Kann sie nicht!«, erwiderte Torben bockig.

Ernie runzelte die Stirn. »Wieso?«

»Weil sie mich längst als Alleinerben eingesetzt hat.«

»Es gibt ein Testament?«

»Natürlich gibt es das. Seit ein paar Jahren sogar«, bestätigte Torben.

»Ist das notariell beglaubigt?«

Torben sah Fred fassungslos an. »Was? Was soll der Blödsinn? Sie hat es damals in meinem Beisein handschriftlich verfasst. Das gilt auch ohne Beglaubigung.«

»Das halte ich für ein Gerücht. Du könntest Druck auf sie ausgeübt haben. Außerdem kann deine Tante das Testament inzwischen vernichtet haben, ohne deine Einwilligung – und das ist absolut legitim«, gab Ernie zu bedenken. »Bist du deshalb auch am Mittwochnachmittag in Bertes Haus eingedrungen, hast es verwüstet und ihre Haushaltshilfe ermordet? Bist du denn wenigstens fündig geworden?«

»Ich bin nirgendwo eingedrungen. Das habe ich gar nicht nötig. Ich habe einen Schlüssel«, rief Torben wütend.

Fred warf Ernie einen Blick zu. »Dann wäre das ja auch geklärt«, raunte er und fuhr dann wieder an Torben gewandt fort: »Da du diesen Schlüssel ohne das Wissen deiner Tante besitzt, bist du dennoch widerrechtlich eingedrungen.«

»Und warum musste Frau Wüllner sterben?«

»Die Sache mit der Putzhilfe tut mir leid.« Torben wirkte

zum ersten Mal ansatzweise reumütig. »Ich habe nicht mit Maria gerechnet. Normalerweise kommt sie viel früher.«

»Das ist natürlich ein Grund, jemanden zu ermorden«, bemerkte Fred sarkastisch.

»Was hätte ich denn tun sollen? Sie hätte mich beim Durchwühlen der Schränke erwischt. Wie hätte ich ihr das erklären sollen? Durch den Garten hätte ich nicht unerkannt flüchten können, weil die Zäune zu hoch sind. Hätte sie mich auf frischer Tat ertappt, wäre sie doch sofort zu meiner Tante gerannt und hätte es ihr brühwarm erzählt. Das war mir klar.« Er machte eine Pause und suchte nach Worten. »Ich bin in Panik verfallen und habe nach einer Waffe gesucht. Deswegen habe ich die Marmorschale genommen und mich damit neben die Tür gestellt. Es hätte ja auch sein können, dass sie gar nicht ins Wohnzimmer kommt. Dann wäre ihr auch nichts passiert.«

»Ach, dann ist Frau Wüllner jetzt wohl selbst für ihren Tod verantwortlich, oder wie?«, fragte Fred wütend.

»Es war so nicht geplant!«, brauste Torben auf. »Was hätte ich für eine andere Möglichkeit gehabt?«

»Wie wäre es mit ›niemanden umzubringen‹?« Pannenbäcker stand plötzlich im Türrahmen und hatte ebenfalls die Arme vor der Brust verschränkt. Er und Torben waren ungefähr im gleichen Alter. Mehr Gemeinsamkeiten gab es nicht.

Torben schnaufte aufgebracht. »Ach, was wisst ihr denn schon? Meine Tante verkauft nun einfach das Haus gegen meinen Willen.«

»Du wiederholst dich«, sagte Ernie. »Also muss ich das

wohl auch: Das ist ihr gutes Recht, es ist ihr Haus und ihr Leben.«

»Mein Onkel wäre damit nicht einverstanden gewesen. Es ist eine große Ungerechtigkeit!«, versuchte Torben, sein Handeln zu rechtfertigen.

»Deswegen legst du ein Feuer und verursachst einen Schaden im sechs- bis siebenstelligen Bereich? Wegen einer Ungerechtigkeit?«

»Entweder, ich bekomme das Haus, so wie es mir rechtmäßig zusteht, oder niemand. Deswegen kann es von mir aus niederbrennen.«

Ernie betrachtete ihn aufmerksam. Er stellte sich die Frage, wann und wo Torben in seinem Leben falsch abgebogen war.

Es war schon dunkel, als er den Schlüssel ins Schloss zum Haus der Familie Feddersen steckte und die Tür öffnete. Ilva sah ihm aus der Küche entgegen, als er in die Diele trat.

»Du kommst gerade richtig zum Familienrat. Muddi macht für alle Rührei mit Speck«, rief sie.

»Genau das, was ich jetzt brauche.« Ernie hängte seine Jacke an der Garderobe auf und betrat die Küche. »Moin!«

Werner Feddersen blickte trübsinnig drein und seufzte. »Moin, Junge.«

»Was ist denn hier los? Und wieso Familienrat?« Ernie schaute seine Schwester fragend an.

»Kuschel ist weg«, sagte Werner Feddersen nur. Dabei glänzten seine Augen verdächtig.

»Seit wann das denn?« Ernie setzte sich zu ihm. Er

wusste, wie viel der Kater ihm bedeutete. Jeder wusste es. War Kuschel krank, war Werner Feddersen es auch.

»Seit gestern Mittag«, sagte er bedrückt. »Er war noch nie so lange weg. Langsam mache ich mir Sorgen, ob ihm vielleicht etwas zugestoßen sein könnte. Der Sohn von Koopmanns rast mit seinem VW doch jedes Mal durch den Gartenweg und achtet auf nichts. So schnell kann keine Katze reagieren.«

»Kuschel wird schon nicht unter seine Räder gekommen sein.« Ernie winkte ab. »Bestimmt nicht. Katzen stromern doch ganz gerne mal rum.«

»Aber doch nicht unser Kuschel«, protestierte Werner Feddersen. »Er schläft jede Nacht an meinem Fußende.«

Sybille Feddersen drehte sich mit einer Pfanne in der Hand zu ihnen. »Auch Rührei, Ernie?«

Ernie nickte. »Kennst mich doch.«

»Dann nimm dir einen Teller und Besteck«, forderte sie ihn auf.

Ernie ging zu einem Küchenschrank.

»Erzähl mal, was mit Torben geworden ist.« Ilva sah ihren Bruder neugierig an, als er zurück zum Tisch kam.

Ernie stellte einen Teller mit Besteck auf die Tischplatte und öffnete eine Flasche Mineralwasser. »Fred würde sagen, für ihn ist Schicht im Schacht. Torben wird seiner Tante keinen Kummer mehr bereiten.«

»Heißt das, er hat gestanden, den Brand gelegt zu haben?«, wollte Ilva wissen.

»Nicht nur das. Für den Mord an Maria Wüllner ist er

ebenso verantwortlich, und Jeskos Geschenke haben wir auch in seiner Garage gefunden.«

»Nein!« Sybille Feddersen drehte sich vom Herd zu ihnen. »Ich mochte Torben noch nie besonders gut leiden, aber so viel Schlechtigkeit hätte ich ihm auch nicht zugetraut. Das klingt ja wie eine Geschichte aus einem Krimi.«

Werner Feddersen nickte bedächtig. »Man kann den Leuten nur vor den Kopf gucken. Das wird für Berte bestimmt ein großer Schock sein, wenn sie erfährt, was ihr Neffe alles angestellt hat.«

»Ja, wirklich. Arme Berte! So eine Enttäuschung! Nun kann sie noch nicht einmal mehr zurück in ihr Haus. Konnte es denn wenigstens gerettet werden?« Sybille Feddersen brachte eine große Pfanne mit Rührei und geröstetem Speck an den Tisch und gab jedem etwas auf den Teller.

»Das ist noch zu früh zu sagen. In den nächsten Tagen wird ein Statiker prüfen müssen, ob das Haus noch bewohnt werden kann oder abgerissen werden muss.« Ernie goss den Rest des Wassers in sein Glas.

»Au weia! Dann ist der Verkauf an Ralle bestimmt nun auch hinfällig.« Ilva spießte ein Stück Speck mit der Gabel auf.

»Werner! Jetzt iss doch endlich mal was, und stochere nicht lustlos in den Eiern rum!«, forderte Sybille Feddersen ihren Mann auf. »Davon kommt Kuschel auch nicht eher zurück.«

Er schob den Teller von sich weg. »Ich habe keinen Appetit.«

Dafür schmeckte es Ernie umso besser. Als er seine Portion aufgegessen hatte, zog er den Teller seines Vaters zu sich. »Soll ja nicht schlecht werden.«

»Ich gehe mal in den Keller. Will noch jemand was trinken?« Ilva erhob sich vom Tisch und nahm die leere Wasserflasche mit.

»Ein Bierchen wäre schön«, sagte Ernie mit vollem Mund.

»Der Kasten Bier steht in der Garage«, sagte Werner Feddersen. »Wasser müsste auch noch da sein. In den Keller musst du nicht.«

»Ist gut.« Ilva ging durch das Wohnzimmer und öffnete die Terrassentür. Sie schaltete die Außenbeleuchtung ein. Bevor sie einen Fuß nach draußen setzte, hielt sie inne. Sie hatte ein merkwürdiges Geräusch gehört. Sie wartete einen Moment und griff dann nach der kleinen Taschenlampe, die immer auf der Fensterbank neben der Terrassentür lag. Sie schaltete sie ein und leuchtete damit in den dunklen Garten. Das Geräusch erklang wieder. Dieses Mal allerdings eine Oktave höher. Langsamen Schrittes ging sie über die Terrasse und folgte dem Schnarren. Als der Schein ihrer Taschenlampe den alten Kirschbaum erfasste, sah sie die Verursacher. Kater Kuschel hockte mit der Nachbarkatze Daisy am Fuße des Baums. Beide meckerten einträchtig und ließen sich dabei durch ihre Anwesenheit in keinster Weise stören. Ihr Blick war starr noch oben gerichtet. Wieder stimmten sie ein gemeinsames Schnarren an. Ilva leuchtete in den Baum. Der Lichtschein fiel auf ein Eichhörnchen, das auf dem Futterhäuschen hockte und ebenso nach unten zu den Katzen starrte wie sie zu ihm hinauf. Ilva musste sich ein Lachen verkneifen.

»Ilva?« Ihr Vater stand auf der Terrasse. »Was machst du denn da?«

»Komm mal.« Sie winkte ihren Vater zu sich.

»Die Garage ist da drüben.« Er zeigte auf den seitlichen Zugang.

Ilva hakte ihren Vater unter und zog ihn zu sich heran. »Guck mal, wen ich entdeckt habe.« Sie leuchtete zum Kirschbaum, wo beide Katzen noch immer hockten.

Das Gesicht ihres Vaters entspannte sich sogleich. »Kuschel! Mein Junge!«, sagte er voller Erleichterung.

»Kuschel und seine Freundin«, wies Ilva ihn auf die Nachbarskatze hin.

Ihr Vater schüttelte lächelnd den Kopf. »Du treuloser Geselle! Während ich halb krank vor Sorge bin, bist du auf Freierspfoten mit Daisy unterwegs.«

Ilva drückte ihrem Vater die Taschenlampe in die Hand. »Ich hole die Getränke aus der Garage. Möchtest du jetzt auch ein Bier?«

38. Kapitel

Zwei Tage später am Landhaus Dircks. Der Himmel ist mit Schleierwolken bedeckt, bei angenehmen 19 Grad und untergehender Sonne.

»Gleich bist du dran!« Ilva drückte ihre Mutter herzlich an sich.

Im Zelt lief die Siegerehrung des Kegelturniers auf Hochtouren. Alle Teilnehmer waren gekommen, um die besten Kegler des Jahres zu ehren. Ralle hatte sich zur Feier des Tages extra ein Sakko übergezogen und eine Krawatte umgebunden. Er moderierte das Finale vom Schiedsrichterpult aus und zeigte dabei wieder einmal sein herausragendes Talent als unterhaltsamer Entertainer. An seiner Seite assistierte ihm Susi. Lasse hatte zusammen mit Jesko die Ausgabe der alkoholfreien Getränke an der Bar übernommen. Draußen fanden Kinder-Kegeln und eine Schminkaktion statt. Außerdem hatte Helena den Grill angeworfen. Neben Bratwürstchen und Frikadellen gab es Gemüsespieße mit diversen Dips und verschiedenen Salaten.

Der dritte Platz des Turniers ging in diesem Jahr an Bürgermeister Brodersen. Berte war die Zweitplatzierte geworden. Trotz der Vorfälle in jüngster Vergangenheit strahlte sie, als Susi ihr die Urkunde für Platz 2 überreichte.

Ralle griff wieder zum Mikrofon. »Und nun kommen wir zum Gewinner oder vielmehr zu der Gewinnerin des diesjährigen Kegelturniers. Auf Platz eins hat es Sybille Feddersen geschafft.«

»Bravo!« Ernie, der zusammen mit Fred im Dienst war und ein wenig abseits des Geschehens stand, klatschte und pfiff, als seine Mutter auf Susi zuging, um den kleinen Pokal und die Siegerurkunde in Empfang zu nehmen.

Sybille Feddersen strahlte über das ganze Gesicht und hielt die Urkunde zusammen mit dem Pokal in die Kamera ihres Mannes.

Ilva wartete schon auf sie an einem Tisch. »Super, Muddi!« Sie gab ihr zwei Küsse auf die Wangen. »Dir auch herzliche Glückwünsche, liebe Berte.«

»Das war ein knappes Rennen zwischen uns«, sagte Berte zu Ilvas Mutter.

»Ganz knapp«, bestätigte sie.

»Weißt du denn schon, was du mit deiner Siegerprämie machen willst?«

Sybille Feddersen schüttelte den Kopf. »Um das Geld ging es mir von Anfang an nicht. Für mich stand der Wettbewerb im Vordergrund. Ich werde das Geld spenden. Vielleicht dem Tierschutz. Dort kann man eine Finanzspritze sicherlich gut gebrauchen.«

Eike lehnte sich zu Ilvas Mutter rüber. »Die Schutzstation Wattenmeer freut sich übrigens auch immer über Unterstützung.«

»Soll das ein dezenter Wink mit dem Zaunpfahl sein?«

»Ach was. Das würde ich doch nie tun.« Er zwinkerte ihr zu und legte einen Arm um Ilva.

»Der Statiker war heute zur Begutachtung des Brandschadens da«, sagte Berte unvermittelt.

»Und? Kannst du bald wieder zurück in dein Haus?«, wollte Ilva wissen.

Berte schüttelte den Kopf. »Das Haus muss kernsaniert werden. Das Feuer und auch die Löschaktion haben größere Schäden angerichtet, als ich erwartet hatte. Wenigstens habe ich eine gute Versicherung.«

»Ein Glück!« Sybille Feddersen legte eine Hand auf Bertes. »Was ist mit deinen Bildern?«

»Gottlob habe ich dafür auch eine Versicherung. Vor Jahren haben Hubert und ich eine abgeschlossen. Getreu dem Motto ›Vorsicht ist besser als Nachsicht‹. Trotzdem bin ich traurig. Sie waren nicht mehr zu retten, und auch wenn sie als Geldanlage gedacht waren, Hubert mochte die Bilder, und mir gefielen sie auch gut. Es ist schade, dass sie nun verloren sind.«

»Manchmal lohnt sich eine Versicherung, und doch ist es nur finanzieller Schutz und kann den ideellen Wert nicht zurückbringen«, stimmte Werner Fedderen zu. »Wenigstens konntest du gleich bei Helena unterkommen und kannst dir ihr Bild ansehen, das wirklich perfekt zu denen in deiner Sammlung gepasst hätte.«

»Darüber bin auch sehr froh! Das Apartment liegt parterre. Alle Räume sind auf einer Ebene. Ich habe ein Schlafzimmer, eine Küche und ein Wohnzimmer, dazu noch ein

Bad und eine kleine Terrasse. Was will ich mehr? Außerdem fühle ich mich hier nicht allein. Es ist immer was los, und ich muss keine Selbstgespräche führen. Ich überlege sogar, ob ich länger bleibe oder zur Dauermiete. Vielleicht könnte das hier meine Zukunft werden. Ich werde mir alles noch mal durch den Kopf gehen lassen.«

»Manchmal steckt sogar in einer Katastrophe ein Fünkchen Glück.« Ilva lächelte Berte an.

Torbens Namen hatte in Bertes Anwesenheit seit dem Brand niemand mehr in den Mund genommen. Unmittelbar, nachdem Torben festgenommen worden war, hatte Berte Sybille Feddersen ihr Herz ausgeschüttet, aber auch betont, dass sie nie wieder über ihren Neffen sprechen wollte. Zu tief saßen die Enttäuschung und der Schrecken, dass er zu solchen Dingen wie Brandstiftung und Mord fähig gewesen war.

»Ich habe das Gefühl, ihn nie richtig gekannt zu haben, obwohl er doch von klein auf ständig bei Hubert und mir gewesen ist, weil seine Mutter arbeiten musste. Er ist ein wirklich lieber Junge gewesen. Auf seinen Onkel Hubert hat er nie was kommen lassen, da hat kein Blatt zwischen gepasst. Sogar als Alleinerben für das Haus wollte ich ihn einsetzen, doch der alte Kasten ist in die Jahre gekommen und hätte mehr Kosten verursacht als alles andere. Deswegen hatte ich vor, Torben Geld zu vererben. Davon hätte er so viel mehr gehabt. Irgendwann muss er sich aber verändert haben, ohne dass ich es bemerkt habe. Vielleicht wollte ich es auch nicht sehen.« Sie hatte ratlos mit den Achseln gezuckt.

»Warum setzen sich dein Bruder und Fred denn nicht

zu uns?«, fragte Werner Feddersen. »Die beiden laufen hier rum wie Falschgeld.«

»Ich frage mal nach.« Ilva gab Eike einen Kuss und gesellte sich zu Ernie und Fred. »Na?«

»Selber na!«, gab Ernie zurück.

»Papa fragt, ob ihr nicht zu uns kommen wollt.«

»Wir sind im Dienst.« Fred deutete auf seine Uniform.

Ernie nickte. »Wollten nur mal gucken, ob hier alles mit rechten Dingen zugeht.«

»Muddi hat das Turnier gewonnen.«

»Das habe ich gesehen. Dann stimmt ja alles«, sagte Ernie mit erhobenem Zeigefinger.

»Aber ihr dürft im Dienst was trinken und euch setzen – oder gibt es ein Beine-in-den-Bauch-steh-Gesetz für Polizisten im Dienst? Ein Wasser oder vielleicht sogar eine Cola?«

»Zwei Cola?«, fragte Ernie. Fred nickte.

»Geht klar, hole ich euch.« Ilva stellte sich vor der Bar an.

Ernie zeigte zum Eingang. »Da vorne kommen unsere Frauen und dein Sohn.«

Heike, Marina und Elias steuerten auf sie zu.

Marina gab Fred einen Kuss auf die Wange. »Elias hat gerade neun Kegel versenkt.

»Echt? Neun Stück?« Er nahm Elias auf den Arm und platzte fast vor Stolz. »Mein Sohn kommt ganz nach seinem Vater. Als ich damals noch aktiv gekegelt habe, habe ich auch selten Holz stehen lassen.«

»Die Kegel draußen sind aus Plastik. Und ein bisschen windig war es auch«, klärte Elias seinen Vater wahrheitsgemäß auf.

»Ach was!«, winkte Fred ab.

Elias zog seinem Vater die Polizeimütze vom Kopf und setzte sie sich auf.

»Ist das nicht die falsche Kopfbedeckung für dich?«, fragte Fred seinen Sohn.

Elias schüttelte den Kopf. »Wenn ich groß bin, gehe ich zur Polizei«, verkündete der Junge. »Weil ich mal so werden will wie du, Papa.«

Fred sah seinen Sohn einen Moment sprachlos an und presste die Lippen aufeinander. Die Rührung stand ihm ins Gesicht geschrieben. »Weißt du, dass ich dich ganz doll lieb habe?«, sagte er schließlich und küsste den Jungen auf die Stirn.

»Bäh, Papa! Du küsst immer so feucht.« Elias wischte sich mit einer Hand die Stirn ab und gab ihm die Mütze zurück. Fred setzte seinen Sohn auf dem Boden ab.

»Hier eure Cola.« Ilva drückte ihnen zwei Flaschen Cola in die Hand. »Ich muss weiter zum Grill. Bratwürstchen ho len.«

»Kann ich auch eine Bratwurst haben?«, fragte Elias seine Mutter.

Marina nickte ihm zu. »Na klar. Wir gehen mit Ilva mit.«

»Gute Idee, mein Magen knurrt auch.« Ernies Frau schloss sich ihnen an.

Als Ernie und Fred wieder allein waren, stupste Ilvas Bruder seinen Kollegen an. »Siehste, hab ich dir doch gesagt!«

»Was denn?«

»Das mit Elias. Luftschlösser wachsen sich meistens

über kurz oder lang raus. Nun ist er wieder auf dem richtigen Weg.«

»Ach so, ja das«, tat Fred beiläufig, dabei war er unendlich stolz auf sein Kind. »Wie sage ich immer? Hauptsache, nicht zur Konkurrenz!« Er hielt ihm seine Colaflasche hin. »Darauf stoßen wir an.«

Ernie grinste Fred an. »Hauptsache, nicht zur Konkurrenz!«

Endlich eine Krimiserie mit Ermittlern der Wasserschutzpolizei!

Ausgerechnet an ihrem freien Tag stößt die junge Wasserschutzpolizistin Agatha Christensen auf eine Leiche. Der Tote ist Gunther Fluth, ein Mediator, der im erbitterten Streit rund um einen Offshore-Windpark vermitteln wollte. Mögliche Verdächtige gibt es also zuhauf. Zuständig für die Ermittlungen ist Polizeiobermeister Victor Carvalho von der Kripo, doch Agatha stellt ihre eigenen Nachforschungen an – gegen alle Widerstände. Als ein weiterer, politisch höchst brisanter Mord geschieht, wächst der Druck auf Victor, und er ist mehr denn je auf Hilfe angewiesen. Auch wenn er es nicht zugeben würde, kommt ihm da Agathas kriminalistischer Eifer gerade recht; um den Zusammenhang zwischen den Verbrechen zu erkennen und ihnen so schnell wie möglich ein Ende zu setzen, aber nicht nur deshalb ...

Bente Storm

Windstärke Tod

Die WaPo Cuxhaven ermittelt

Klappenbroschur

Auch als E-Book erhältlich

www.ullstein.de

ullstein

Ist der Mörder noch ganz sauber? Ein Fall für Pamela Schlonski!

Ermittlungsalarm in der Biobäckerei Schnarrenbeck am Rande des Ruhrgebiets! Im Brotofen liegt ein riesiger Weckmann. Darin eingebacken – eine Leiche. Gut, dass Pamela Schlonski sofort zur Stelle ist, um dem Bäckerspaar Onkel Horst und Tante Christa beizustehen. Denn Hauptkommissar Lennard Vogt nimmt die beiden gleich ins Visier. Doch Pamela wäre nicht die gründlichste Reinigungskraft und scharfsinnigste Hobbyermittlerin des ganzen Ruhrpotts, hätte sie nicht schon eine andere Spur. Sehr zum Leidwesen von Kommissar Vogt. Aber der kann eigentlich froh sein, dass Pamela hinter ihm aufwischt …

Mirjam Munter

Der tote Weckmann

Pamela Schlonski ermittelt

Taschenbuch

Auch als E-Book erhältlich

www.ullstein.de